大四喜 3

文創風 951

灩灩清泉 著

目錄

第二十一章

第二天，窗外唧唧喳喳的麻雀把許蘭因吵醒。睜開眼一看，天光已經大亮，應該辰時末了。

她趕緊坐起身，見趙星辰正看著她笑。

趙星辰見姑姑坐起來，他也坐了起來，笑道：「太陽照屁屁了，姑姑跟我一樣，還在睡覺覺！」

廳屋裡的掌棋聽到動靜，走了進來，笑說：「看到大姑娘睡得香，奴婢沒忍心叫妳。亭少爺已經起來了，去了上房。」

「嘉兒不會也起來了吧？」許蘭因問。

掌棋笑道：「起來了。聽妙語姊姊說，嘉姊兒辰時初就自己起來了。」

許蘭因趕緊洗漱完，帶著趙星辰去了上房。

丫頭剛把棉簾子掀開，許蘭亭就跑了過來，笑道：「姊姊，妳知道嘉嘉有什麼高興的事情嗎？她一直笑、一直笑，問她，她就把貓娘親和鴨娘親舉給我看，還使勁親它們！」

閔嘉也走了過來，她一手舉著大貓咪玩偶，一手舉著大鴨子玩偶，笑得眼睛都彎了。她給許蘭因示意著，嘴裡還「啊」了兩聲。

許蘭因把幾個孩子拉到羅漢床邊坐下，笑道：「我知道嘉兒為什麼高興，因為她爹爹告訴她，她的娘親是好娘親、好妻子，她美麗、溫柔、賢慧、知禮，還頗有學問。」

一旁的劉嬤嬤又湊趣道：「我家大奶奶還會彈琴、會做詩，是個才女呢！」

許蘭因故作遺憾道：「若我早些跟她結識就好了，我們一定會成為最好的手帕交！」

飯後，許蘭因似是跟劉嬤嬤閒聊，其實都是引著劉嬤嬤說安氏之前的各種好。

劉嬤嬤已經知道大奶奶是被人陷害的，也知道閔嘉喜歡聽那些話，因此全都揀著好話說。

再加上現場有許蘭亭和趙星辰兩個捧哏的，安氏的光輝形象就越來越崇高了。

閔嘉覺得自己幸福極了，這一天都在歡笑聲中度過……

華燈初上，閔戶來了。

其實他一點都不想來，他無顏面對閨女，也不好意思面對許蘭因。但閨女不得不看，所以他還是厚著臉皮來了。

他眼下又有了黑圈，情緒也不高，但看到笑得開心的閨女，他還是強打起精神，裝作很高興的樣子。

許蘭亭和趙星辰向閔戶彙報閔嘉今天兩次笑出了聲，說了好幾個「啊」；還彙報今天他們聽了什麼話，再一次謳歌讚美了閔嘉的娘親。

閔戶聽得頻頻點頭，不住地說：「我閨女真能幹……嗯，她母親非常賢慧，確實是這樣沒錯……」

爹爹又一次證明娘親的好，讓閔嘉高興得有些手足無措。

看著笑得一臉燦爛的閨女，閔戶心如刀割般難受。

晚飯後，許蘭因帶著掌棋同閔戶一起去了外書房，給閔戶催眠。

閔戶昨天徹夜未眠。

他眼裡盛滿濃濃的哀傷。「許姑娘，若是妳能給我記憶重組就好了，我寧願忘了這一切……」又搖搖頭嘆道：「記憶重組只是自欺欺人，不能讓人死而復生，也不能抹去我犯下的錯誤。若我當初對安氏稍稍有耐心一些，她也不會活得那麼辛苦無助。遇到那件難事她不會馬上上吊，會等到我回家，把真相告訴我。她那麼決絕，一定是認為我不會信她，她百口莫辯……我為官幾年，破了那麼多案子，替許多人洗刷不白之屈，卻讓我的妻子含冤上吊。若不是許姑娘，屈死的她還會繼續揹負那份恥辱……我無能，我對不起詩詩，對不起嘉兒……」

安詩詩，是安氏的閨名。

閔戶悔恨不已，掩面嗚咽起來。

許蘭因沒有說話，是得讓他多痛一痛。

隨著閔戶的描述，許蘭因的眼前出現一個滿眼愁苦的美麗少婦，被繼婆婆無故訓斥、被下人鄙視、被丈夫無視，只得對著小小的嘉兒垂淚。在如花的年紀，那麼屈辱地死去……

閔戶講完了，才後知後覺自己是對著一個姑娘講自己的「家醜」和「不堪過往」，自己還哭了，他羞得不好意思抬頭，用手撫著前額，遮住自己的視線，也想遮住許蘭因看到他的窘迫。

兩人沈默了一會兒後，許蘭因起身說道：「閔大人請倚在靠枕上，閉上眼睛，放輕鬆……」

這次催眠用的時間有些久，兩刻多鐘閔戶才睡著。

閔戶不好意思面對許蘭因，加上公務也繁忙，之後的半個月很少回府，即使回來也非常晚。偶爾來看閔嘉一眼，都是閔嘉睡著了、許蘭因回房了。他匆匆看了閔嘉一眼，便又匆匆離開。

許蘭因猜到了閔戶的心思。因為這件事，她的確有些看不起閔戶。好孫子、好兒子、好繼子、好朋友、好臣子、好老闆……他擁有這麼多個好，卻獨獨不是個好丈夫。

許蘭因帶著幾個孩子快快樂樂過了半個月，沒有任何人來打擾。

閔嘉有了諸多進步。

首先是愛笑，從早到晚都是笑著的，偶爾還能笑出聲，劉嬤嬤說她睡著了都在笑。

第二是她特別想說話，雖然表達遲緩，話聲難聽，但就是想說，目前已經能說「爹」、「娘」、「姨」、「嬤」、「叔」、「星」、「壞」等十幾個單音，還會說「看書」、「娘親好」、「許姨好」、「想爹爹」等幾個短句。

第三是，跟閔戶這個當爹的徹底沒有了隔閡，晚上沒看到爹爹來看她，會非常失望。許蘭因就會告訴她，爹爹忙公務回來得晚，他來看她時她都睡著了。

進步可謂是一日千里。

這段日子，許蘭因帶著幾個孩子，連閔府都沒出，她也沒辦法管生意。有什麼想說的，就讓人去一趟茶舍告訴伍掌櫃。連給許蘭亭開藥，都是閔府的車去回春堂把大夫接過來，診了脈後閔府下人去藥堂買藥。

二十這天下晌，幾個孩子午歇後，閔戶讓人來請許蘭因去外書房一趟。

許蘭因也正好有事找他。

天空陰沈沈的，飄著小雪。

來到書房廳屋，裡面燒了地龍，非常暖和。

閔戶穿著湖藍色便裝，大大的黑眼圈，看來更瘦了，下眼袋也異常明顯，完全是許蘭因最初見到他的樣子。

許蘭因雖然鄙視他對妻女的漠視，但看他這樣，許蘭因還是挺難過的。畢竟閔戶是自己好不容易治好的病人，也的確是為民辦實事的好官。

許蘭因坐定，閔戶交給她一個錦盒，扯著嘴角笑道：「這裡的二百兩銀票是我買小屏風的錢；二百兩銀票是妳這幾個月的月錢及給我催眠的工錢；另外六百兩是妳給嘉兒治病的報酬。」見許蘭因想說什麼，又道：「親兄弟，明算帳。許姑娘對我及嘉兒的幫助用金錢衡量不了，我也只有付點銀子，略表寸心。」

經過半個月的冷靜，閔戶也有勇氣面對許蘭因了。關鍵是，他不願意面對也不行。

許蘭因也不矯情，接下錦盒說道：「我已經出來這麼多天了，嘉兒的情況比預想的好得太多，我想二十六回老家過年，等到初六再過來，年後茶舍也該開業了。」

閔戶為難道：「我正想跟許姑娘商量一件事，那個……我現在非常忙，今後有一段時間，別說回府了，就是回寧州府都不容易。家裡的所有私事目前要暫時放下，等忙過了這一陣再說……」閔戶的臉沈了下來，繼續說道：「許姑娘還不知道，春分病死了，碧荷在牙行還沒賣出去前也死了。只有夏至的娘求了恩典，夏至被放了奴契，嫁給了千里之外的表哥，生死不明，我的人已經去找她了。」

許蘭因驚道：「小文氏這是殺人滅口了？」

閔戶嘆道：「小文氏狠戾，害死了這麼多人，我不能讓嘉兒回京。可我又不放心嘉兒一個人在家，她的病剛剛有了點起色，我怕前功盡棄……這樣好不好，我派人去把妳母親和弟弟都接來省城過年，妳家在這裡有宅子，偶爾也能把嘉兒接去妳家住。聽說妳大弟明年春天要考武秀才，我已經讓閔燦找了一個教授策略的先生，專門指導他的策略。」

許蘭因有些動心了。許蘭舟的騎射和拳腳功夫都不錯，但策略不行。若是有名師指點，倒是對他大有助益。

有了這件事，秦氏也會願意來省城吧？

她剛要答應，閔戶又說話了，聲音壓得更小。

「隆興客棧那件案子，該回來的人都回來了，只有趙無沒回來。為了不讓人生疑，我們只好對外放出風聲，說他去查的那個私礦最危險，到現在都沒消息，可能是被人暗害了。」又趕緊解釋道：「這是我們擺的迷魂陣，假的。不過，這個消息已經傳去了南平縣，你們回去的話，就要裝作很難過的樣子，演戲很累人的。」一副「我替妳著想，不想讓妳辛苦」的表情。

許蘭因沒想到他們竟放了這個風聲出去，急忙問道：「趙無現在好嗎？他在哪裡？不會真的有事吧？」

「他沒事……喔，我的意思是，沒有他的消息就代表著他沒事。」閔戶回答得沒有多少底氣。

屁話！許蘭因氣得暗罵一聲。

許蘭因又說道：「閔大人這些天都沒有歇息好，我再給大人催一次眠，讓你好好歇歇。」

閔戶說道：「有勞了。」他早就想好好睡一覺。

許蘭因拿出小荷包站到羅漢床邊，小腿靠在羅漢床上，又道：「馬上要過年了，也不知趙無年底前能不能回來？」她問這話是想聽聽閔戶的心聲，知道趙無的真實情況。

閔戶佯裝不確定地說：「趙無的任務特殊，年底前應該回不來……」

可心裡卻想著：『年底前肯定是回不來的，西夏國路途遙遠，老妖又失蹤了一年多，哪那麼容易找到？何況還要把人營救出來，再不濟，也要把情報帶回來……』

許蘭因寧可沒聽到這個勁爆消息！原來趙無是去了西夏國，去尋找並營救一個失去聯繫的、叫老妖的人，這可比去查私礦危險得多！怪不得當初趙無一點消息都不願意透露給她，一定是怕她太心焦、太著急。

許蘭因連個笑臉都擠不出來了，開始給閔戶催眠。

待閔戶睡著後，許蘭因回到閔嘉的小院。

幾個孩子都起來了，上房小窗裡飄出許蘭亭和趙星辰的說笑聲。許蘭因才想起來，剛才被閔戶一打岔，又忘了說趙星辰的事。

許蘭因直接去了西廂房，坐在床頭想著閔戶的話。

「老妖」，極有可能是大名朝打入西夏國的間諜，正如西夏國的金掌櫃打入大名朝一樣。應該是老妖掌握了什麼絕密情報，又被西夏國發現了，所以他藏匿了起來。閔戶上面的人派出這麼多高手去尋找並營救他，即使他死了，也必須把情報帶回來。

許蘭因的心都抽緊了。她又暗自埋怨起閔戶，趙無只是一個捕吏，幹麼讓他去做死士的工作啊？這不符合雇用制度，屬於強力剝削啊！太氣人了！趙無這次回來後，一定要讓他好好幹，升大大的官！勞心者治人，屈居人下總是要受制於人！

許蘭因氣得快失去理智了，胡思亂想起來。

夜裡，許蘭因輾轉反側，難以入眠。好不容易睡著，又夢到趙無被人追殺。在一個陌生的城鎮裡，趙無拉著一個男人死命地往前跑，後面好多人拿著大刀在追。

追過大街，追過小巷，一轉眼，趙無拉著的男人又換成了許蘭舟，許蘭舟還受了傷，半邊肩膀都被血水染紅了！他們死命地跑著，來到一堵高牆前，後面的人已經追到，舉起了亮晃晃的大刀……許蘭因嚇得一下子清醒過來，心臟狂跳不已。

她坐了起來，感覺背上、前額都是汗，腦袋嗡嗡響著，心都快要跳出來。趙無一個人已經讓她六神無主，怎麼又出現個許蘭舟？蘭舟不會也遇到了什麼危險吧？

許蘭因摸索著把厚羅帳掛在鉤上。窗外月光異常明亮，即使隔著厚厚的窗紙，也把屋裡照得朦朦朧朧。旁邊的趙星辰睡得正香，打著輕鼾。

這個情景把她完全從那個惡夢中抽離出來，原來只是一場夢！

都說夢是反的，何況許蘭舟正在南平縣，怎麼可能在西夏國？從這點就說明剛才的夢不準。

許蘭因不停地給自己做著心理建設，心境才漸漸平靜下來。

另一片天空下，月光依然明亮，趙無正拉著一個大漢拚命地狂奔。跑過大街，跑過小巷，前頭一堵高高的城牆阻斷了他們的去路。

大漢回頭看看追兵，從懷中拿出一個油紙包遞給趙無，說道：「你快跑，別管我！」說著，就要衝過去跟追兵拚命。

趙無一隻手接過油紙包揣進懷裡，另一隻手並沒有鬆開大漢。「跟著我，活下去。」

他看到離牆不遠處有一棵參天大樹，就拉著大漢跑去樹下，抱著大漢的腰，三腳竄上了高高的樹杈，又再次運用三腳功一蹬樹杈，竄上了城牆。

若是帶著這麼重又沒有任何武功的大漢，趙無的兩招三腳功不會完成得這麼漂亮，躍不躍得上城牆都不知道。幸而這個大漢的武功也高，在被帶動的同時，也用力蹬著樹和牆，順勢向上，讓趙無輕省了許多。

追兵已經到了城牆下，看著高高的城牆以及上面的兩個人頭，齊齊朝上射箭。剛才想抓活口，不願意放箭，還把他們趕向了這裡，以為高高的城牆會讓他們無處可逃，不料卻是阻斷了自己的追擊。

趙無和大漢縮回腦袋躲過亂箭，向城牆的另一邊跑去。

此刻不是戰時，城牆上隔很遠才有一個站崗的士卒。

待士卒看到他們並往這裡跑來時，他們已經從城牆上跳了下去。

趙無和大漢落下地打了個滾，兩人又站起來繼續往前跑。後面亂箭齊發，都被他們躲過了。

城外西北遠處是連綿起伏的群山，東南是一眼望不到邊的大漠，在慘白的月光下，更顯得廣袤而蒼涼。

他們不停地往東南方向跑著，穿過這片荒蕪人煙的大漠，就是大名的地界了……

臘月二十五，閔府派去接秦氏和許蘭舟的人回來了，說已經把他們母子送去了城北許家。

許蘭亭和趙星辰也不想在這裡吃晚飯了，拉著許蘭因要回自己的家。

回到許家，不僅秦氏和許蘭舟在，連李氏和王三妮、王進財都來了。只留了盧氏母子看家，又讓許老頭夫婦住去幫著看院子。

秦氏幾人剛吃過晚飯，神色都不好。王三妮和王進財明顯哭過，秦氏似乎還瘦了。

連小小的許蘭亭和趙星辰都覺得家裡可能發生了什麼大事。

許蘭因問道：「娘，你們怎麼了？」

許蘭舟看看許蘭因幾人，問道：「難道……趙無被害的消息，閔大人沒跟你們說？」

他的話音剛落，許蘭亭就扯開嗓門哭了起來，一邊嚷道：「趙大哥那麼厲害，他不會死的！」

趙星辰起先沒聽懂「被害」是什麼意思，聽許蘭亭一說便明白了，也扯開嗓門嚎起來。

王進財也跟著哭起來。剛才聽說趙無死了，他似乎失去了人生的奮鬥方向。

秦氏和許蘭舟、王三妮、李氏害怕地看著許蘭因。他們知道，許蘭因跟趙無的關係最好，怕她知道這個消息後受不了。秦氏會那麼痛快地答應再次來省城，就是為了寬解閨女。

許蘭因知道這是假消息，當著這麼多人的面似乎不能不哭，但她又實在哭不出來，因此只得沈著臉，快步走去自己屋裡，關上門。

一群人跟進了西側屋，隔著門七嘴八舌地勸解著她。

許蘭因只得帶著哭腔說：「讓我靜靜，現在我什麼話都不想聽……」

外面的聲音戛然而止，腳步聲去了廳屋，連許蘭亭和趙星辰的哭嚎聲都小了不少。

許蘭因只能躺在床上挺屍。

等到李氏和王三妮、王進財走後，她才走了出去。

許蘭亭和趙星辰還在抽噎。

秦氏和許蘭舟愣愣地看著她，覺得她是不是傷心傻了，連哭都不會了？

許蘭因說道：「閔大人已經跟我說了趙無被害的事。但沒有發現他的屍首，他就屬於失蹤。趙無的武功到底有多厲害，只有我知道。他的命有多好，只有我們一家人知道。他從那麼高的山頂掉下來都沒摔死，對不對？」

許蘭舟的眼睛亮了起來，說道：「對啊！他掛在了樹上，又遇到姊姊救下他。大難不死，必有後福，這次說不定也能遇到貴人，遇難成祥！」

許蘭因點頭道：「就是這個理，他不會那麼容易死的。這事只咱們自己知道就行了，默默盼著他回來。」

秦氏想想也是，趙無的功夫好，命也好，倒真有可能受傷後被哪個人救下，過些日子就回來了。而且，她現在特別迷信閨女說的話，閨女說他沒死，他肯定就沒死。

秦氏長出了一口氣，笑道：「娘是急瘋了，忘了無兒有大福。哎喲，當時聽到這個消息時，我的心就像針扎一樣難受呢！那是個難得的好孩子，重情重義。」

聽說趙無沒死，一家人又高興起來。

翌日辰時末，閔嘉就領著幾個下人來了。帶了好些日常用的東西，連幾對玩偶及它們的小房子都帶來了，一看就是要在他們家長期住下來。

劉嬤嬤笑道：「姊兒今天辰時初就起來了，急著要來這裡呢！」

閔嘉給秦氏行了禮，喊道：「許、奶、奶。」

秦氏笑眯了眼，說道：「哎喲，姊兒真能幹，會說這麼多話了！」

這麼多人，許蘭因又做了一番分配。

許蘭亭住去自己的房間，趙星辰暫時跟秦氏睡，閔嘉跟許蘭因睡。劉嬤嬤及兩個丫頭睡耳房，兩個男下人睡外院倒座的客房。

許蘭因把閔戶買小屏風的二百兩銀子都給了秦氏，剩下的八百兩銀子她自己留著。茶舍用錢如流水，她的私房已經告急了。雖然她手裡有不少珠寶，但那些東西不好馬上變現。

晚上，閔嘉先被劉嬤嬤服侍上床歇息。

等許蘭因忙完上床，看見被窩裡的閔嘉沒有睡，還睜著亮晶晶的眼睛看著她。

許蘭因笑道：「這麼晚了，怎麼還沒睡？」

閔嘉笑道：「高興，睡……不著。」

許蘭因捏了捏她的小鼻子，又親了她一下，笑道：「睡吧，很晚了。」

她剛躺下，閔嘉就從自己的被窩中鑽進了許蘭因的被窩，四腳並用掛在她的身上。

怕許蘭因攆自己，閔嘉閉著眼睛說：「我……睡著了！」然後就故意發出輕鼾聲。

許蘭因笑出了聲。這孩子，跟她和她的家人相處已經非常隨意和正常了。再好好引導一段時日，讓小妮子跟其他人相處和交流融洽，再把話說清楚，就會是個正常討喜的孩子了。

許蘭因很有成就感。

閔嘉在許家住了四天，可以說樂不思蜀。

大年三十巳時，許蘭因親自帶著許蘭亭和趙星辰送閔嘉回家，還帶去了送閔家的年禮。

小姑娘雖然含著眼淚，卻懂事地沒有哭，她也知道過年該陪爹爹過。

再回到許家，大門上的對聯和福字都貼好了，門前還掛了兩個大紅燈籠。

如往年一樣，秦氏先看著空碗筷，說了幾句緬懷丈夫的話，唸叨完了，才對眾人說道：「都吃吧。」

許蘭舟自從決定要下場考武秀才開始就穩重多了，端著酒盅感謝秦氏教導有方，感謝許蘭因為家裡做了大貢獻，以及對兩個弟弟的教導。

秦氏也道：「家裡一切都好，只一樣，因兒過了年就要滿十七歲了……」她沒好再往下說，心裡想著，她挺中意趙無那孩子的，但他若真的回不來，就得把風聲放出去，該給閨女說門好親事了。省城離小棗村遠，閨女之前的壞名聲不會傳過來。

她沒明說，眾人也知道她是想說許蘭因找女婿的事。

許蘭舟笑道：「我一定好好發憤，有了功名，家裡改換了門庭，姊姊以後也好……嘿嘿……」

初一起床，主子跟奴才都穿上了新衣，許家二房長子許蘭舟領著秦氏和許蘭因、許蘭亭給許慶岩和許家長輩的牌位磕頭上香。

趙星辰也想跟著一起磕頭，被掌棋拉住了，氣得他嘴翹得老高。

早飯後，許蘭舟代表許家去閔戶家、閔燦家、胡家、他的先生家、王進財家以及幾個鄰居家拜年。

王進財和伍掌櫃的兒子以及幾個鄰居的兒子也來許家拜年。

大年初二，一家人清清靜靜地過了一天。

大年初三，吃完早飯的許蘭舟就去先生家上課了。

他剛走不久，丁固來報，閔家姊兒又來了，陪她來的居然是閔戶。

閔戶可是貴客，許蘭因和秦氏、許蘭亭、趙星辰都迎了出去。

閔戶牽著閔嘉走在最前面，劉嬤嬤等人拿著大包小包跟在後面，看這架勢，小姑娘又要在許家長住了。

閔戶的精神狀態尚可，雖然依舊那麼瘦，也有黑眼圈，但並不算很明顯，每天應該起碼有兩個時辰的睡眠。

閔嘉笑得一臉燦爛，甩開閔戶的手向許蘭因跑去。「許姨，爹爹……忙，我又來這裡……住，高興吧？」

說話更順溜了。

許蘭亭和趙星辰笑著喊道：「高興！」

許蘭因摟著奔過來的閔嘉笑道：「嗯，高興。」

閔嘉又說：「我爹爹……要在這裡吃……晌飯。」

閔戶臉色微紅，給秦氏和許蘭因抱了抱拳，笑道：「感謝許姑娘，嘉兒的進益一日千里，若不是親眼看見，真不敢相信。」

上房兩個女人在住，不好請男客進去，許蘭因就把閔戶請到了東廂廳屋。

秦氏陪閔戶說了兩句話，就讓許蘭因和幾個孩子陪他說話，自己去廚房看看。

許蘭因笑道：「晌午就弄羊肉火鍋吧，過會我去拌蘸醬。」

秦氏點點頭，親自帶著楊大嬸和閔府的一個婆子準備食材。

閔戶對許蘭亭笑道：「帶著嘉嘉和小星星去院子裡玩。」

許蘭亭知道閔大哥要跟姊姊說悄悄話，便一手牽一個走了出去。

許蘭因也看出閔戶有話要說，她正好也有話要跟他說，就給掌棋使了個眼色，掌棋也退了出去，屋裡只剩清風服侍。

閔戶的臉色這才陰沈下來，低聲說道：「我還要感謝許姑娘給我提了那個醒，桂斧那個豎子，真是唐末山的人。我在膠東時他就跟著我了，來到這裡我還把他帶上，沒想到他居然背叛了我！」他又一次感到挫敗。

許蘭因吃驚地瞪大了眼睛。「真的？」

她心裡暗暗慶幸，桂斧是閔戶的心腹，許多密事他都有參與。書裡閔戶和秦澈死於非命，很可能就是桂斧告的密，才會在關鍵時候被人暗害了！

閔戶說道：「許姑娘和趙無都是我的福將，因為你們，我破獲了隆興客棧的大案，又幫我揪出了內賊。我明天要出外公務一段時間，又要麻煩許姑娘照顧嘉兒了……」

許蘭因說道：「閔大人客氣了，嘉兒很乖，我們一家都非常喜歡她。」

看到盈盈淺笑的許蘭因，閔戶心裡極是無奈和憂傷。

之前想著一過完年就跟她把心裡的話挑明，她今年該滿十七歲了，若她先說了婆家，那件事就不好辦了。可是，詩詩被陷害的事剛剛浮出水面，想到那個可憐的女人，他無論如何都不能馬上把心移到另一個女人身上……

許蘭因看出閔戶看自己的眼裡有些異樣，大概猜到了他的想法，便轉移話題道：「有件事我一直想跟閔大人說，若是閔大人公事繁忙，這件事挪後再辦也成。」

「何事？但說無妨，有些事我沒時間辦，也會讓別人幫妳辦。」閔戶以為是許蘭因的什麼私事，他非常願意她有事求自己。

這時，窗外適時地響起了趙星辰的大笑聲。

許蘭因說道：「是有關小星星的身世。我給他催過眠，又聽說了一些有關南陽長公主府的傳聞……」

當閔戶聽完許蘭因的話，眼睛都瞪圓了。

許蘭因又說：「我始終想不通，若真是同一個人，南陽長公主府怎麼會把河裡的孩子當成了他家的孩子？」

閔戶便娓娓說出他知道的事。南陽長公主只有一個重孫子，名叫柴子瀟，五月的生辰，是長公主和老駙馬的掌中寶，死的時候還不滿三歲。

上年二月中，柴子瀟同父親柴俊去西山上香，回家途中，看到耍猴人在耍猴，柴子瀟吵鬧著要下車看，柴俊無法，只得帶他下車。

正好，柴俊遇到了幾個熟人，就站去一旁跟人敘話，讓下人陪著柴子瀟看猴子，不料突然遭遇到驚馬，現場一片混亂，等到忙亂過後，柴子瀟卻失蹤了！長公主府的下人、五城兵馬司的人、京兆府衙役，甚至連御林軍都出動了，但找了兩天兩夜都沒找到。

第三天，在京郊白馬河發現了一具孩子的屍首，屍首被水泡得又白又腫，臉和身上被咬得面目全非，衣裳也給沖沒了，但左手腕戴著一個赤金鐲子，這個鐲子正是柴子瀟一直戴著的。或許由於鐲子比較小，才沒有被水沖掉。

閔戶不解道：「那個乳娘肯定參與了拐騙孩子的事，可他們為什麼沒把孩子真的處理掉，而是拐去了荊昌府？」

「是啊，把孩子拐出來，卻不弄死，還費事找了具假屍首……我猜測，有可能是中間哪個環節出了差錯，孩子還沒殺掉就逃走了，所以只得弄個假的；也有可能是實際辦事的人出於什麼考慮，沒打算把孩子弄死，而是帶去了荊昌，結果孩子卻趁亂逃跑了。」

閔戶想了想，道：「那孩子受了那麼多罪，還好趙無搗毀了那個客棧，否則他還不知能不能長大。不管怎麼樣，回京後我就跟柴俊私下說說。柴俊雖然有宗室子弟的一些驕縱，但人還算不錯，很得皇上喜愛，風評也挺好的。在捉住主使之人前，最好別讓孩子回去。」又說：「這事跟趙無有牽扯，但趙無那件事大過天，還是等趙無回來後再說吧。」

兩人又說了一陣話，許蘭因起身去廚房。

許蘭因走了很久，閔戶還在消化趙星辰是柴子瀟的事。太不可思議了、太巧合了……

飯後，閔戶感謝了秦氏和許蘭因的款待，急急帶著人離開。

走之前，他不忘說道：「茶舍開業那天，我即使在城裡也抽不出時間去恭賀，我會讓老季或郝叔去，也會跟秦大人和閔通判說說，讓他們派家人和幕僚去恭賀。」

許蘭因表示了感謝。有這幾位大官的家人和師爺去恭賀，就擺明了這幾人是茶舍的保護傘。

初四下晌，李氏又回了省城，還帶來了丁曉染。

初五開始，許蘭因就和王三妮一起去茶舍，準備開業事宜。

請人抄寫廣告單子，以新型棋種為主打，有適合成年人玩的圍棋、象棋、西洋棋、軍棋，也有適合孩子玩的跳棋和飛行棋，還有陪下棋和教授下棋的棋生。茶樓裡不僅有最頂級的茶，還有茶舍調製的適合女人喝的養顏茶。開業前三日，茶品七折優惠，並免費教授新棋種西洋棋、軍棋、跳棋……

一個月以後，也就是二月二十，茶舍會舉辦西洋棋、軍棋及跳棋的月度賽，一年以後會舉辦年度賽，並有精美禮品贈送。

跳棋限制了年紀，參賽者為十歲以下的孩子。這個條款是許蘭因專為閔嘉特定的，至少月度賽閔嘉應該能拿第一。許蘭亭下跳棋也好，但他是東家的弟弟，沒有資格參賽。閔嘉聽說有這等好事，天天在家勤練跳棋，想得跳棋狀元。

廣告單抄寫了幾百份，貼去寧州府的各處顯眼位置。

還製作了十張會員卡，閔戶一張，秦紅雨一張，閔楠一張，讓下人送去他們府上；胡萬一張，許蘭因親自去百貨商場交給本人；又請郝管家送了寧州府書院副院長棋癡周書一張，請他不是喝茶，而是為了讓他去鑽研新型棋種。

正月十一衙門開印，一件大事在寧州府傳開了，就是原寧州府知府調去別處為官，原同知秦澈升為知府。

秦澈真的高陞了，許蘭因喜極。小翅膀徹底把秦澈的命運搧變了。他的官越大，以後自家的倚仗才會越硬。

她買了許多吃的回家慶祝，把這件事悄悄告訴秦氏。

秦氏也是喜不自禁，默默為表兄祝福。

正月十五元宵節，幾個孩子都想上街看燈會。秦氏和許蘭因都不願意，想想柴子瀟看個猴子就被人劫跑了，哪裡還敢讓這三個寶貝去。

正月十六，許蘭因起了個大早，好好打扮了一番，還畫了個淡妝。同秦氏吃了飯後，就帶著掌棋、丁曉染，坐著騾車去往茶舍。騾車先拐了個彎，帶上站在胡同口的王三妮。

王三妮也打扮了一番，十分漂亮的小妮子。

來到心韻茶舍，天還未大亮，伍掌櫃和小二、棋生、廚師、伙夫、雜役、樂女就都來了，其中女小二有六人，一共四十人。

許蘭因讓王三妮把「工作服」分發給他們，各自換上。

包括丁曉染在內，共有十個棋生。他們的年紀在十三至十六歲之間，長得都十分俊俏，穿著竹葉青長袍，墨綠色腰帶，頭戴黑色圓形小帽。

一切準備好，已經辰時末。

茶舍裡的眾人各司其職，小二把花籃都擺了出去，燈籠也掛上了。

茶舍的廣告打得好，巳時初就有人陸續來了茶舍。

第一批來的客人是胡萬和妻子徐氏，及徐氏娘家的九個親戚。他們要了一間三樓的櫻舍和一間二樓的茅舍，又點了一個棋生。

接著是閔燦的家人，大爺閔杉、沈氏夫妻和閔楠，以及庶出的二爺閔榕。他們要了三樓的棠舍。

一群不認識的客人後，秦儒、秦紅雨、朱壯、朱家一位公子及兩位小姐來了。朱壯豪爽地想把三樓剩下的花舍全都包下，被秦儒攔了，只要了三樓的一間丹舍。

兩個閔府和秦府的師爺一起來的，他們三位要了二樓的萱舍。

三樓共有八間花舍，許蘭因留下一間，是專門為棋癡周書預留的。

午時初，居然連大廳裡的座位都坐滿了，來晚的客人只有失望而去。

許蘭因一直待在後院自己的廂房裡，覺得差不多了，就去三樓看望秦家人和閔家人、胡家人。

秦紅雨和閔楠幾個小娘子玩跳棋正玩得起勁，都沒時間跟許蘭因寒暄。

秦儒則是對西洋棋感興趣，正跟棋生認真地學著。

閔家兄弟下軍棋下得高興，胡萬和朱壯對棋不感興趣，站在窗邊看熱鬧。

許蘭因走出棠舍，就碰到棋癡周大人帶著一個身著華服的年輕人上樓，這個年輕人許蘭因覺得有些面熟。伍掌櫃親自陪同，他們也點了一個棋生，就是丁曉染。

十個棋生，九個都被點走了。客人可能覺得丁曉染太小，棋藝不會好，只剩下一個他，就被周書點了。

周書覺得許蘭因面熟，想了想笑道：「上次同閔副史家的姑娘在一起，還說跳棋是孩子玩的一種棋的，就是姑娘妳吧？」

許蘭因給他屈膝行了禮，笑道：「周大人好記性。」又對伍掌櫃說道：「你去忙吧，周大人我來招呼。」

周書笑道：「謝謝妳給了我一張會員卡。」又指了指身邊的年輕人，笑道：「這位是戶部的柴大人，來寧州府辦事，我就把他拉來了。」

戶部的柴大人？許蘭因終於知道那一絲熟悉之感來自何處了！

好巧！

許蘭因又給柴俊屈膝行了禮，笑道：「柴大人。」

這位不僅是趙星辰的親爹、自己拐了彎的表兄，還是古望辰的頂頭上司。這麼多頭銜，許蘭因當然得打足了精神應付。

柴俊瘦高個，長相俊朗，氣質清貴慵懶，扯著嘴角笑了一下。

幾人進了蘭舍，小二奉上茶單。

周書接過看了看，點了兩杯碧波飄雪，說道：「把西洋棋、軍棋、跳棋都拿出來我看看。」又道：「西洋棋，顧名思義，是西洋那邊的棋種，妳怎麼會知道？還有軍棋和跳棋，又是出自哪裡？」

許蘭因早就想好了藉口，也同秦氏和許蘭舟通了氣，遂笑道：「我和我弟弟從小就喜歡下棋，凡是有棋的記載，都留意了的。西洋棋是我無意中在一本很舊的雜書上看見的，就自己做出來跟著學，可我資質有限，下得不好。跳棋也是在那本書上看到的，下法簡單，適合孩子玩。至於軍棋嘛，是我在陸搏棋的基礎上衍伸出來的，改變了一些規則。我弟弟喜歡軍事，後來他又增加了幾個人物，讓軍棋較之前更加完善了一些，並取名軍棋。不過，軍棋如兩軍對壘，變化莫測，應該還可以再設計出更多的規則和玩法。我們愚笨，想不出來了，希望有高人能再想出來一些，若想出來了，我們會奉上茶舍的會員卡一張。」

最後幾句話既是謙虛，也是為茶舍打廣告。

周書笑道：「許姑娘過謙了，你們能創造出一種新型棋種，怎麼會愚笨？」

許蘭因趕緊笑道：「周大人過譽了。我們不是創造，只是衍伸。」

柴俊不耐聽他們廢話，四處打量著。這裡的裝修風格奇異，還能隱隱聽到琴聲，讓人賞心悅目，心情舒暢。而且，小二的打扮非常標新立異又好看，他不得不承認，這麼簡潔索利的穿著的確讓茶舍更顯潔淨，令人多了幾分好感。

他又看了許蘭因幾眼，倒是個聰明伶俐又不按常理出牌的小妮子。

待茶上來，芳香四溢。

柴俊說道：「碧波飄雪，名字起的好聽，實際上就是香片。」再看看飄在茶湯上面的白色花瓣，又笑道：「名字倒也有幾分貼切。」

周書的所有注意力都在拿過來的幾種棋上，說道：「從簡至難，你們示範一下。」

許蘭因和丁曉染先示範最簡單的跳棋。

他們走了幾步，周書就笑出了聲，說道：「雖然簡單，思路卻是新奇好玩，棋子也好看，的確適合孩子玩。」

他一說到孩子，柴俊的臉上就出現了幾分悲傷。隔了將近一年的時間，他還沒有從失去兒子的痛苦中走出來。

周書的心思都在棋上，並沒有注意到他的情緒變化。

許蘭因一直用餘光留意著柴俊，倒是看到了。

跳棋下了一半，周書就喊停，實在是太簡單了，他完全提不起興趣。

他們又接著下軍棋。

當周書看到棋子上的名字，又聽了一下規則後，輕笑出聲，說道：「貼切、直白，真的像兩軍對壘。」

柴俊也被吸引了，說道：「棋上論兵，有點意思。」等到許蘭因和丁曉染下完一盤，柴俊已收起玩味之色，說道：「這軍棋看似簡單，但想要下好卻不易，要膽大心細，還要運用許多軍事智謀。好玩，又能啟發人的智力，的確還能想出更多的玩法，不錯、不錯。」

周書也頻頻點頭，心裡暗道：可惜許姑娘是女的，若是男兒，這輩子定是大有作為！想到她弟弟也參與了，又問：「妳弟弟多大了？在做什麼？」

許蘭因大概介紹了一下許蘭舟的情況，又笑道：「他從小喜武，今年春會下場考武秀才，這些天一直跟著寧州府書院的張先生學策略。」

周書馬上說道：「讓他二十那天去書院裡找我吧，我會再給他安排好先生，讓他暫時住在書院裡學習。他是個人才，希望他能考中。」

許蘭因笑著道了謝。這一年多來，許蘭舟把軍棋研究了個透，也不怕周書起疑。如此，許蘭舟考武秀才就更有希望了。

最後下的是西洋棋。

西洋棋一下起來，就把他們完全吸引了進去。

許蘭因和丁曉染下了幾步，丁曉染又講了一遍規則後，先同周書下起來，柴俊則在一旁認真觀看。

許蘭因觀了一陣棋，才退了下去。回身關門時，又看了一眼柴俊。

單從外表來看，柴俊的確如閔戶說的那樣，有宗室子弟的傲氣，但該有的禮貌還是有，至少明面上比北陽長公主的孫子王瑾隨和多了。且從他對棋的理解來看，非常聰明，也是愛棋之人。

下晌未時末，劉嬤嬤等人領著閔嘉、許蘭亭來了茶舍後院，他們也要來看茶舍開業的盛景。看到趙星辰沒來，許蘭因放了心。之前她讓人匆匆回家給秦氏送信，說下晌不能讓趙星辰過來。

許蘭因雖然非常憧憬柴俊和趙星辰見面的激動時刻，但閔戶已經說了，在這緊要關頭，最好不要節外生枝。

申時以後，茶舍的客人們才陸續離開，許蘭因也帶著兩個孩子回家。

點棋生的人非常多，有時還要兩至三家併一個棋生才夠用。時間久了，客人們才知道這些棋生裡，水準最高的竟是年紀最小的丁曉染，想點他的人還要早來才行。

跳棋和軍棋很快在寧州府流傳開了，再越傳越遠。許多鋪子也開始賣這兩種棋，許多茶樓亦引進了這兩種棋類，還有些茶樓也招棋生了。因為這兩種棋是在心韻茶舍流傳開的，人們還是最喜歡去心韻茶舍玩。喜歡玩軍棋的人很多，包括一些軍中將士。

而西洋棋因為比較複雜，還沒有流傳開來，喜歡下這種棋的人只有去心韻茶舍，比如說周書，書院開學前，他天天泡在茶樓裡。柴俊也延後幾天回京，一直在茶舍下西洋棋，經過許蘭因的特批，他還在茶舍買了西洋棋、軍棋、跳棋各一副回京。

心韻茶舍不僅在寧州府聲名大噪，也漸漸在河北省乃至更遠的地方傳開。

正月二十書院開課，許蘭舟去了寧州府書院，並住在那裡。周書不僅給他找了一位善教策略的先生，另外還幫忙找了一位指導他騎射和武功的師傅。

秦氏讓人給老家送了信，說了許蘭舟現在得寧州書院副院長的賞識，去了書院學習，他們只能等許蘭舟考試前再回南平縣了。

許大石的來信說，許老頭都快樂瘋了，還特地去大相寺燒香添香油錢，感謝孫子遇到了提攜他的貴人。

閔嘉在許家快樂地生活著。聽偶爾來看望閔嘉的郝管家說，閔戶大多時間不在寧州府，哪怕回來也很少回家。

許蘭因又買了兩個下人，一個是十三歲的小丫頭，起名為護棋；一個是三十幾歲的錢嬸子，除了幫楊大嬸做飯，就是專門照顧許蘭亭和趙星辰。

正月二十八下晌，閔戶來了。

今天的閔戶格外不同，哪怕還有黑眼圈，也看得出他喜形於色。

許蘭因和秦氏把他請去東廂廳屋。

屋裡沒有外人了，閔戶對許蘭因笑道：「告訴許姑娘一個好消息。」

許蘭因喜道：「趙無回來了？」

閔戶搖搖頭。「目前還沒有他的消息。」

許蘭因失望不已。「這樣啊……他已經出去五個多月了，怎麼還沒有消息？閔大人說的好消息是什麼？」

閔戶笑道：「怡居酒樓已經被端了。」聲音放得更小。「京城來信說，洪希煥和洪偉父子也被秘密活捉了，不過放出消息說他們死於一場大火。」

這倒是個大好消息！許蘭因忙問道：「洪震呢？他沒事吧？」

閔戶說道：「洪震無事，他和我的幾個手下還活捉了金掌櫃以及幫助金掌櫃逃跑的桂斧。」又遺憾道：「昨天夜裡唐末山自殺了。我們是秘密抓捕桂斧和金掌櫃的，不知他怎麼聞出了味道。」一臉肉痛的樣子。

唐末山是關鍵人物，他死了真是可惜。

閔戶還說，凡是河北省跟怡居酒樓相關的人都被抓了起來，其中包括王縣令等人，大概有兩百多人。

章捕頭……不，現在已不是捕頭，要叫章黑子了，他也來到省城，他是證人，證明章鋼旦曾經參與過的事。

原來，趙無上年就已經跟章黑子有所聯絡，知道了章鋼旦死前跟他爹說的事。章黑子大義滅親弄死章鋼旦，又提供了許多證據，章家應該會將功折罪。

洪震也是如此。雖然洪希煥等人犯了滅門大罪，但洪震又立了大功，因此除了跟著洪希煥幹壞事的洪家人，沒參與此事的洪家族人與許都能保下來。

許蘭因笑道：「恭喜閔大人，破獲了這件通敵和謀害前太子的大案。」

「這件案子還不算完。『他』及其一黨已經開始彈劾太子，說太子指使洪家父子勾結西夏國殘害前太子，犧牲大名朝利益，販賣情報，做了許多有損大名的壞事，甚至還拿出了許多證據。『他』一定覺得，跟『他』和怡居酒樓同時有直接聯繫的人都死了，只要金掌櫃咬緊牙關，沒有人會知道『他』也是叛國者。哪怕有所懷疑，但『他』有皇上的信任和寵愛，我們又拿不出確切證據，拿『他』也沒辦法。哼，暫且先讓『他』得意幾天，只等他們回來，拿出更有利的情報，就可以收口了……」

「他們」肯定是指趙無和那個老妖了。趙無已經出去那麼久，不知怎麼還沒回來。

閔戶帶來的這個消息，讓許蘭因喜憂參半。

聽閔戶說，南平縣的縣衙震動很大，不僅王縣令被抓，還有十幾個幫他辦事的縣衙小吏及衙役也被抓了起來，現在暫由湯縣丞代理縣令一職。

許蘭因便講了許二石的事，閔戶提筆給湯縣丞寫了一封短信。

晚上，閔戶在許家吃了羊肉火鍋後才回府。他沒有帶閔嘉回家，因為他還要忙著審案，過幾天又要去京城。

次日，秦氏和許蘭舟回南平縣了。許蘭舟要回去報名，月中就要參加縣試。

許蘭因沒回去，二月二十茶舍要舉辦西洋棋和軍棋、跳棋的月度賽，她離不開。

二月初八這天，家裡來了兩位意想不到的客人，是章曼娘和章鐵旦。兩人一臉愁容，相較以前瘦多了，顯得更黑。他們還帶了不少山貨來，其中包括一支山參。

許蘭因和許蘭亭都吃驚不已，他們居然找來了這裡，還送這麼大的禮。

章曼娘不高興地說：「看把你們嚇的，我們又不是鬼！只不過是我大哥生前惹了事，我爹來省城說明情況罷了。放心，我們不會連累你們的。」

許蘭因這才反應過來，過去拉著她笑道：「看妳心眼多的！我們什麼時候怕妳連累了？」

章曼娘聽許蘭因說自己心眼多，一下子笑了起來，說道：「我們昨天下晌來的，來之前先去南平縣城問了許嬸子你們這兒怎麼走。許姊姊，王三妮都能在妳家茶舍做事，能不能也給我安排件差事做？我雖然不識字，長得又粗壯了一些，但有力氣，會打架，若是有人敢在茶舍鬧事——」

章鐵旦皺眉打斷她的話。「姊，咱們來幹什麼的，妳怎把最重要的事搞忘了？」

章曼娘拍了拍自己的腦袋，忙說道：「許姊姊，我們有事想求妳幫幫忙！」幾人進屋裡坐下，丫頭上了茶，章曼娘才說道：「許姊姊，聽說妳認識閔大人，能不能幫我們一個忙？」

原來章曼娘和章鐵旦是來打聽他們爹在提刑按察司的情況，再問問這件事會不會連累整個家族？

「我爹沒有叛國，這一點趙大哥可以作證，他當初還找去了我家。我爹大什麼滅親的，已經把我大哥處置了。」

章鐵旦忙道：「是大義滅親！上年趙大哥去老家找到我爹，我爹跟他說了我大哥死前都做了哪些事，這樣算不算舉報有功？還有，我們能不能見我爹一面？」

許蘭因上次專門特地關心了章家的事。閔戶的意思是，章鋼旦當初只是一個跟班，章黑子又下重手處置了他，還提供了一些情況，現在又是「污點證人」，應該不會連累家人。但這些話不好明說，只得說道：「你們爹是個聰明人，先解決了你們大哥，我覺得他不會有大事，你們家也應該無事的。至於見他，這件大案還沒落定，怕人串供，肯定是不會讓你們見面的。你們也別急，我再請人幫著打探打探他的消息。」

這話說得模稜兩可，章鐵旦依舊愁眉不展。

章曼娘卻笑了起來。「還愁什麼？許姊姊說沒事，肯定就會沒事！」又說道：「都說趙大哥死了，我覺得不會，趙大哥多厲害啊！我爹聽說隆興客棧的事後，就說當初他的腿肯定是趙大哥踢斷的！我爹還感激趙大哥把他踢殘了，否則我大哥不說實話，我爹也不會知道他居然敢做那些壞事！倘若我大哥被抓了，我們老章家就會被滅門！看看王縣令一家，都被收了監，多可怕啊！」

許蘭因覺得好笑，這還打出交情了？能說出那種話，章黑子也算是條漢子。

許蘭因沒讓章曼娘姊弟再住客棧，留他們住在許家。

大概亥時末，幾個孩子都已經上床睡覺，章曼娘還拉著許蘭因在廳屋裡說笑，垂花門突然響了起來。

掌棋去開門，回來說閔大人的長隨清朗來了，有要事稟報。

天已經很晚了，內院又沒有成年男子，不好讓清朗進門，許蘭因便走了出去。

清朗站在垂花門外，滿面帶笑，給許蘭因抱了抱拳，低聲說道：「大爺讓我來跟許姑娘說一聲，趙爺已經在京城了。他完成了任務，一切安好，讓許姑娘放心。」

許蘭因驚叫出聲，又趕緊用手把嘴捂上，平復了一下情緒後，才笑問道：「他什麼時候回來？」

清朗說道：「信裡沒說，我家大爺也不確定。明日我家大爺要帶著一部分重刑犯去京城受審，就不過來跟姊兒告別了。」

許蘭因點頭，又問道：「你知道章黑子的情況嗎？」

「重刑犯裡不包括他，應該沒有什麼大事。但他還會繼續待在刑獄裡，等到案子落定後再看怎麼判決。」

不算重刑犯，家人肯定安全了。

送走清朗後，許蘭因跟章曼娘說了一下她爹的情況。

聽說爹爹不算重刑犯，沒有被押去京城，章曼娘樂不可支。她看許蘭因雙目發光、小臉通紅，喜悅之情掩都掩不住，不禁問道：「妳還有什麼喜事嗎？我爹無事，妳不至於這麼高興吧？」

許蘭因有些臉紅，這麼大剌剌的姑娘都看出了自己的情緒。她笑道：「嗯，是有件好事，是朋友家的。」

章曼娘撇了撇嘴，不信地說道：「朋友家的事妳不至於這樣吧？是不是婆家的？」

許蘭因忙道：「胡說什麼啊？我沒有婆家！到目前為止，我還不想找婆家！」

第二十二章

許蘭因留章曼娘姊弟在寧州府玩了兩天，就送他們回了南平縣老家。之後，除了給孩子們講講故事，許蘭因就開始給趙無做衣裳，默默盼著他的回歸。

二月十八這天晚上，丁曉染和王三妮很晚才回來。

「什麼事絆住了？」許蘭因問。

王三妮道：「今天遇到一個怪人劉公子，下棋下上了癮，就是不走，還不許陪他下棋的曉染走，說他要好好練棋，博取鬥棋那天得西洋棋和軍棋、跳棋的三棋狀元。後來好不容易放曉染走了，可他自己還是不走，說要歇在茶舍裡，明天繼續下！」

居然有這樣的傻子？許蘭因道：「你們應該去找衙役請他走啊！」

王三妮苦笑了一下。「陪劉公子前來的就是知府家的秦公子，還有一位是京城的柴大人，柴大人在茶舍開業時來過……」王三妮的聲音又放小了。「他們勸了劉公子半天，劉公子不聽，他們也沒辦法，最後只得陪他住在茶舍，伍掌櫃也留在那裡陪他們。我覺得，劉公子八成是哪個大官家的公子，我看到有二十幾個護衛住在茶舍保護他，外面還有不少衙役在巡街呢！」

丁曉染又小聲說道：「大姑娘，那位劉公子看著長得不錯，可行事說話卻像個孩子，這裡好像有些不對。」他指了指腦袋說。「不過，他的棋的確下得非常好。我練了那麼久，軍棋根本下不過他，西洋棋勉強能打成平手，跳棋他就不稀罕下。還有，他說他想出了一種軍棋的新玩法。」

丁曉染的西洋棋和軍棋都下得極好，目前為止，只有周書下西洋棋能跟他打平，軍棋還沒有人下得過他。那個怪人下了一個月就達到這種水準，的確是個天才。

姓劉，連南陽長公主的孫子都拿他沒辦法，秦儒又全程陪同……肯定是皇親國戚！

皇上有五個兒子，大兒子劉兆印沒了左臂，現太子劉兆平和三兒子劉兆顯奪嫡正白熱化，他們三個都不可能來。五兒子只有十歲，四兒子是個傻子……

難不成，大鬧茶舍的劉公子是四皇子劉兆厚？

但……皇子不會這麼容易出宮吧？還出京了！而且，傻子怎麼可能下棋下得這樣好，居然還想出了新玩法！雖然丁曉染說劉公子行事說話有異，但總不會是傻子吧？

那麼，那位劉公子最有可能是皇上的哪個姪子或是姪孫。

許蘭因說道：「既然柴大人都拿他沒轍，就由著他吧。明天一早跟伍掌櫃說清楚，一定要好好招待那位劉公子。我明天也會去茶舍一趟。」又問：「比賽的各種準備事宜都做好了嗎？」

王三妮道：「都做好了。到今天為止，來報名參賽的有二百多人，經過棋生考核，允許參賽的有八十人，秦公子和閔大公子也入圍了。參加軍棋的最多，有四十六人，跳棋的二十人，西洋棋的十四人，其中包括十五名文武官吏。周大人說，何師爺、李先生他們都答應當裁判了……喔，還有京城的柴大人和劉公子，他們也報了名，柴大人報的是西洋棋，劉公子三種棋都報了。」

許蘭因笑起來。這麼多人捧場，算得上盛事了。

周書擔任總裁判，這是許蘭因前幾天特地去茶舍當面跟他說好的；十個棋生是副裁判；秦紅雨和閔楠兩位是跳棋裁判；另外還請了兩位西洋棋裁判、四位軍棋裁判，這另請的六個裁判，其中三個是書院裡的先生，一個是閔燦的幕僚何師爺，還有兩個是開館先生，都有舉人以上的身分。

頒獎人也請好了，是閔燦和周書。

王三妮又問：「劉公子能參加跳棋比賽嗎？」

許蘭因搖搖頭。「不行，這是規定。他若一定要參加跳棋比賽，就讓最後的跳棋狀元跟他下一盤友誼賽。」

次日巳時初，許蘭因一個人坐車去了茶舍。

王三妮迎了上來，悄聲說道：「劉公子和柴大人在三樓丹舍，秦公子和伍掌櫃、曉染陪著他們。」

許蘭因去了三樓丹舍。她剛靠近丹舍的門，就被兩個護衛一樣的男人攔住了。

王三妮忙說道：「這是我們茶舍的東家，她的棋藝非常好。」若不說她的棋藝好，即便是東家也不會讓進。

護衛縮回手，許蘭因輕輕開門進去，看到周書在和一身華服的柴俊下西洋棋，丁曉染在和一位十四、五歲的少年下軍棋，秦儒坐在一旁觀看，伍掌櫃和一個小二站在一旁服侍。另外還有兩個眼生的人在服侍。

那個少年穿著棕紅色繡團花長袍，頭戴八寶金冠，長得白白胖胖，五官圓潤，彎彎的笑眼十分討喜，哪怕此時正凝神望著棋盤，也覺得他是笑著的。

周書最先看到許蘭因，笑著招呼道：「許姑娘，來看看劉公子的新玩法，若是行，妳可是要給會員卡的。」

許蘭因笑著向他們屈膝行了禮。

劉公子看向許蘭因，澄澈的眸子溢滿了笑意，說道：「就是這位姊姊要發卡呀？沒想到姊姊這麼漂亮呢！」

他一笑，還露出兩顆可愛的小虎牙。

這話若是從其他後生嘴裡說出來，就是調戲姑娘了。可從他的嘴裡說出，連許蘭因本人都不覺得他有輕薄之意，而是覺得他很可愛，說的是肺腑之語。

這位公子的腦筋的確不正常，像幾歲的孩童。

許蘭因笑道：「劉公子過獎了。」

她走過去，見劉公子和丁曉染又用新玩法下起軍棋來。這種玩法更適合冷兵器時代的戰爭，之前棋盤上的小路，被設定成了山路。

他們下完後，許蘭因由衷地讚道：「妙極！這些設定也更適合戰場博奕。」又對劉公子燦然一笑，說道：「劉公子有大才，這種玩法比之前我們所想的還好玩，也更容易被人接受和喜歡。」

劉公子笑得眼睛更彎了，伸出手道：「姊姊可以給我會員卡了吧？」他不知道會員卡是什麼東西、有什麼好處，但他覺得，要設計出新玩法才能得到的，肯定是好東西。

許蘭因暗道，這麼聰明討喜的孩子，怎麼會不正常呢？真是可惜了。她笑道：「喔，劉公子請等一等。」她回頭讓王三妮去她屋裡拿一張卡來。

會員卡是用松花箋製成的，淡雅飄逸，還有一股茶香，寫著「會員卡」三個字的墨裡加了點珍珠粉，隱隱泛光，極是別致好看。

許蘭因拿著卡雙手奉上。

劉公子起身雙手接過，喜道：「我喜歡這張卡，也喜歡姊姊——」

柴俊趕緊阻止道：「小四說什麼呢！」

劉公子嘟嘴道：「我沒有那麼傻，話還沒說完呢！我是說，我也喜歡姊姊家的茶舍，佈置擺件跟別處都不一樣，棋生和小二穿戴的帽子也好看。我還喜歡姊姊家的軍棋、西洋棋，比圍棋和象棋好玩！至於跳棋嘛……一般般吧！」

說得眾人都笑起來。

晌午，茶舍灶房做了麵條、餛飩、蒸蛋以及幾種甜羹，許氏糕餅又送來許多點心。

劉公子吃得十分歡喜，又說道：「姊姊，我喜歡在這裡下棋，也喜歡這裡的吃食、擺設，我能不能一直住在這裡？」

這話許蘭因不好接，只能呵呵傻笑幾聲，其他人也都裝作沒聽見，柴俊又把話扯去了別處。

飯後，劉公子睡在羅漢床上，柴俊和周書睡去其他花舍，許蘭因等人回了後院。

秦儒也跟了過來，悄聲跟她說道：「聽柴大人和周大人說，那位劉公子是貴人，一定要好好招呼，不能出差錯。」

許蘭因點頭。她已經肯定，這位劉公子就是四皇子劉兆厚。他的確是個傻子，卻傻得很另類，屬於跟天才只差一步那種。

許蘭因回到屋裡閉目養神。她沒想到，書裡只出現名字沒出現人物的四皇子，居然以這種形式出現在她面前。

有時候當傻子比當聰明人好，比如現在，他的幾位兄長正在京城鬥得厲害，失敗一方將付出慘痛代價，而他卻身在花團錦簇的茶舍，玩得快樂，吃得開心，睡得滿足，滿心滿眼想的都是如何取得「兩棋狀元」及跳棋的無冕之王。

下晌，劉兆厚等人又下了半天棋。

許蘭因比較懂得如何跟這種不正常的人說話，她的話不多，都能撓在劉兆厚的癢癢處，讓劉兆厚極是受用，又不讓其他人感覺突兀。

劉兆厚不止一次地表達道：「姊姊，我喜歡這個茶舍，也喜歡聽妳說話！」

而秦儒的心思幾乎都放在柴俊身上，殷勤地忙前忙後。

中途喝茶休息的時候，許蘭因居然聽到秦儒提到他去世的表姑柴清妍。

柴俊說道：「我至今還記得二姑母。我祖母和我娘都說，若沒有她送的如玉生肌膏，我興許就是大麻子臉了。唉，當年她出了事，我祖母跟祖父也非常難過。」

秦儒忍了忍，才把「柴正關賣女求財」的話壓下，只痛心地說了句。「若是柴大人不訂那門親，我姑母就不會出事了。」

柴俊點點頭，沒再繼續說這個話題。「秦大人官聲很好，也很有能力。你們跟我二姑母有血脈之親，以後去了京城，到南陽長公主府找我。」

他居然因為柴清妍的關係，願意跟秦家人親近？這讓秦儒很高興，忙一迭連聲地答應。

聽到這兩位表哥同時說起秦氏，許蘭因暗自辛酸。是親戚，卻不敢相認。特別是這位秦表哥，他如此討好柴俊，一定是為了姑母柴清妍吧？

申時末，茶舍該打烊了，劉兆厚才被幾位貌似官位很高的人勸走。

他還特地來到許蘭因前面，囑咐她道：「姊姊，明天妳要來看我下棋喲，我喜歡聽妳說話！」

許蘭因笑道：「一定。」

人都走後，伍掌櫃等人又開始佈置起明天的比賽場地。

許蘭因回到家，居然看到許二石來了。他被許老頭派來送信，許蘭舟過了縣試，名次還挺靠前的，第八名，下個月初就要到府城參加府試。由於秦氏是女人，又是寡婦，不好陪同，到時會由許大石陪他。

這真是個好消息，許蘭因大喜。

許二石的笑容更盛，說道：「我已經把閔大人寫的信交給湯大人了，他讓我寫了幾個字……」許二石的臉有些紅，又笑道：「然後他就把我分去了招房，專門負責填表及整理口供筆錄事宜。」

因為字醜，這麼硬的關係了居然都沒有分去六房，而是分去了次一等的招房。

許蘭因笑道：「喔，恭喜你了。」

許二石扯了扯嶄新的衣裳，又道：「過幾天我就去當差了。我娘還特地給我做了幾身綢子長袍，爺和奶也讓我好好當差，要對得起因姊姊的幫忙。」

許蘭因才注意到他今天穿的是長袍，碧藍色，顯得他更加白皙秀氣。頭髮束著玉簪，笑得眉目舒展，倒是有幾分白面書生的氣質。若眼神再沈穩些、不亂閃，身子也不隨意晃動，就更好了。

她笑道：「嗯，不錯，很俊俏。」

許二石紅了臉，笑說：「這都是託了因姊姊和二嬸的福，爺奶和我爹娘都非常高興，謝謝你們。」

許蘭因讓丁固和楊忠陪他在外院喝酒，又悄聲囑咐楊忠，這兩天帶許二石去最繁華的黃石大街及幾個著名衙門看看，千萬不要去青渠街。陪他吃好、喝好、玩好，再買些送老家的東西，兩天後送他回鄉。

許蘭因開茶舍的事沒有跟許老頭夫婦說過，她怕老爺子知道茶舍不是許家的，到時鬧起來，讓人心煩。

次日，許蘭因和許蘭亭、閔嘉起了個大早，趕往茶舍，沒敢帶趙星辰。

到了茶舍，發現閔燦和他兩個兒子、秦儒居然都來了。

閔燦對許蘭因說道：「秦大人讓我告訴妳，那位劉公子是貴人。因為他來參加比賽，布政使李大人、都指揮使徐大人、學政梁大人等官員都會來觀賽。你們要準備好茶湯和茶點，萬莫出了差錯，秦公子和我家老二任由差遣。另外，我和周大人就不頒獎了，請李大人、徐大人、梁大人頒獎為好，再請秦大人說幾句祝辭。」

許蘭因沒想到，自家舉辦的一個民間比賽竟吸引了這麼多政府要員。她四下望望，舍裡舍外，有許多正裝或是便裝的士卒和衙役在巡邏。

她的表情也嚴肅下來，連連點頭允諾，去跟伍掌櫃和王三妮商量起來。

大概辰時，總裁判周書和八個裁判都來了。

王三妮把裁判的徽章發給他們戴上。徽章就是一個圓形小木牌，上面刻了個「裁」字，吊在一條布帶上，直接套在脖子上即可。總裁判的小木牌是紫色，裁判的是棕色。

秦紅雨和閔楠把徽章套在脖子上，激動得小臉通紅，偏還要裝作十分嚴肅的樣子。她們是第一次參與這麼有意義的大事，多了不起呀！

閔燦見閨女這個模樣，不禁笑了起來。

辰時末，選手除了柴俊和劉公子沒來，其他參賽者都來了。王三妮又發給了他們參賽號牌，告知他們在哪間房比賽。

不久，劉兆厚和柴俊就在一些人的簇擁下來了茶舍。

劉兆厚的臉皺得像個包子，嘴翹得能掛個葫蘆，明顯不高興。

他一看見許蘭因，五官立即舒展開了，笑得像旭日一樣燦爛，跑過來說道：「姊姊，我只喜歡聽妳說話，不喜歡聽他們唸叨，煩人！」

這話所有人都選擇沒聽到。

許蘭因笑著給他們屈膝行了禮，親自把號牌發給劉兆厚和柴俊。

已時一刻，秦知府發表了熱情洋溢的祝辭後，比賽正式開始，茶舍裡立即安靜下來。能來茶舍觀棋的人都要經過茶舍的人和衙役選擇，人不多。因為有許多官員和衙役在，茶舍裡異常安靜。有些小選手吵鬧起來，帶著他們的家長就趕緊出面制止。

閔嘉和許蘭亭一直待在後院，直到開始比賽前才出來。

閔嘉是選手中最小的。

小選手看到這麼小的女孩也來參加比賽，都十分瞧不起她。還有個男孩直接用手比劃了一下，意思是「個子才到我的肩膀而已，也敢來鬥棋」。

閔嘉翹起了小嘴。她知道，自己說話的聲音不好聽，這個時候最好不要說話。

許蘭亭替她說道：「有志不在身高，比試了你才知道嘉嘉的厲害。」

正好那個男孩跟閔嘉一組。閔嘉看看裁判是自己認識的秦姨，許姨也在一旁看著她笑，她立即挺了挺小胸脯，兩刻鐘不到就把那個男孩打敗了。

那個男孩不願意，還想悔棋。

秦紅雨馬上說道：「不能悔棋，否則一切成績都將取消。你這盤雖輸了，但還能參加下一局，若勝了還有可能進入半決賽。」

那個孩子方才老實下來。

劉兆厚先參加西洋棋比賽，再穿插著跟軍棋半決賽的選手比。那的確是個下棋天才，場場贏。

跳棋最先結束，午正三刻就全部下完了，閔嘉不負眾望得了第一名。

軍棋在下晌申時二刻全部結束，劉兆厚拿了第一名；之後他又參加西洋棋決賽，酉時一刻結束，他又得了第一名。真的拿到了雙棋狀元。

柴俊得了西洋棋第三名。

頒獎儀式在一樓大堂舉行，第一名的獎品是刻著「狀元」的獎牌，及一副水楠木棋；第二名是刻著「榜眼」的獎牌，及一副香樟木棋；第三名是刻著「探花」的獎牌，及一副南榆木棋。選手參加什麼棋種，獎品就是什麼棋。

獎品與眾不同，獲獎人都非常喜歡。

頒完獎，劉兆厚較真地一定要跟閔嘉下一盤。

閔嘉昨天晚上就被許蘭因說服了，不管贏不贏，自己的狀元頭銜都跑不了。

劉兆厚又贏了，成了跳棋的無冕之王，仰頭大笑幾聲。

一天沒說話的閔嘉忍不住譏諷道：「我才七歲，你呢？」

劉兆厚隨手指了指旁邊留著白鬍子的一名官員，說道：「他更老，比歲數，找他！」

這話讓閔嘉語塞，也逗樂了眾人。

離開茶舍之前，劉兆厚又來跟許蘭因說：「姊姊，明天我還要來茶舍玩，妳要等我喔！」一樣子極是可愛。

許蘭因笑著答應，心道：明天你想來也不一定來得成了。

等送走所有鬥棋的人，閔嘉才撲進許蘭因的懷裡，舉著胸前的獎牌說：「狀元！告訴爹爹！」

許蘭因親了她一下，笑道：「好，請郝管家派人去京城送信。」又道：「祝賀嘉兒，妳是最聰明的孩子。」

許蘭亭說道：「我早就知道嘉嘉是最聰明的女娃！」

他很有心計地用了「女娃」二字，因為他覺得自己是最聰明的「男娃」。

許蘭亭以後要長期住在這裡，許蘭因就請周書推薦了一家好私塾，每天去那裡讀書。許蘭舟的格局有限，無論如何不會有太大出息。但這個小弟弟卻不同，許家想振興，將來都要靠他。這孩子本來就聰明異常，再加上許蘭因日日把他帶在身邊調教，又見慣了「大場面」，因此不僅功課好，也人情練達，討人喜歡。

同時，許蘭因也安排丁曉染去私塾讀書，並跟先生說好，一旬上課五天，請假四天。她對丁曉染寄予厚望，覺得未來的西洋棋大師更應該有內在修為才行。她還允諾，若將來丁曉染在西洋棋上有大造化，會放他的奴籍。

日子一晃到了三月，草長鶯飛，天氣漸暖。

四皇子在心韻茶舍參加鬥棋的事已經傳開，三種棋也流行起來，茶舍的生意更好了，超過了寧州府所有茶樓。儘管茶舍的收費非常高，但依然是人滿為患，休沐日客人要早去才能占到位置。在許多人的心裡，在心韻茶舍喝茶、下棋，是一種風雅。

中旬，春雨淅淅瀝瀝下了好幾天，滿院子落英繽紛。

十三這天下晌，上房廳屋開著門。屋外煙雨濛濛，屋裡一片祥和。

許蘭因同兩個丫頭做著針線活，閔嘉和趙星辰坐在門口唸著連環畫。

閔嘉大聲唸一遍，趙星辰就跟著唸一遍。閔嘉的口齒較之前好多了，但有些字唸得依然不清晰，趙星辰就會及時糾正她。

「嘉姊姊，是『娘』，不是『梁』。我都說了好幾遍，妳又忘了。」趙星辰糾正道。

閔嘉馬上改正。「梁、梁、娘……」

「嗯，這次唸對了，嘉姊姊真棒！」趙星辰表揚完，還拍了一下小胖手。

許蘭因笑著抬頭看他們一眼。她突然覺得，自己就像已婚婦女，帶著三個孩子過著小日子，盼望著遠行丈夫的回歸……她被自己的想法嚇了一跳。

趙無就是她調教出來的熊孩子，自己這是怎麼了？她覺得自己是「意淫」，有了殘害小花朵的犯罪感，甚至是羞恥感。這個想法若是被趙無知道了，還不笑話她？多尷尬！她趕緊撇開這個想法，又抬頭望向兩個孩子。

趙星辰問道：「快要去胡同口接小叔叔了嗎？天上沒有日頭，算不出時間呢。」

每天去胡同口接放學的許蘭亭，是趙星辰最重要的日程之一。

閔嘉搖搖頭。「還沒呢，天要麻麻黑了，我們再去等。」

「麻麻黑」是許蘭因前世愛說的，不注意說了幾次，就被幾個聰明的孩子學會了。

正說著，就看見舉著傘的丁固匆匆走進垂花門，站在門外稟報道：「大姑娘，閔大人來了。跟他同來的還有一位爺，說是柴大人。」

許蘭因起身道：「快請。」

她牽著兩個孩子站去廊廡下，看見閔戶和柴俊走進了垂花門。他們步履匆匆，打傘的清風和清朗緊跟在他們後面。

閔戶的精神狀態很好，雖然依舊清瘦，但沒有黑眼圈，眼裡溢著喜色；而柴俊跟前兩次見到的時候明顯不同，沒有了清貴公子的傲慢，滿臉疲憊，瘦了，衣裳也有些皺巴巴的，倒是十分接地氣。

「爹——爹！」

「閔、大、伯！」

兩個孩子大叫起來，趙星辰的大嗓門完全碾壓閔嘉，他還高興地跳了兩跳。他們喊完就要衝進雨裡，被許蘭因強拉住。

看見這兩個人，許蘭因既高興又心酸。今天，這兩個一直跟她相伴的孩子很可能都要離開了。閔嘉還好，她就住在這裡，過幾天又有可能回來。可是趙星辰，他一走就難得再見了。

柴俊猛地停下腳步盯著趙星辰看了幾秒，接著就一個箭步衝上前，蹲下一把抱住趙星辰。看看他的臉，又掰開他的小手看了看掌紋，眼裡瞬間湧上淚，喃喃道：「是瀟兒，真的是瀟兒！你還活著，真的還活著……」他邊說，還邊搖晃著趙星辰。

趙星辰整個人嚇壞了，使勁扭動著小身子想要逃脫柴俊的「魔爪」，驚慌地喊著。「拍花子、拍花子！姑姑，怕、怕……」竟是大哭起來。

閔嘉趕緊跑過去，試圖掰開柴俊的手，邊著急地喊著。「壞人，放開小星星！許姨、爹爹，快來幫忙！打他……」

閔戶走過去勸道：「柴大人，不要嚇到孩子了。」

柴俊似才恢復了理智，他的手剛一鬆開，趙星辰就跑到許蘭因後面。

趙星辰抱住許蘭因的腰，把小腦袋埋在她的後背，哭道：「姑姑，我怕！拍花子又來抓我了！他要打我、燙我！疼，嗚嗚嗚……」

閔嘉聽了，立刻跑到許蘭因的旁邊，伸開雙臂說道：「小星星不怕，姑姑不會讓他帶走你！我爹爹是抓壞人的，他也不會讓人帶走你！」

許蘭因反手輕拍著他，安慰道：「莫怕，他不是拍花子，拍花子不敢來咱們家。」

趙星辰聽了，這才抬起頭，又把頭伸出去看向柴俊。

這個人有點面熟，趙星辰想不起來在哪裡見過。但是，不管見沒見過，他這樣就像拍花子似的，讓自己害怕且不喜。

柴俊又情不自禁地叫了一聲。「瀟兒，你不認識我了？」

一年過去，兒子長高了半個頭，五官比離家時長開了不少，白白胖胖的，非常壯實的小子。只不過，之前的瓦片頭換成了腦袋頂上的小揪揪，錦繡衣衫換成了半舊的綢子衣裳，赤金盤璃瓔珞圈換成了銀項圈和小銀鎖。

趙星辰說道：「我認識閔大伯，不認識你！我爹爹他專打壞人，一腳就能把壞人踢到天上去！姑姑，我和嘉姊姊都不喜歡這位叔叔，妳讓他回家。」

兒子的聲音跟當初差別不大，只是口語有些變化。而且，不僅會說這麼多話，居然還會吹噓了。柴俊欣喜不已，還要說話，閔戶早一步開口提醒他。

「柴大人，在京時你是怎麼跟我說的？」

柴俊站直身子，向許蘭因抱了抱拳，說道：「許姑娘，謝謝妳和趙無、閔大人，謝謝你們救了瀟兒，又讓他生活得如此快樂。」說完，又向許蘭因深深一躬。

許蘭因趕緊屈膝還禮。

許蘭因讓新來的丫頭招棋帶著閔嘉和趙星辰在上房玩，她把閔戶和柴俊請去東廂廳屋，有些話不好讓孩子聽見。

柴俊走進東廂之前，又回頭看了兒子一眼，就見閔嘉和兒子手牽手站在廊廡下警戒地望著他，儼然一對相親相愛的好姊弟。兒子不僅生活得很好，還被教得非常好。

他又向閔戶和許蘭因抱了抱拳。

掌棋上完茶後退下。

閔戶見許蘭因看他的眼神，知道她關心什麼，笑道：「趙無不是案件的關鍵證人，不會在大理寺待太久，過些天就能回來了。如今，現太子和三皇子同時被圈禁，他們的黨羽也都被抓住，等待三司會審後才能出結果。放心，我們的證據確鑿，做了壞事的人跑不了。」

趙無終於快回來了，三皇子也被圈禁起來了。許蘭因笑起來，一直提著的心終於放下了一些。

許蘭因又跟柴俊講了當初如何遇到趙星辰、如何第一眼疼惜他、他在乞丐窩遭了哪些罪、他如何懂事討人喜歡、自己如何治療他的燙傷以及如何養育他等等。

她這樣做，不僅是想讓柴俊更加憐惜小星星，以後好好待他，也是在柴俊面前狂刷自己的好人分數，希望他以後能盡最大的能力幫助秦氏。

聽到兒子遭了這麼多罪，柴俊掩面而泣，甚至哭出了聲。

柴俊沒見到趙無，只聽閔戶大概講了一下救助趙星辰的經過，並不詳細。現在聽許蘭因講出來，才知道兒子的遭遇比之前想像的更可憐、可怕。

柴俊又說道：「閔大人跟我說了瀟兒的事後，我把這事私下跟家人說了，他們都開懷不已。不瞞妳說，我祖母和內人因為孩子死了，一直臥病在床，聽說了這個好消息後，她們都喜極而泣，身體也好多了。你們救的，不只是孩子的命，也是我祖母和內人的命……」一臉陰沈了下來，眼裡也閃過一絲狠戾，說道：「不過，孩子暫時不能帶回去，我們要先找出凶手。目前已經有了些猜測，待查清並處置了那些人後，再把瀟兒接回家。」

柴俊說完，又起身朝許蘭因深深一躬。為了保密，這件事他只跟妻子、父母、祖父母說了，還讓妻子要繼續裝病。這次來寧州府，是找了個公差，來許家更是連一個下人都沒帶。

柴俊明確地說出有人要害趙星辰，又有了大概方向，讓許蘭因放心了許多。而且，趙星辰不會馬上離開她回家，能多相處一些時候，她心裡還是竊喜的。

許蘭因起身還禮，說道：「柴大人客氣了，我和我的家人，包括嘉兒，我們都非常喜歡小星星……喔，瀟哥兒。我也希望他今後能平安快樂，不要再出意外。他從小錦衣玉食，我們是柴門蔽戶，在我家都是過著普通人家的生活，委屈他了。」

柴俊搖搖頭。「許姑娘客氣了，妳把他教得非常好。我看得出來，他在這裡生活得非常快樂。你們之前如何待他的，以後也如何待他。喔，我很喜歡小星星這個名字，你們這樣叫他即可。」

許蘭因便說了為何給趙星辰起這個名字。「我最先被他吸引的，就是他的眼睛，亮得像夏夜中的星辰，漂亮極了。後來我的眼前會時時出現那雙眼睛，所以就讓趙無幫忙注意這個孩子，若找不到他的父母，我願意收養他。真沒想到，他還有這樣的身世。」

柴俊連連點頭。「夏夜中的星辰，說得真貼切！瀟兒的眼睛最像我的祖母，極亮，又充滿智慧。」他向清風伸出手，清風立即遞上一個錦盒。他雙手奉上錦盒，說道：「許姑娘，大恩不言謝，這是我祖母和我的一點小意思，不成敬意。」

許蘭因不想收他的錢，想讓他欠自己最大的情，笑道：「柴大人客氣了，我一直把小星星看成我的親人，他將來一切安好，才是我及家人最大的願望。」

柴俊說道：「許姑娘放心，家裡安全了，我才敢接他回去。這是我們的一點小心意，還請許姑娘收下。」

許蘭因不好再矯情，接過了錦盒。

正說著，外面傳來幾個孩子說話的聲音，閔嘉和趙星辰在丫頭的帶領下，去胡同口把許蘭亭接回了。

楊忠趕著騾車去私塾接回的人，兩個孩子在胡同口爬上車後，開始你一言、我一語地告了「壞叔叔」一狀。許蘭亭聽了，氣得小心肝「撲稜稜」地亂跳，下了車就一手一個牽著他們跑進來，嚇得招棋打著傘跟在他們後面追。

進了東廂，許蘭亭恨恨地看著柴俊說道：「小星星是我趙大哥的兒子，是我和姊姊的小姪子，是我娘的孫子，還是嘉嘉的弟弟，我們不許你打他的壞主意！敢打，我就讓閔大哥把你抓進大牢！」

閔嘉和趙星辰也都恨恨地看著柴俊，使勁點了點腦袋。「我們都不喜歡你！」

看著這幾個孩子，柴俊苦笑著直搖頭。

閔戶的笑容也有些苦澀，覺得現在的柴俊就跟自己一樣可憐可悲，沒處理好家事，讓孩子遭罪。

許蘭因趕緊緩頰道：「你們誤會了，這位是柴大人，在朝廷為官，他是因為小星星太可愛了，才親近了一些，沒有打壞主意！」

原來是這樣啊！許蘭亭非常不好意思，先小聲地對閔嘉和趙星辰說了一句。「看看，鬧笑話了吧？做事要動腦子，若他是壞人，你們的爹爹和姑姑就不會讓他進門了。」又向柴俊作了個揖，笑道：「是我們誤會了，見笑、見笑！今天請柴大人和閔大哥在我們家吃飯、喝酒，陪罪陪罪！」

紮著小揪揪的小豆丁說出這番話，極有喜感，逗得閔戶和柴俊都笑起來。

柴俊笑道：「叫我柴叔叔……」想到許蘭亭人小輩分卻不小，又道：「叫我柴大哥吧，叫柴大人太客氣了。」

閔嘉也不好意思地說道：「喔，是這樣呀！柴叔叔，剛才是我們……急切了。」

閔戶這才注意到，閨女的口齒較之前又更清晰不少，說話也連貫多了，不禁喜道：「好閨女，妳又有進益了！」

趙星辰不好意思地看了柴俊兩眼，扭著指頭說道：「柴叔叔，你不是拍花子，不打我的壞主意，我就不討厭你。」

聽兒子這樣說，柴俊又是好笑、又是心酸，兒子明顯是被嚇破了膽。他伸出手想拉拉兒子，又怕再把兒子嚇著，於是縮回手笑道：「我是好人，保證不打你的壞主意。」

閔戶招手把幾個孩子叫到他面前。柴俊就坐在他旁邊，這樣趙星辰離柴俊更近了。

柴俊不敢再造次，先摸摸許蘭亭的臉，再按按閔嘉的包包頭，最後才敢捏捏兒子的小臉。小臉嫩嫩的、滑滑的，同記憶中的一樣。離近了，甚至覺得他身上的味道都跟過去一樣。

閔戶問了閔嘉得跳棋狀元的經過。

閔嘉主要彙報，許蘭亭作補充，趙星辰負責捧哏。

三個孩子的童言童語不時逗得閔戶和柴俊大笑。閔戶是真的開心，柴俊是喜悲參半。

許蘭因見他們說得熱鬧，氣氛也很好，才抽身出去，吩咐楊大嬸和錢嬸子做些什麼菜。時間已經有些晚了，又讓丁固去酒樓裡買幾個大菜回來，家裡還有閔府送的好酒。

晚飯，依然是許蘭亭和趙星辰兩個小男人陪閔戶和柴俊兩個大男人。

許蘭亭先用小手比了個「請」，說道：「柴大哥、閔大哥，請、請！」

趙星辰也跟著說道：「請！」

趙星辰拿小木勺吃飯。他的小木勺是特製的，把手比這個時代的小勺長一些，還有弧度，好拿好用。他先舀一口菜吃進嘴裡，又低頭扒一口米飯。不小心把油炸鵪鶉蛋掉在了桌上，又用左手撿起來吃進嘴裡。

若他想吃離得稍遠的菜，就會指一指，負責服侍的掌棋會幫他挾在碗裡。

柴俊又有些心酸了，兒子還不到四歲，居然會自己吃飯了。他誇獎道：「小星星真能幹，都會自己吃飯了。」

許蘭亭說道：「柴大哥有所不知，當初小星星在乞丐窩裡待了好久，若他不自己吃飯，那些乞丐還會餵他嗎？小星星不僅會自己吃，吃得比我和嘉嘉還快呢，我們都搶不過他。」

趙星辰的小嘴翹了起來，說道：「要搶得快，還要吞得快，他們會摳嘴巴！」他用手指比劃了一下摳嘴的動作。

乞丐窩裡的許多事趙星辰都不記得了，但被打、被燙，以及被餓急了的小乞丐從他嘴裡摳食物的場面，他還記得一些。

柴俊的眼眶發熱，也吃不下了，不是看著趙星辰吃，就是幫他挾他喜歡吃的菜。

他這樣，又讓許蘭亭警戒了起來。

看到許蘭亭陰惻惻的小眼神，為了不讓他懷疑，柴俊只得又給許蘭亭挾菜。

飯後，不僅柴俊捨不得走，閔戶也捨不得走，聽閔嘉拿著連環畫教趙星辰唸書。

三個孩子排排坐在小凳子上，一個教得認真，一個學得認真，一個負責點評。為了光線更好，招棋舉著一盞羊角燈站在他們身後。

看著他們如此好學和認真，閔戶和柴俊都極為開懷。在自己家裡，即使是親人也會算計，而在這個家，他們幾人都沒有血緣關係，卻如此相親相愛。而且，自己的閨女跟兒子聰明得超乎想像。

柴俊看兒子看得高興，許蘭因又低聲問閔戶有關古望辰的事，他當初是報案人，也牽扯在其中。

閔戶小聲說道：「古望辰入仕不久，官職又低，表面上跟二皇子和三皇子的人沒有牽扯。不過，他的岳家似乎跟三皇子有些牽絆。皇上開恩，沒有把蘇家劃進三皇子一黨，但也會有些連累。」

古望辰居然抽身出來了，而蘇家卻陷了進去？這跟書裡完全是背道而馳。看來這以後，許多事情的發展軌跡跟書裡的情節都不會重疊了。

戌時初，閔戶和柴俊再不捨得，也不得不起身離開。

來到院子裡，下了幾天的雨已經停了。天上的星星密密麻麻，似被關在家裡久了，一下子全跑了出來。

閔戶對許蘭因笑道：「我剛回來，衙門裡還有許多公務要忙，暫時不接嘉兒回去。」

許蘭因點點頭。

閔嘉高興得發出幾個哈哈聲。

趙星辰也怕嘉姊姊回家，聽了也喜得跳了兩跳。

柴俊對許蘭因抱拳道：「許姑娘，還要麻煩妳一段時日，我回去就把那些事料理清楚，還家裡一個清明。」說完，又躬了躬身。

許蘭因屈膝還了禮。

星光下，盈盈萬福的姑娘眉目如畫，瓊姿花貌，柴俊的眼前鬼使神差地晃過另一張面容，是記憶裡的二姑姑柴清妍。

真像！

柴俊眨了眨眼睛，眼前的姑娘身材高䠷，眼波流轉間滿是沈穩自信，跟嬌小怯懦的二姑姑完全不一樣。

他想著，一定是自己今日太過震驚，所以出現了幻覺。

孩子們都睡了，許蘭因把柴俊給的錦盒打開，裡面有一對水頭極好的白玉鐲子、兩支赤金嵌寶孔雀簪，最下面是幾張銀票。許蘭因拿出來數了數，共六千兩。

許蘭因沒想到，自己當時的一個善舉，又讓她發了一筆橫財。最關鍵的是，有了柴俊身後的南陽長公主，秦氏要再次成為柴清妍、光明正大生活的願望，就更容易實現了，說不定還能收拾柴正關和沈氏那兩個惡人。

她把錦盒放入暗格藏好。這些錢中，還有趙無的一半。

三月十九，衙門裡的事告一段落，閔戶下衙後就去了許家。他想閨女，也想許蘭因了。去的藉口早想好了，去接閨女回家住。明天，再送閨女來許家，等到想閨女了又可以去許家探望。閨女放在許家，不僅對閨女有益，自己也能經常看到許蘭因。

來到許家，已經華燈初上，許蘭因和幾個孩子剛吃完飯，在院子裡說笑。

閔戶還沒進垂花門，就能聽到內院裡傳出來的笑聲，當中還有閨女的。

看到閨女靈活歡快的身影，還有那個曼妙的身姿，閔戶的心又溢滿了甜蜜。

許蘭因要親自領著下人去給他和幾個隨從做飯。

閔戶笑道：「讓下人做吧，我有話跟許姑娘說。」

已是晚上，不好孤男寡女在屋裡，孩子們在東廂廊下玩，他們二人就坐在西廂廊下低聲說話。

閔戶緩緩開口。「這次回京城，我不僅辦了公事，也辦了一些私事。」

許蘭因知道，他指的私事應該跟安氏的死有關，遂看向他。

閔戶的眼裡湧上哀傷，說道：「我的人找到了夏至，並秘密帶回京城關在我的一處別院裡。夏至已經招供，當年是小文氏的心腹譚婆子讓她這麼做的，並承諾事後給她一百兩銀子。夏至做這件事，不光是為了銀子，也是因為不敢不做。之所以參與的幾個人中只有她一個人保住了命，是因為她的一個嫂子也是小文氏的心腹，當初亦幫她求了情，但她嫂子還是怕小文氏不放心她，就把她嫁去了千里之外，如此既不礙小文氏的眼，也不會壞小文氏的事。」

許蘭因問道：「小文氏為什麼那麼做？」

閔戶深深嘆了一口氣，說道：「妳當初分析得對，小文氏逼死詩詩是為了報復我，她就是想讓我一輩子痛苦。更確切地說，她是為了報復我的外祖母。是我連累了詩詩，我對不起她。」

許蘭因吃驚地看著他。

閔戶有些難以啟齒，按了按眉心後，還是繼續說道：「我接到我大舅的來信，說了一件陳年往事。當初我母親病逝後，我娘有兩個庶妹的年齡適合嫁給我父親做繼室……」

文老夫人為了保護外孫子的利益，還定了一個苛刻的條件——不管誰嫁去閔家，都必須在閔戶滿十歲後才能生孩子。

結果小文氏毛遂自薦，且願意等到閔戶十五歲後，再生自己的孩子。

小文氏的這個條件打動了文老夫人，最終她嫁進了閔家。

然而，在小文氏備嫁的幾個月時間裡，文老夫人讓人給她下了一種藥。這種藥會導致宮寒，卻不致於完全不孕，就算大夫也檢查不出她曾經服過虎狼之藥。但若是長年持續喝避孕湯，跟那種藥一結合，就會造成真正的不孕，連神醫都治不了。

為了外孫的利益，文老夫人從一開始就沒打算讓庶女生下自己的孩子。

「……十年期滿後，她一直沒懷上孩子，或許有所懷疑，調查了文家老人吧。唉，我外祖母護我心切，那件事對小文氏的確有失公允，但是，小文氏卻不該把氣發在無辜的詩詩身上，把詩詩逼死。為了報復，她不惜跟我反目，也要想辦法把她的姪女、外甥女嫁給我，應該是因為她好控制那些人，她不僅想讓我一輩子無後，還要讓我一輩子不痛快！」閔戶的拳頭握緊，捶了自己的大腿兩下。

原來如此。這麼說來，小文氏其實也是受害者。當初她或許是真心愛慕姊夫閔尚書，也或許是嚮往閔家的滔天富貴，所以不顧一切嫁進了閔家。她依諾善待小閔戶，也依諾沒要自己的孩子，一直喝著避子湯。但是，當她知道文老夫人對她做的事後，心態發生了變化，開始瘋狂報復。

許蘭因問道：「事情查實了，處理小文氏了嗎？」

閔戶搖搖頭，說道：「處理小文氏，肯定得我爹親自出手，但我爹現在忙於那件大案，經常連家都沒回。這件事一直壓著，等到我爹忙過後，我就會揭露小文氏的真面目，讓我爹和祖母懲治她。」

「懲治了小文氏，安姊姊在天之靈也會安息了。」

閔戶點點頭，又道：「謝謝妳，若沒有妳，詩詩會被冤枉一輩子，小文氏會繼續向我下黑手。」一抬頭看看格格笑著的閔嘉，又道：「而且，嘉兒不會這麼快樂。」他的目光又望向許蘭因，眼裡盛滿溫柔，柔聲說道：「許姑娘，我——」

許蘭因趕緊截住閔戶的話，笑說：「閔大人客氣了，會發現那件事，也是意外。」又招呼著趙星辰。「小星星過來，姑姑給你擦擦汗，莫著涼了！」許蘭因知道閔戶要說什麼，才打岔讓趙星辰過來。

趙星辰笑嘻嘻地跑了過來，把臉伸到許蘭因面前。

許蘭因笑著抽出帕子，給他擦了臉上的汗，又把手伸進衣裳裡擦他後背上的汗。

這個情景讓閔戶想起多年前的一幕，小小的他依在小文氏懷裡，小文氏用帕子幫他擦著前額的汗，那軟滑細嫩的手滑過臉頰，他現在似乎還能感受到那絲溫熱……隨後，那個場面又換成了安氏的臉，她低頭默默地擦著眼淚……

閔戶深深地嘆了一口氣。公務上再複雜，他都能想辦法處理好，可家事卻煩得讓他縮手縮腳，甚至不知該何去何從。他的心情又煩躁起來，剛才想說的事也忘了。

許蘭因能理解閔戶此時的矛盾。這件事的始作俑者是文老夫人，她是第一個加害者，又自認為是為了保護小閔戶；而被害者小文氏又逼死了無辜的安氏，成了更壞的加害者。

這三個女人跟閔戶都有千絲萬縷的聯繫，他的痛苦和糾結可想而知。

許蘭因不知該用什麼話來安慰閔戶，只能沈默地望望那幾個孩子，再給閔戶續續茶。

第二十三章

次日休沐。

上午，許蘭因讓楊大嬸早些去集市買羊肉和羊頭，再買些適合做羊肉火鍋的其他配菜。

大概巳時，外面傳來賣豆腐腦的吆喝聲。

趙星辰管許蘭因要了幾文錢，拉著許蘭亭去胡同口買豆腐腦，拿著兩個碗的招棋跟在他們後面。

走在胡同裡，看見一個牽著馬的高個子男人迎面走來。

男人也看到他們了，一下子笑了起來，說道：「蘭亭、小星星，還認識我嗎？」

許蘭亭先是頓了一下，然後才興奮地大叫起來。「趙大哥，你可回來了！」向他跑去。

趙無抱起許蘭亭，哈哈笑著往空中拋了幾下。他放下許蘭亭，又朝趙星辰招了招手。「小星星，快過來！」

趙星辰雖然不記得這個男人，但聽到小叔叔叫他「趙大哥」，就知道他是自己的「爹爹」，那個把他從壞人手中救下的人，於是也向他跑去。

趙無又抱著趙星辰拋了幾拋，刺激得趙星辰高聲尖叫。

之後，趙無把兩個孩子放在馬背上坐好，牽著馬慢慢向許家走去。

招棋看到許蘭亭招呼男人「趙大哥」時，就連忙跑回去向許蘭因稟報了。雖然她沒見過趙無，但已經從主子和掌棋的話裡知道趙爺在這個家裡的分量。

許蘭因正在屋裡做衣裳，聽說趙無回來了，喜得趕緊跑出去。

來到外院，正好趙無牽著馬走進來。

趙無走去許蘭因面前，笑道：「姊，我活著回來了！離開姊這麼久，真想妳呀……」又上下打量許蘭因一眼，笑道：「半年不見，姊越發水靈了。」

趙無比走的時候長高了一點，五官也長開了一些。膚色稍暗，不像之前那麼白，但也不黑。笑得眼睛彎成了月牙，顯得酒窩更深。

這孩子，少了些許青澀，哪怕笑容燦爛，也能看出多了幾分男人的硬朗。

又長大了！

趙無見許蘭因愣愣地看著自己，又笑道：「難不成我又長俊俏了，俊得連姊都不認識了？」

許蘭因極力忍住要去揪他耳朵的衝動，口是心非地埋怨道：「你還知道要回來呀？當初你是怎麼跟我說的？說最少兩個月，最多年後就能回來，可現在都三月底了！你知不知道我們等得很著急呀？怕你再也回不來……」說到後面，聲音都有些哽咽。

趙無忙上前兩步，想像原來一樣去拉她的袖子，又覺得太幼稚，捏緊拳頭忍住了，說道：「姊，是我食言了，對不起！實在是遇到了一些意外，所以耽誤了歸期。姊快別生氣了，姊生氣，弟弟我心裡不好過呢……」

許蘭因笑嗔道：「你的嘴從來都是這麼甜！我什麼時候真生過你的氣了？你的屋子早收拾好了，快回去洗洗，再把衣裳換了。」

趙無笑著朝許蘭因眨了眨眼，意思是「我就知道姊不會真生我的氣」，然後回頭跟丁固說了馬吃什麼飼料，就從馬背上取下兩個包裹，同許蘭因幾人走進垂花門。

許蘭因把西廂門打開，又讓錢嬸子去燒熱水讓他洗澡，她則去了自己屋，把給他做好的衣裳和鞋子拿出來放進西廂，又去廚房做晌飯。

她很想知道趙無的西夏國之行，也想多看他幾眼，但兩個小豆丁纏他纏得緊，有些話不好多說，只得等到晌飯後單獨問。

她和楊大嬸、錢嬸子在廚房忙碌的時候，洗漱完穿著新衣裳的趙無就領著許蘭亭和趙星辰來到廚房外。

趙無身上的竹葉青長袍很合身，濕漉漉的墨髮披在身後。或許剛洗完澡的關係，皮膚白裡透紅，眼睛還有些水潤，薄唇紅豔豔的，整個人籠罩在陽光的金輝裡，顯得溫暖隨意，居然有種謫仙的氣質。

許蘭因打量了他好幾眼，笑道：「我想著你會長高，所以做的衣裳和鞋子放長、放寬了一些。」

趙無笑道：「姊的手從來都是這麼巧，衣裳很合身。」

這話誇得許蘭因都有些臉紅。她的針線活，只有趙無會誇，還誇得這樣不切實際。

趙無本想像以前一樣進廚房跟在許蘭因身邊，但人太多，他只能站在門口同許蘭因說話。他的視線隨著許蘭因的移動而移動，哪怕在回答小豆丁的話，目光也是看著許蘭因的。

楊大嬸和錢嬸子彼此對視了一眼，目光中似乎有些了然。

許蘭因問了些無關緊要的事，比如路上吃住好不好、受沒受傷、順不順利等等。

兩個小豆丁則彙報著家裡的大事。

飯菜端上桌。

趙無每樣菜都聞了聞，笑道：「真香！在西邊的時候，一看到那些飯菜就痛苦，特別想姊，想姊做的飯菜。尤甚是餓極了的時候，想得直吞口水呢！」

許蘭因極是心疼，每樣菜都給他挾了一些，把他的碗堆得冒了尖，說道：「快吃，晚上我再下廚給你做。」

她又隨口問道：「你救的人回來了嗎？」

趙無正挾著一塊雞肉往嘴裡送，聽了這話，又把雞肉放回碗裡，望了望許蘭因，再望了望許蘭亭，才說道：「嗯，救回來了。」

許蘭因見他沒有第一時間回答這個問題，以為案子還要保密，便說：「若是要保密，當我沒問。」

趙無笑笑，問道：「嬸子呢？她還在老家？」

許蘭因回答。「蘭舟要考武秀才，我娘陪他回老家了。你辦完差事，會回南平縣繼續當差，還是有所調動？」

「周老太師本來想讓我留在京城，說進軍隊也可，去刑部或是京兆府也可，但我現在還不想留在京城，就請求來閔大人手下當差。我任巡檢的令已經下來，過幾天回南平縣衙辦手續。周老太師還說，等到大案全部落定，還會有封賞。」

聽說趙無當官了，還是在省城當官，許蘭亭和趙星辰都笑開了懷。

許蘭因笑道：「你回去的時候，我也一起，該把家和鋪子都搬過來了。」

趙無看看趙星辰，又笑道：「離開京城前，柴大人和柴統領約我見了一面。沒想到，事情這麼巧……柴統領還說我的身手好，若願意去御林軍當差，他會幫忙，我也拒了。」

真沒想到，趙星辰居然是柴統領的孫子，南陽長公主的重孫子。在京城時，他也認識柴俊，只是不熟。

吃完飯，兩個小豆丁去晌歇。

許蘭因同趙無繼續在上房密談。

兩人坐在桌前，沒有了外人，趙無不眨眼地看著許蘭因，看得肆無忌憚。

任許蘭因再是老皮老臉，也被看得紅了臉，嗔道：「那是什麼眼神？看夠沒有？」

趙無笑起來，目光移去別處又移回來。「這半年來，真想姊，我連我大哥都沒這麼想過。那時我經常在想，若我還有命回來，一定要不眨眼地看姊，看上兩天兩夜。姊，妳想我嗎？」

許蘭因很老實地回答。「當然想了。我還作了一個惡夢，夢到你救的人是蘭舟，蘭舟的肩膀還受了傷。你們在前面跑，後面有許多追兵追。你們跑到一堵高牆前，我就被嚇醒了。」

趙無的眼睛頓時瞪得如牛眼大，驚道：「姊的夢真準！我救的許……喔，老妖，他就是傷到了肩膀，而且我們的確被西夏國的追兵追到了城牆前，才跳上樹再跳上牆，逃了出來！」

許蘭因沒想到竟這麼巧，笑道：「真的？那個夢把我嚇死了！後來想到你有三腳功，遇到高牆或許是別人的死路，卻是你絕處逢生的機會，心裡才好過些。」

趙無笑著點點頭。「姊說的對，那堵城牆的確讓我們逃了命，否則，我或許能逃脫，老妖卻是真的完了。」

趙無又問道：「姊還記得作夢的那天是什麼時候嗎？」

「嗯，是臘月二十，半夜。」

趙無又是一陣唏噓。「我們逃出生天那日也是臘月二十的半夜，真是巧……」

許蘭因覺得不可思議。不過，她都能穿書了，老天再幫著帶一段夢似乎也有可能。她又問道：「既然你們臘月二十就逃出來了，為何到這個月才回京？」

趙無解釋著。「還是一個巧字……」想想那件事不好自己先透露，便又改口道：「我們雖逃到城外，但老妖的肩膀受了重傷，流血過多，已經走不動了。我不忍把他一個人丟下，所以沒去之前約定好的地點找接應的人，而是揹著他躲進山裡。我們在山裡多待了半個多月，等他的傷好些了才出去。本來我的封賞會更高的，但因為我感情用事，差點誤了大事，回來後挨了教訓，還只讓我當了個巡檢。不過，我不後悔。老妖的命和前程比起來，他的命更重要。」

許蘭因沒注意到他的最後幾句話，而是想通了之前想不通的事。她先還納悶呢，趙無先是破獲了隆興客棧的大案，後又千里迢迢去敵國把手握重要情報的老妖救出來，怎麼最後只當了個八品巡檢？原來還有這一齣啊！

她還怕趙無想不通，遂寬解他道：「沒有耽誤大事就好。你救了那個人，等於是救了他一家，做得對。年紀輕輕就當了巡檢，已經非常了不起了，以後再繼續努力。」又問：「老妖回家了嗎？他去做臥底，家人應該不知道，冷不防看到他，不知道會有多歡喜呢！」

趙無玩味地看看許蘭因，點點頭。他想著，天下之大，怎麼就那麼巧？若老妖不是她的爹，自己便是有天大的膽子和無邊的同情心，也不會擅自偏離方向，寧可耽誤送情報的時間，也不願意眼睜睜看著他死。

「他還在大理寺，要等整個案子落定後才能出來。唉，他去做這麼重要的事，肯定不敢跟家人說。做臥底的人，許多事都身不由己，他也是……」

許蘭因覺得這熊孩子詞語閃爍、吞吞吐吐，似乎有心事，看自己的眼裡也有些奇怪，就伸手抓他的袖子想聽他的心聲。

趙無一看她的這個眼神就害怕，身子往後靠了靠，說道：「姊，妳一這樣看我，我就覺得妳像看穿了我的心一樣。」

許蘭因沒想到他居然言中了，也沒心思再想著去偷聽他的心聲，而是伸手抓住他的耳朵扭了幾圈，嗔道：「討厭！是不是你口是心非，說一套做一套，所以才這樣害怕？說，有什麼事瞞著我？」

趙無揉了揉耳朵，笑道：「在西夏國的時候，我最想姊揪我耳朵了，感覺像撓癢一樣舒坦，嘿嘿……」又道：「我跟姊說的話都是真的，從來沒有口是心——」話沒說完就住了嘴，的確有一件大事他隱瞞下了。他非常實誠地說道：「姊，我都這麼大了，有些不想與人言的心事也很正常。」

聽了這話，許蘭因也覺得自己的確不能總想知道他的所思所想，這與現代人說的掌控慾強的母親無異。她自己也有心事沒告訴趙無，為什麼要強求人家事事告訴自己？每個人都有自己的隱私，趙無也不例外。

以後，應該給熊孩子一些空間才是。

她訕訕地說道：「好，你該有隱私，我不多問了。不過，遇到大事還是要先跟我商量。」又問：「在京城時，你見過你大哥嗎？」

「夜裡偷偷去見過兩次。我大哥不太好，那幾個老東西一直在逼迫他娶親。姊，我去南平辦完手續後，閔大人肯定會給我放個長假，我們一起去京城，妳把黑根草賣給百草藥堂，好嗎？等拿到仙骨丸，就想辦法把我大哥弄出來治病，閔大人答應借我一個別院。」

許蘭因說道：「不需要借，這次柴大人給了咱們六千兩銀子，有一半是你的。你自己買個宅子，可以安置你大哥，你回京也有地方落腳。」

趙無笑道：「給我一千兩買宅子就成，其餘都是姊的。」

許蘭因搖搖頭。「以後你花錢的地方多，總不能隨時都找我要。」

「現在我更懷疑我爹娘的死不簡單，我一定要查出來。我跟周老太師說明了我的真實身分，他說若我有事相求，他會幫忙。」又解釋道：「周老太師是前太子劉兆印的外祖，先皇后的父親。老妖和我的西夏國之行，都是受他之令。」

許蘭因突然想到秦氏說她是在周府遇到許慶岩，若當年那個小公子是前太子，那許慶岩很可能是這位周老太師的暗衛。

許蘭因想著，以後要把秦氏的真實身分告訴趙無，讓他在查其他案子的時候，也注意一下柴正關。多抓些那個人的把柄，日後也好打擊他。

時間過得飛快，似乎沒過多久，許蘭亭和趙星辰就起來了，跑來西廂房礙眼。

申時初，閔戶和閔嘉又來了。

看到下人帶了許多東西，知道小妮子又要在這裡長住。不過，這個願望這次肯定是不能實現的了。

趙無出去給閔戶抱拳行禮，笑道：「見過閔大人！以後小人要在大人的手下討飯吃了！」

聽說趙無調來了自己手下，閔戶很高興，但還是遺憾地說：「若你進軍營，日後的發展或許會更好。」

趙無苦笑道：「我也是不得已。」

閔戶表示理解，又道：「我同卓豐情同兄弟，你以後私下叫我閔大哥即可。」

晚飯在上房廳屋吃，趙無和閔戶一桌喝酒，幾個孩子跟許蘭因在另一桌。

閔戶看到一直忙碌著的許蘭因，心裡還是有些泛酸。似乎許姑娘從來沒有為自己洗手做羹湯過，且今日自己還是借了趙無的光才能來上房吃飯……

許蘭因把一道魚丸湯端上桌，她的任務才算完成，坐去桌邊吃飯。

趙無和閔戶已經說好，明天趙無去提刑按察司辦事，後天同許蘭因一起回南平縣，再去京城。許蘭亭現在在上學，不能耽誤，所以他們倆不在，他和趙星辰一起住去閔府。

幾個孩子都捨不得許蘭因，但他們幾個還能繼續住在一起，總是好的。當然，他們不知道許蘭因要去京城的事。

閔戶走後，孩子們都歇息了，趙無也不好意思繼續待在上房，回了西廂。

許蘭因還是把西廂對著內院的門鎖了，這麼多下人在，總是要做做樣子。

躺上床，想到西廂的那個人，許蘭因心裡踏實多了。她躺下許久都睡不著，覺得還有什麼事情沒做。

突然，她聽到了小窗上有響聲。側耳再聽聽，又響了一聲，似是花生米打的。

好久沒聽到這個聲音了，她笑起來，起床穿上繡花鞋，去窗邊打開小窗。

清輝落滿庭院。

許蘭因向西廂看去，西廂北屋的小窗裡，趙無伸出半個頭衝她笑著。由於有廊廡，光線有些暗，但還是能看清他的大白牙。

許蘭因笑著向他揮揮手。

兩人對視一會兒後，許蘭因才關上小窗，躺上床，一覺到天明。

這天早飯後，許蘭因同趙無帶著掌棋回鄉。

如過去一樣，麻子在天上飛，趙無騎馬，許蘭因和掌棋坐馬車。老熟人何東、何西也一起去，他們會陪趙無和許蘭因去京城。

昨天，閔戶就把兩人的身契交給了趙無，以後他們就是趙無的奴才了。

他們身上有些功夫，跟閔府沒有牽絆，今年十八歲。

這段時間他們服侍許蘭因很盡心，許蘭因對他們的印象也很好。

趙無現在需要得力的心腹加幹將，何東、何西在各方面都能夠馬上上手。至於能不能完全收為己用，就要靠趙無的本事了。

三月二十四下晌，趙無一行進了南平縣城。

走在一條街上，遠遠就聽到賀捕快的聲音——

「趙無，回來了？哈哈哈，我們南平縣城可裝不下你了！」

說著，賀捕快跑了過來。

趙無也趕緊下馬，抱拳跟賀捕快寒暄著。又讓許蘭因先回家，他後一步回去。

馬車來到家門口，盧氏開了門。

花子第一個衝了出來，使勁往許蘭因身上撲，嗚咽著，眼淚都流出來了，牠覺得主人實在太怠慢自己了！

許蘭因笑著撫摸花子的頭，安慰著牠。

麻子也從天空飛了下來，站在花子的背上啄牠。

秦氏喜得迎了出來。見只有她一個人，許蘭亭和趙星辰都沒回來，很有些失望。但聽說趙無平安回來了，還升任了提刑按察司的巡檢，又高興起來。

她雙手合十道：「阿彌陀佛，那孩子終於回來了！」又趕緊吩咐盧氏去集市買肉、買菜、買酒。

許蘭因跟秦氏回屋，悄聲講了她要去京城賣黑根草的事。明天趙無去縣衙辦事，後天去大相寺看望他師父，大後天他們就啟程去京城。

秦氏還是有些擔心。

許蘭因笑道：「娘放心，柴俊已經去了咱們家，也沒認出我是柴清妍的閨女。他確認了小星星就是他的兒子柴子瀟……」她把趙星辰暫時不能回南陽長公主府的事說了。

儘管原先有猜測，但現在坐實了趙星辰真是柴俊的兒子，秦氏還是唏噓不已。

許蘭因又道：「娘，這次讓趙無外出辦事的是周老太師，那周老太師是前太子劉兆印的外祖父，妳說他會不會是我爹之前的主家？」

「應該是了。早前我跟妳爹相遇的地方就是周家，只不過那時他還不是太師。唉，真沒想到，無兒被他派去做那麼危險的事情，還好那孩子命大，回來了。」秦氏的臉沈下來，心裡對周家還是有些埋怨的。丈夫死了，卻連個說法都沒有，哪怕讓人來告知丈夫死在哪裡也好，他們也能過去祭拜啊！

許蘭因讓秦氏在家準備準備。若是許蘭舟過了府試，秦氏就先陪他去省城考試，許大石回來後，讓他準備鋪子的搬家事宜；若是沒考中，讓他們都回來準備東西，等她和趙無從京城回來就搬家。

秦氏內心一點都不想搬去省城，但孩子們都去了，她也不可能不去。

晚飯前，趙無、賀捕快、湯仵作都來了許家。

趙無先來內院跟秦氏見了面，就陪那兩個人在外院喝酒、吃飯。

秦氏和許蘭因在上房吃飯，母女兩人許久沒有這麼清靜地吃過飯了。

秦氏笑道：「因兒快滿十七歲了，好些姑娘這個歲數都當了娘。前些時候，有幾個媒婆來家裡提親，有兩個後生小子不錯，沒娶過親，家裡還開了鋪子——」

許蘭因忙道：「娘，沒有我的同意，妳可不能隨意給我訂親！」

「娘知道因兒的眼界高，不會瞧上他們，都找藉口推了。」秦氏又道：「無兒那孩子不錯，長得好，性子也好，現在又有了大出息，你們兩個——」

許蘭因攔住她的話。「我和趙無是姊弟情分，不可能的，這話早跟娘說過了。」

秦氏不死心地說：「你們又不是親姊弟，成為夫妻也不是不可能啊！要不，娘去透透話？」

許蘭因制止她。「不行，娘可不要去他面前亂說。他不只把我當姊，甚至還把我當娘，從來沒往這方面想過。若是知道你們有這個心思，他同意不好，不同意也不好，我們以後相處多尷尬啊？再說，那就是個熊孩子，什麼都不懂，不適合做我的夫君。我早就想好了，若沒遇到非常合心意的男人，寧可一個人單過。」

不再理秦氏的唸叨，快速吃完飯就回屋。

她沒有點燈，望著窗外的漫天星辰，隱約還能聽到前院賀捕快的大嗓門。

想到趙無不在時對他的思念，以及他回來後自己的歡喜，還有剛才情不自禁的心動……難不成，自己這個老茄子真的對小花朵動心了？

許蘭因嘴角抽抽，有些不敢置信。

再想到趙無爽朗的笑容、乾淨的眸子，還有對她的一切不設防，以及她曾經聽到過的他的心聲，就是坦蕩蕩的小弟弟對大姊姊的依賴和信任，沒有一點別的心思。

那就是個熊孩子，還是拿他當弟弟看吧。不要有其他非分的想法，就讓這種純粹的、親密的姊弟情誼一直延續下去。

許蘭因忽然覺得胸口有些鈍鈍的痛……

夜裡，許蘭因睡得正香，幾聲響動把她驚醒，是花生米打小窗的聲音。

許蘭因沒動，小窗繼續響著——一下、兩下、三下……八下……

她無奈地起身來到窗前，看見趙無正在西廂北屋的窗前衝著她笑。

星光明亮，他的臉色酡紅，五官比白天柔和了許多，笑容燦爛……不，是甜，甜到了她心裡。這個甜蜜的笑，自始至終，他似乎只給過自己。

鬱結半天的許蘭因釋然了，也衝他笑笑，又揮揮手。

這個大男孩能一直給自己當弟弟，挺好的。她充分相信，他一定比許蘭舟那個親弟弟更貼心，連自己一手調教的許蘭亭也比不上他。甚至，哪天她真的遇到了對的人嫁了，也不一定能比這個弟弟對她更好……

次日早飯後，趙無去縣衙辦事。不僅辦理他自己的公事交接，還要辦他和許蘭因的文碟及路引。

望著趙無的背影，秦氏止不住地嘆息。她就是覺得趙無喜歡自己的閨女，看閨女的眼睛都是笑著的，閨女怎麼會說趙無拿她當娘看呢？

可秦氏已經習慣聽命於閨女，閨女不讓她說，她再想要那個可心女婿，也不敢擅自作主。

許蘭因帶著掌棋去點心鋪子看了看，回家時買了一些做點心的食材，又讓人去胡家把胡依請來。

胡依跟許蘭因撒了半天嬌，在許家吃了兩頓飯才走，她家過幾天就要搬去省城。

送走胡依後，許蘭因帶著盧氏和掌棋在廚房裡忙碌。明天趙無要去大相寺見戒癡，得帶些加了料的點心給他吃。晚上做了餅乾、桂花糯米棗，又把明天早上做雪團兒和金絲糕的材料準備好。

趙無亥時末才回到家。推開小窗，看著不遠處開了條小縫的雕花窗櫺。裡面沒有亮燈，姊姊應該已經睡了。

他想再看看她，看看她的笑，就拿起碗裡的一粒花生米想扔過去，又想到明天許蘭因要早起做點心，此時不好把她從夢中驚醒，於是他又放下花生米，望著小窗出了半天神，才去歇息。

次日天剛矇矇亮，許蘭因就起來做點心。掌棋和盧氏去幫她，都被趙無打發走了。

趙無手裡忙活著，嘴上說道：「姊知道我在西邊最想的兩件事是什麼嗎？」

許蘭因笑道：「當然是想怎麼救人和送情報了。」

趙無搖搖頭，一本正經地說道：「錯，我最想姊，還有就是同姊一起做點心。」

許蘭因手裡的活沒停，抬頭瞥了他一眼，說：「信你才怪！」

做好點心，趙無也吃完早飯，拿著四個食盒騎馬去了大相寺。

許蘭因和秦氏吃完飯後，坐著馬車帶著禮物去小棗村探望老倆口。路過集市，又買了兩斤肉、兩隻豬蹄、一葉豬肝。

此時正值春季，遠遠就能看到燕麥山多姿多彩，翠綠中夾雜著一簇簇鮮豔的杜鵑花。許蘭因又想起了過去的艱難歲月，包括原主的——沒有心情欣賞風景，有的只是怎樣採藥掙錢。她是養家，而小原主是給了古望辰……

已經有小半年沒看到許蘭因了，老倆口十分高興，一迭連聲讓顧氏殺雞做飯。

想著顧氏一個人忙不過來，老太太拎了一小條肉，去把三河媳婦請來幫忙做飯，又拿了二十文錢請兩個半大小子去鄰村和鄰鎮叫許枝娘一家跟許大丫一家來吃飯。

許願和許滿拉著許蘭因的手問：「因姑姑，我娘親呢？她怎麼不回來？」

許滿的眼圈都紅了。

許蘭因把禮物送給他們，笑道：「她在省城等著你們，下個月你們爹就會帶你們去跟她團聚了。」

聽說兒子跟孫子馬上要當省城人，許慶明和顧氏笑得一臉褶子。他們心裡也有期待，等老倆口以後不在了，他們就去省城跟著大兒子過。

許老太問道：「不是說趙家小子回來了嗎？他怎麼沒來？老婆子可是想他得緊呢！」

許蘭因笑答。「他忙得很，以後再來看你們。喏，這是他給你們二老買的禮物。」是兩罈酒和四塊尺頭。

老太太道了謝，又把許蘭因和秦氏拉去一邊，開始說趙無的好。

許蘭因知道她是什麼意思，給秦氏使了個眼色，讓她幫自己說服老太太，她則去許里正和五爺爺家送禮了。

許里正的小閨女許玉蘭比許蘭因還要小一歲，今年初就出嫁了，許蘭因還讓去年底回鄉的李氏帶了添妝回來。

許枝娘的家近些，一家人一個時辰後就來了。

許大丫一家遠些，午時末兩口子才來，眾人等到他們來了才開始吃晌飯。

如今許大丫的婆家老方家對許大丫客氣多了，男人方三發對秦氏和許蘭因的態度也極是謙恭。

飯桌上，許大丫壓低聲音對許蘭因說道：「因妹妹，你們全家和我大哥要去省城了，我二哥又在公門裡當差，都顧不上縣城裡的點心鋪子。用外人不如用自己人，妳姊夫能幹，心裡有成算，家裡也一直開著鋪子，讓他去點心鋪當掌櫃，再合適不過了！」

顧氏也壓低聲音求道：「因丫頭，便宜外人不如便宜自家人，就幫幫妳姊吧！」

許蘭因愣了愣，她沒想到解決了許二石，竟又冒出個許大丫！

秦氏也愣了愣，她不知道顧氏母女居然存了這個心思。

許蘭因還是老生常談。「那個鋪子叫『許氏糕餅鋪』，顧名思義，就是許家的鋪子。我一個姑娘怎麼好參言？是爺說了算。只要爺同意，我沒意見。」她篤定，許老頭會為許二石謀劃，卻不會為了嫁出去的許大丫謀劃，更不可能讓老方家插手許家的產業。

她的話音一落，許大丫就沈了臉。

顧氏又求道：「大伯娘知道因丫頭最能幹，只要妳願意，就有辦法說服妳爺同意的。」

她們幾個低聲說話的時候，鄰桌的許老頭就注意到了，當即沈下臉，冷冷地看著許大丫。

之前許慶明求過許老頭，說自己的兩個兒子都有出息了，就想提攜提攜女婿，讓女婿去縣城的鋪子當掌櫃。

許老頭當時聽了許慶明的請求後，立即懟了回去，說老方家心思不好，是想占老許家便宜！若方三發日後被他娘老子攛掇著貪墨鋪子裡的銀子，老許家告是不告？告了，這個女婿要挨板子、坐牢；不告，老許家就成了冤大頭！他們是打定了主意老許家不敢告！

看到老方家今天還不死心，許老頭怒了，大聲喝道：「我勸妳們掐掉那個心思！我老許家的產業，還由不得嫁出去的閨女惦記！妳現在姓啥？妳現在姓啥？妳姓方，方許氏！還想把男人弄來把持我許家的產業，作夢！」

這事鬧得大家都不愉快，飯沒吃完許大丫和方三發就氣沖沖地走了。

許老頭罵、許老太氣、顧氏哭、許枝娘勸，鬧哄哄的。

許蘭因不想聽許家的家務事，大房的事她更不會參與，於是帶著許願和掌棋去村後的山下轉了一圈。

從山下回來，他們又去了之前的家，打掃完環境後，也到了申時初。

許蘭因和秦氏幾人這才坐車回縣城。

回到家，盧氏打開門笑道：「剛剛許二爺來報喜，說府試的成績過來了，大少爺中了，中的是第三十八名！」

許二爺指的是許二石。

秦氏和許蘭因喜極。不管許蘭舟過不過得了院試，如今都是武童生了，算是有了功名。剛滿十四歲的孩子當童生，已經非常不容易了。

而且，自家的門庭也算換了。之前不管掙多少錢、買多少地，都只能稱商戶或者地主，以後就能稱為「書香門第」了。

送告示的衙役從府城快馬加鞭，今天下晌來了南平縣；而許蘭舟和許大石看了榜後立即出發，也要等到明天下晌或是後天才能回來。許蘭因和趙無明天一早就走，是見不到他們了。

等許蘭舟一回來，秦氏就會陪他去省城參加院試。

許蘭因想到臥房裡那麼多的珠寶，囑咐秦氏，他們走的時候，還是要請許老頭夫婦來幫忙看院子。等到了省城，再讓許蘭舟去找周書，請他幫忙找個先生，做好考前衝刺。

因此又特別囑咐。「讓我奶把爺看緊了，還得提醒我爺，萬不能擅自替蘭舟應下哪家的親事，找個他眼中的『高門』，要是之後咱們不同意，也平白得罪了人。這話娘說不管用，需得讓蘭舟親自跟他說。」

秦氏也怕老頭來這一手，鄭重說道：「娘曉得，一定讓蘭舟跟他說清楚。」

睡覺前，許蘭因從抽屜裡拿出那株黑根草。葉子已經乾了黑褐色的枯葉，黑色的根顏色更深，散發出一股比新鮮時更濃郁的藥香味。

不知這根小小的草是否真的能既治好溫卓豐的瘸腿，又能掙下一筆不菲的錢財？

她又去暗格裡把那塊刻著「周」字的小木牌掛在脖子上，塞進衣服裡。

她曾經問過閔戶，百草藥堂的東家是誰？閔戶只說姓周，是京城望族。

是京城望族，又能讓閔戶保密的，她猜測八成就是前太子的外家周家。

若是他家，那小木牌肯定能管大用。她雖然帶去了，但若沒有大事，她不會拿出來用。

次日卯時，趙無和許蘭因帶著何東、何西、掌棋、麻子出發了。

想到女兒要去自己當年不顧一切逃出來的京城，秦氏陪著馬車走到胡同口，眼圈都是紅的，眼裡盛滿了擔憂。

許蘭因掀開車簾安慰道：「娘放心，有趙無同行，我無事的。」心裡暗道，一定要想辦法讓秦氏光明正大地生活，不能讓她提心吊膽一輩子。

他們趕在天黑前進了一個小城，找了家客棧住下。

由於隆興客棧的遭遇，他們對陌生客棧都格外留意，趙無把幾間屋子檢查了一遍才放心。

飯後，趙無過來找許蘭因說話，掌棋很知趣地去了趙無的房間。

沒有外人，許蘭因便把秦氏的真實身分說了。

趙無聞言，眼睛瞪得如牛眼大。「妳娘是柴家女？就是王翼那個跳了河的媳婦？」

許蘭因不高興了，嗔道：「怎麼說話的？我娘還沒過門，怎麼就成了他媳婦？你出去辦差，說話也這麼不經腦子？」

許蘭因氣不過，又伸手揪住他的耳朵扭了幾圈。

趙無耳朵被揪紅了也不敢躲，訕笑道：「跟姊在一起很放鬆、不設防，對其他人不會如此。姊別生氣，剛才是我失言了，嬸子是許叔的媳婦，與別人無關。」感覺「許叔」二字叫得太溜，又補充道：「我叫妳爹許叔，沒錯的。」

許蘭因還在想王翼的事，沒聽出他話裡的刻意，逕自問道：「你認識王翼？」

趙無點頭道：「王翼曾經是我爹的下屬，我爹在世的時候我見過他多次，長得又高又壯，脾氣暴躁，都已經娶了後來的夫人了，一說起柴……喔，嬸子，還一口一個『我第一個媳婦兒』，這話我聽多了，所以到現在都還記得。姊，嬸子的這個身分一定要保密，那王翼可不是個省油的燈，又極得北陽長公主疼愛，若他知道嬸子還活著，不會輕易放手的。」

許蘭因氣得肝痛，罵道：「那個下流胚子，說這話忒不要臉！都娶了幾個老婆了，還惦記別的女人！」喝了一口茶，又道：「我覺得王翼看上我娘是柴正關和沈氏設的局，王翼在娶親前鬧醜事也脫不了那二人的手筆……只是這事隔得久了，不太好查。」

「只要做了，總會留痕跡，以後我會留意的。」又遲疑道：「嬸子和王翼過了三媒六聘，柴府也沒歸還北陽長公主府的聘禮，哪怕最後查實是柴正關和沈氏在中間做了手腳，只要王翼咬死不放，妳娘也不好脫身。」

許蘭因嘆道：「我知道這事棘手，可我不願意讓我娘一直這麼偷偷摸摸地活著，她本沒有錯。我們先收集證據，總會想到辦法的。」又問：「北陽長公主府就沒有被牽扯進那件大案裡？」

趙無搖頭說道：「沒聽說北陽長公主府牽扯進去，即使有也不會深，不太可能有大影響。」

許蘭因很失望，若是王翼牽扯進去被砍了頭，就什麼都好辦了。

「嬸子出自柴家，那妳和小星星就是親戚，妳真的是他姑姑。」想到趙星辰，趙無覺得實在太巧。

許蘭因說道：「可不就這麼巧？之前我還想著，我們救了小星星，南陽長公主會幫幫忙，但現在看來，即使她願意幫忙，若王翼死纏爛打，有些事也難辦。」

趙無眼裡的許蘭因一直是樂觀自信的，看到她此時的無奈和沮喪，他寬解道：「姊不要發愁，再難也會有辦法……」

兩人談得很晚，聽到門外掌棋的咳嗽聲，再聽聽遠處打更的聲音，趙無才起身離開。

又在路上跑了兩天，歇了一宿，一行人馬在三月二十九的日暮時分到了京城。

何東把他們領到閔戶的一處別院時，天已經黑透了。

這是一個二進的宅子，地處市井胡同，只有一對丁姓老夫婦守著，他們都認識何東兄弟。

趙無幾人暫時住在這裡，以後等趙無在京城買了自己的宅子，再搬過去。

趙無和何東、何西住前院，許蘭因和掌棋住內院西廂客房。

老夫婦沒想到會來人，家裡沒有準備什麼吃食，天黑了又沒處去買，只能下幾碗素麵，再臥幾個雞蛋。

何東笑道：「麻煩老伯、大娘了，素麵挺好的，分量足些。」

趙無又道：「再請大娘多燒些熱水給許姑娘送進去。」

許蘭因愛乾淨，在路上跑了幾天，肯定想好好洗個澡。

昨夜裡又下起了雨。聽到滴滴答答的雨聲，許蘭因心裡卻極為踏實。若是還在路上，他們又要耽擱行程了。

今日雨仍沒停，但許蘭因和趙無還是決定去百草藥堂。

許蘭因穿著一身半新舊的綠色衣裙，那株黑根草用布包起，外面又用油紙裹上一層，揣進懷裡，打著油紙傘去前院坐馬車。

何東穿著蓑衣、戴著斗笠趕車，趙無已經坐在車上。

何西去京城各處逛逛，要盡快熟悉這裡。何東、何西只來過京城一次，還是去閔府辦事，對京城的大街小巷都不甚熟悉。

到了藥堂門口，趙無先下車打開油紙傘，才讓許蘭因下車。因為這裡人來人往，他沒敢伸手扶她。

百草藥堂位於住宅區，是宅子改建而成。十間倒座打通了當藥堂，專門賣藥。從東到西放著一排排數不清的藥櫃，許多人正在排隊揀藥。

趙無直接說有要事找萬掌櫃，一個揀藥的學徒就領他們穿過藥堂，向後走去。

一進院非常大，院中間有一棵枝葉繁茂的百年老樹。東西廂房是醫館，一間間小屋單開門，大夫坐在裡面診病，哪怕下雨，也看得出病人很多老小。四周瀰漫著濃郁的藥香味，各處都彰顯著百年老藥堂的氣韻。

走過遊廊和月亮門來到二進院，二進院要比一進院小些，非常靜謐，這裡是藥堂管事辦公的地方。

聽說第三進是製藥堂，也是百草藥堂最核心的地方，等閒人不得進去。

遊廊裡站著幾個男人在悄聲說話。

學徒對一個四十幾歲的人說道：「萬掌櫃，這位小爺和姑娘說找你有要事。」

萬掌櫃偏瘦，留著山羊鬍子，氣質儒雅斯文，不像掌櫃，倒像個先生。

萬掌櫃不認識他們，想著應該是來賣藥的，遂說道：「你們是來賣藥的吧？找這位佟師傅即可。」他指了指旁邊一位五十幾歲的老者。

許蘭因朝萬掌櫃屈了屈膝，笑道：「是一位姓張的爺爺讓我來百草藥堂的，他說，那種藥只有萬掌櫃識貨。」

萬掌櫃愣了愣，馬上笑道：「請小爺和姑娘跟我來。」把趙無和許蘭因帶去東廂的一間屋裡。

萬掌櫃坐去案後，笑問道：「姑娘有什麼藥，還只有我識貨？」

許蘭因把黑根草拿出來打開放在案上，說道：「萬掌櫃可認識這種藥？」

萬掌櫃的眼睛一下子瞪大起來，後背也挺直了。看著那個東西幾秒鐘後，才顫抖著雙手，把藥連同布一起捧在手裡，覺得這裡光線不好，又走去窗下，聞了又聞、看了又看。

他看了近一刻鐘才說道：「這、這、這……姑娘是在什麼地方採到這種藥的？」他呼吸不暢，說話也不索利了。他不太相信傳說中的這種藥真的出現了，還捧在他的手中！

他的這個表現讓許蘭因很滿意。萬掌櫃不僅認識黑根草，還知道它的價值。

許蘭因說道：「這是我前年春天在燕麥山採到的，張爺爺說這叫黑根草，還說只有百草藥堂的萬掌櫃識貨，也能給我個公道價。」

時間、地點都能對上，那位「張爺爺」一定是老神醫了。

萬掌櫃沒想到張老神醫對自己的評價這麼高，心裡很是激動。他把黑根草輕輕放在案上，笑道：「你們想賣多少錢？」

許蘭因說道：「我也不知道黑根草值多少錢，不過，我相信張爺爺的話，也就相信萬掌櫃不會欺瞞我。只是，賣這個藥還有個前提，就是製出的仙骨丸必須幫我治療一位腿斷了十二年的病人。」

萬掌櫃又是一驚，這姑娘居然知道黑根草能製出仙骨丸！

他遲疑著說道：「我可以作主買下這株藥，卻不能作主幫妳醫治病人。」他沈吟了片刻後，又道：「你們在這裡稍候，我要去請示一下東家。你們貴姓？」

許蘭因和趙無對視一眼。

趙無說道：「好，我們等。她是許姑娘，我叫趙無，興許你們老東家還認識我。」

若東家是周老太師，他已經知道自己是溫家人，知道兄長的腿斷了，就把話說透；若不是周老太師，自己是趙無，他的兄長就是「趙有」。

萬掌櫃匆匆坐馬車走了。

許蘭因把黑根草拿起來包好，遞給趙無。防人之心不可無，趙無拿著這藥保險些。

他們被請去另一間屋裡喝茶。

半個多時辰後，萬掌櫃回來了，還扶著一位白髮蒼蒼、走路顫巍巍的老翁進來。

老翁拿著黑根草看了看，又聞了聞後，笑道：「是黑根草無誤，這種神藥又現世了！我還是後生小子的時候曾見過一次。」由於牙齒掉了大半，說話有些關不住風。

萬掌櫃對趙、許二人笑道：「我請示了東家，若你們要醫治的病人在仙骨丸能夠醫治的範圍內，我們藥堂會盡力醫治。不過，黑根草的價錢就要壓低了，原價十萬兩銀子，現價五萬兩。」又道：「五萬兩銀子治那個病還是我們東家降價了，因為是你們賣的黑根草，東家同趙爺也熟識，才出了這個低價。」

能夠治好趙無的大哥，還能得到五萬兩銀子，已遠遠超出了許蘭因的預期。真是貧窮限制了想像，她之前以為能賣一萬兩銀子就很不錯了。而且，萬掌櫃的話已經說明了周老太師就是百草藥堂的東家。

許蘭因壓制住內心的狂喜，笑道：「好，成交。」

趙無更是心緒澎湃，向萬掌櫃抱拳說道：「謝謝你們東家！謝謝萬掌櫃！」他又充滿感激地看了許蘭因一眼，沒有說話。他覺得，一切感激的話相較於許蘭因的情誼，都太過蒼白和無力。

萬掌櫃又說道：「趙爺先莫高興早了，那位病人是什麼情況、能不能治，得先同黃老大夫說說。」他指了指身邊那位老翁。

看來，製藥和治病都離不開這位黃老大夫了。

趙無同黃老大夫說了溫卓豐的病情：傷的雙腿、什麼時候受的傷、怎麼傷的、現在的情況如何等等。

黃老大夫聽後，跟萬掌櫃點點頭，又道：「五日後，把病人帶到這裡來。」

趙無又問：「需要治多久？」

黃老大夫道：「治這個病，需要斷骨、接骨、治療，這個過程至少需要一個月；接著就是康復，這個階段的時間很長，半年到三年不等，要看他的病情恢復而定。不過，以後雖然能走路，但畢竟跟常人有異，不能劇烈跑跳，若恢復得不夠好，還會出現微跛。慶幸的是雙腿受傷好過一條腿受傷，否則還有可能出現長短腿的情況。」

趙無道了謝，又想著，這麼說來，第一個月肯定不能離開京城。倒是不好讓大哥鬧失蹤，但若留在京城，就必須找一個光明正大的理由才行……

許蘭因提出，最好給四萬兩銀子的銀票，一千兩金子。某些時候，金子比銀票好保管，也更保值。

萬掌櫃就給了二十張二千兩銀子的銀票，又給了一個雕花木匣，裡面裝了十根金條。

兩人出了百草藥堂。

雨依然下著，蹲在牆角處避雨的何東看到他們，趕緊趕著車來到門口。

上了馬車，趙無抓著許蘭因垂下的手說道：「姊，自始至終，妳的好我都記在心裡。」

這話有些深沈，不像他之前說的孩子話。

許蘭因側頭看了看他，他薄唇抿著，眼內無波，似把激動的情緒強壓在心底，生怕壓制不住爆發出來，讓人看出什麼端倪。

許蘭因笑道：「你叫我姊，有些事是應該的。」她把手不著痕跡地抽出來，理了理自己前額的頭髮。

手心裡的溫暖一空，趙無低頭看看空空如也的手，再看看理頭髮的纖纖玉指，心裡湧上幾絲異樣的感覺。這個姊姊不是血脈之親，可她比任何一個血脈親人——包括爹娘跟大哥——都讓他想親近再親近。

雖然他從小少人教，但也懂得男女大防，知道跟女子，包括姊妹都不能太親近，可他就是想親近她，沒有任何不敬和褻瀆。

趙無有些紅了臉，訕笑道：「不知為什麼，我跟姊從來不外道，我們……像兄弟。」

許蘭因白了趙無一眼，嗔道：「我的身分還真多，先像你的姊，後像你的娘，現在又成了你兄弟。」

趙無也覺得用「兄弟」來形容他們兩人的關係不準確，但他就是想跟她親密無間，比姊弟還親密，只得用了「兄弟」二字。

他還是嘴硬道：「我只說過妳像我姊和兄弟，沒說過妳像我娘……」又有些不確定，他之前的確想過許蘭因像他娘，至於說沒說出口就記不清了。

他看了許蘭因一眼，覺得這個姊姊實在太聰慧了，他的心事她怎麼總能猜到？又一想，許叔那件事她肯定不知道，否則也不會這麼平靜。這說明，也不是自己所有的心事她都知道。

這麼想著，趙無又鬆了一口氣。他雖然想跟許蘭因親近，但還是不想自己所有的心事都讓她知道，否則被揪耳朵的時候會更多。

到家午時末，掌棋和丁大娘已經把飯菜做好了。

把掌棋打發下去，兩人吃著飯。

趙無說道：「晚上我去溫府見我大哥，告訴他這個好消息。」

許蘭因點點頭。「注意安全。」

趙無不屑地撇撇嘴，說道：「就溫家那一幫子酒囊飯袋，還沒本事發現我。下晌我去買宅子，方便咱們和大哥住，就不回來吃晚飯了。」

許蘭因笑道：「掙了這麼多錢，我也想買個宅子，再買個鋪子。若是可以，以後在京城開個心韻茶舍分店。」

只要不打仗，無論哪個時代，房地產都是賺錢的買賣，京城更是寸土寸金。現在許蘭因只能給自己買，而不是家裡，因為秦氏不會願意她和兒子在京城置產。回去後在寧州府周圍多買些田地給他們吧……

趙無的話打斷了許蘭因的沈思。「現在不是買房的好時機，再等等吧。那兩位倒了，肯定會牽連一批官員，那時候會有不少的宅子、鋪子空出來，不僅好還便宜。我急著買是沒法子，馬上要用。」

許蘭因抬眼看看他，取笑道：「不知油米貴的公子哥兒也懂庶務了。」

趙無笑道：「在姊家那麼久，看也看會了。」

飯後，趙無同何東出去看房子，外頭還在下雨，許蘭因沒有同去。

她把銀票和金條藏好，就坐去窗邊。望著外面的小雨，又想起了傻傻的小原主。一株黑根草值十萬兩銀子，那麼那盒如玉生肌膏和小木牌就應該值二十萬兩銀子。

好在小原主不知道它們的價值，知道了肯定會傻兮兮地奉上。若是古望辰得了這兩樣寶貝，用來當他升官的籌碼，那真是沒天理了！

第二十四章

晚上，只有何東回家。他說趙無辦事去了，還說趙無已經買下一個三進的宅子，花了九百六十兩銀子。雖然貴了一些，但宅子頗新，只要再買些日常家具和用品就能住了。

此時，趙無正一個人坐在慶豐酒樓三樓的一間包間裡喝酒。

他坐在窗邊，外面細雨濛濛，漆黑一片。但他知道，北邊遠處有一大片連在一起的宅子，那裡坐落著幾戶高門大宅，溫國公府溫家也在那裡。

他的大哥溫卓豐，被關在溫家十二年，連二門都沒出過。

而他，從小不學無術，進進出出鬧翻天，這一帶都跑遍了，被所有人嫌棄。

這家酒樓他曾經光顧過十幾次，可這裡的掌櫃和小二都沒認出他就是那個曾在這裡賒過帳的溫府四公子。他們都覺得他面熟，以為他是曾經來這裡喝過酒的人。

趙無先點了一碟滷肉、半隻燒雞、一壺酒，慢慢吃。肉和雞都吃完了，酒還沒喝完，他已經學會了不貪杯。

又點了一碟花生米。過了那麼久的苦日子，他還學會了節儉，哪怕懷裡揣著上千兩的銀票，也不像兩年前那般，寧可賒帳也要打腫臉充胖子，叫上一桌子的酒菜。

戌時，酒樓要打烊了，趙無才走出酒樓。雨已經停了，他還是戴上斗笠，不緊不慢地向北邊走去。

夜黑風高，天邊只有幾顆星星在閃爍。街道上的行人很少，都步履匆匆。

小半個時辰後，趙無來到溫府西北邊的院牆外，這裡離溫卓豐的院子最近。小巷又窄又長，有兩個人往這邊走來，趙無只得繼續慢慢地往前走，直到那兩個人越過他向東邊走去，他才又倒退回去。站在那裡左右看看，沒有人，就一蹬腳跳上院牆，又跳了下去。

這裡栽了十幾株杏樹，此時正是杏花怒放時。在稀薄的星光下，枝頭淺紅色的花蕊依稀可見，地上則鋪滿了被雨打下的落花和葉子，他的鞋子也陷進泥裡。

他還沒起身，就聽見一個男人的低喝聲。

「誰?!」

聲音是從不遠處的一棵大樹後傳來。

趙無嚇得趕緊貓腰躲在一塊半人高的石頭後，掐著嗓子學貓叫了兩聲。

男人的聲音再度響起。「寶貝兒，是野貓，莫怕!快，讓爺爽一爽!」

即使隔了一年半，趙無也能聽出這個聲音是溫家二公子溫卓麟，溫二老爺溫言的嫡長子。溫卓麟從小比他還不成才，不學無術，十一、二就會調戲小丫頭，不過在外面的名聲卻比他還強些。

「二爺，若是讓二奶奶知道了會弄死奴婢的……」一個嬌滴滴的女人聲音。

溫卓麟悄聲罵道：「那個妒婦！莫提她，沒來由的掃興！好人兒，把爺服侍舒坦了，爺想辦法讓妳離開那個瘸子……」

接著，是這對狗男女壓抑著的呻吟聲。杏林旁邊的那棵大樹搖晃著，不時有葉子和積在葉面上的雨滴落下來。

「奴婢的後背濕透了，要得風寒了……」

「明天賞妳一支金簪……」

趙無閉著眼睛，堵著耳朵，心裡噁心得要命，今天怎麼會遇到這破事！

一刻多鐘後，那兩人終於完事走了，趙無才起身從大石後繞出來。

看到那個女人的背影，趙無氣得狠狠吐了口唾沫。她是溫卓豐的大丫頭，香冬。

溫卓豐和趙無都知道香冬是二房的人，卻沒想到她居然跟溫卓麟有這層關係。

趙無又等了近兩刻鐘，才向那個偏遠的小院跑去。

他來到小院牆外，從懷裡掏出一根小竹管，用火鐮點燃一頭。這是迷煙，去西夏國時拿了許多「裝備」，其中就包括迷煙、迷藥。

他跳進圍牆，看到所有屋都是黑的，就徑直去了西廂房的一扇窗戶前，用指頭在窗紙上戳了個小洞，把竹管塞進去，吹了兩口。

溫卓豐知道自己身邊的兩個丫頭和兩個婆子都是二房那兩人派來的，所以從來不讓她們在上房守夜，而那幾個人也巴不得離他遠著些，守夜都住在這間屋裡。

趙無等了小半刻鐘，覺得裡面的人睡得更沈了，才走去溫卓豐的窗前，輕輕敲了兩下。

溫卓豐咳嗽一聲，趙無又學了一聲貓叫。

溫卓豐大喜，忙從床上坐起來，也顧不得穿外衣，摸索著坐上床邊的輪椅，自己轉著木輪向門口走去。出了臥房，來到廳屋把門打開。

趙無走進來關上門，又推著輪椅去了臥房，低聲說了許蘭因已經把黑根草賣給百草藥堂，他們東家答應給大哥治腿的事。

溫卓豐的手緊緊抓住趙無，激動得身子都在抖動，顫聲說道：「是真的嗎？」

趙無笑道：「當然是真的！黃老大夫讓你五日後去百草藥堂。不過，要斷骨再接骨，可能會遭些罪。」

又把治好後會出現的一些後遺症都說了。

對於一個久坐輪椅的殘廢來說，有些跛算得了什麼？何況還不一定會跛。至於那些疼痛，就更不值一提了。

哪怕屋裡漆黑，趙無也能看到大哥眼裡蓄滿的眼水。

溫卓豐說道：「只要能讓我重新站起來，哪怕要到地獄裡走上一遭，也忍得。還有那位許姑娘，她的大恩大德，我們兄弟要牢記一生。明天你先代哥哥謝過她，改日哥哥見到她，再鄭重謝過。」

趙無笑道：「那是當然。等大哥身體好一些了，我就帶她去見你。不是弟弟吹噓，論模樣、聰慧、品性，就沒有哪個姑娘能比得上我姊的！京城的什麼四美，也差得遠呢！我沒有一點誇張，是真的！」

這是趙無每次來都要說的話。

溫卓豐笑著點頭。「我當然相信弟弟的話，不過許姑娘還有一個優點你忘了說，就是義薄雲天、豪爽仗義。你與她萍水相逢，她不僅救了你的命，還把那麼珍貴的如玉生肌膏用在你身上。五萬兩銀子，擱在許多大富之家也是要爭得頭破血流的，她卻用在了還沒見過面的你哥哥我身上。」

趙無聽了連連點頭，心花怒放。

兩人商量完如何出去看病後，趙無才說了來時遇到的一幕。

溫卓豐也被噁心到了，罵了句。「賤婢！」

他沒好意思說，溫言和劉氏夫妻曾幾次暗示想把香冬指給他做通房，他都拒了。香冬也曾爬過他的床，被他罵跑了。

溫卓麟一定是覺得香冬總有一天會成為他的人，所以才找上了她。

次日，許蘭因吃完早飯，趙無就進來了。

「夜裡去見你大哥了？」

「嗯，我大哥聽說百草藥堂答應幫他治病，才相信這世上真的有仙骨丸，他的病真的能治好，還讓我替他謝謝妳……」說著，向許蘭因作了個長揖。

許蘭因笑著避過。

趙無抬起臉，看到許蘭因秀美的面容、眉眼間盡是暖意，還有高眺曼妙的身姿，他突然想到昨夜撞見的那個場面，一下子紅了臉。他覺得自己太無恥了，抬手打了自己的臉一下，勁有些大，臉都打紅了。

趙無又裝作被口水嗆到，使勁咳了起來，還越咳臉越紅。

許蘭因真以為他嗆著了，過來幫他拍背，他趕緊往旁邊躲了躲，心裡不停地唾棄自己。這麼美好又對自己有大恩的女子，自己怎麼會聯想到那個不堪的場面？太不應該了、太狼心狗肺了！呸呸呸呸呸呸……

他不知道呸了自己多少口，人才平靜下來。他站去窗邊，跟坐在桌前的許蘭因隔了幾步距離，還不敢正眼看她。

他望著窗外說道：「姊，今天我去辦宅子的書契，還要去周府一趟。你們把屋子打掃打掃，買些日常用的東西，就能搬過去了。以後，再買兩個下人在那裡守宅子。」不待許蘭因說話，就快步出了門，生怕他剛才的心思被許蘭因看出來。若看出來，可不是揪耳朵那麼簡單，八成會好些天不理自己。

許蘭因還想問他去周府幹什麼，人已跑得沒影了。

她搖頭失笑，覺得這孩子莫不是高興得不正常了？不過她也能理解，掛心那麼久的大哥終於能重新站起來了，擱誰也會樂瘋了。

她沒讓掌棋一起去新宅子，這裡放了那麼多金條，總要有個人守著。但她沒明說，只讓掌棋就在西廂待著。

這次趙無沒坐車，而是騎馬，何東和何西坐在外面趕車。到了岔路口，趙無直接去辦事。

宅子在東平街，靠近南城門。這一帶的宅子都是三進，青磚粉牆、青石鋪路。雖然不像大富人家那樣高門大院，也算中產階級的集中地，十分清靜和整潔。京城寸土寸金，這麼一座宅子，位置還比較偏，就花了近千兩。

宅子頗新，裡面栽了不少花草樹木，但許蘭因還是不願意隨便收拾一下就住進來。可以不重新裝修，但必須要把宅子從裡到外打掃一遍，幾間要住的屋子也得重新換窗紙和窗紗。

許蘭因讓何西去對面那條街，那裡的院子要小得多、舊得多，去那裡花錢找兩個婆子來幫忙打掃環境，順便打探一下附近的大概情況。

又列了張物品清單，讓何東去街上買回來。

一刻多鐘後，何西就花五百文大錢找了兩個婆子來。

趙無去衙門辦完契，在攤子上吃了碗麵，到周家時已經是下晌未時末。他想請周老太師幫忙，只不知他在不在家？太師是虛銜，不需要天天上衙。

趙無之所以去找這位通天的大人物幫忙，一是因為周太師已經知道趙無的真正出身，也知道那黑根草是由他和許蘭因賣的；另外還有一個最重要的原因，趙無去西夏國不是他的職責所在，是私下受周太師派遣的。他九死一生保護老妖拿回最重要的情報，卻因為差點耽誤大事而沒得到該有的封賞，哪怕是當做補償，周太師也會幫他。

他走去角門，對門房抱拳笑道：「我叫趙無，來求見老太師。」即使離開溫家有一段時間了，他還是不習慣對門房自稱「在下」。

大戶人家的門房最是狗眼看人低的，暗中撇了下嘴，心想著：我家大人是個人就能見啊？嘴裡則問道：「哪家的？帖子呢？」

趙無搖搖頭。「沒有帖子。老太師認識我，肯定會見。」說著，掏出一個小銀錠子給他。

這種人家的門房經常會得些好處，但大都是小銀錁子或是碎銀角子，一兩的小銀錠子很少。

門房沒接，心下猶豫著。若求見哪位小爺，跑一趟就是了，可他要見的是老太爺。平日即使是大戶人家呈上帖子，老太爺也不一定會見呢！眼前這個後生，雖說長得一表人才，可小小年紀，又沒有好出身，有什麼資格去見老太爺？

趙無又道：「老太師身邊的平風大哥認識我。」

門房這才露出笑意，接過銀子。「小兄弟稍候。」

門房給另一個小門房使了個眼色，小門房立即腿腳麻利地跑走了。

一刻多鐘後，小門房跑回來說道：「平風管事請趙爺進去。」神色恭敬多了。

門房見了，趕緊躬身笑道：「趙爺請！」

趙無被帶去前院的小書房外，再由門口的平風領進屋內。

周太師正伏案寫字，只用手示意趙無坐去一旁，待他寫完最後一個字，才抬頭問道：「為你兄長而來？」

周太師七十幾歲，頭髮、鬍子灰白，穿著玄色挑金直裰，滿臉威儀。

趙無老實答道：「是。晚輩慚愧，老大人日理萬機，還要用瑣事來煩勞您。」他講了想把兄長接出來住一段時間為他治腿的事，又道：「若晚輩名正言順去接，那幾人肯定不會同意；若晚輩把人偷弄出來，國公府丟了人，也算京城的大事，無論把他藏在哪裡都無法安心治病。所以，晚輩斗膽來請老大人幫忙，想法子救救我大哥。」

趙無語畢，起身深深一躬。

聽了趙無的話，周太師把手中的茶碗重重往案上一擱，冷哼道：「溫家老二行事越來越狠辣了，親姪子也能這麼加害！你祖父、祖母竟也由著他們，不加管束，怪不得溫國公府越來越敗落！想當初，溫家祖上同我周家祖上一起跟隨太祖打天下，一起被封國公，是多麼聰明睿智的人，沒承想後輩如此不成器……」

數落了一番溫國公府的不是，又道：「這樣吧，梓峻跟卓豐在國子監時是同窗，後日讓梓峻直接去溫府接人。」

周梓峻是周太師的三孫子，年少時最是頑劣。雖然跟溫卓豐同上國子監，但一個好文、一個尚武，之前的關係並不親近。周梓峻現在是宮裡的四品帶刀護衛，再歷練個一、兩年，就會放出去擔任軍中要職。

聽了周太師的安排，趙無喜得起身跪下朝他磕了一個頭。

周太師讓他起身，又問道：「跟你一同來賣黑根草的許姑娘，就是許慶岩的大閨女？」

「是。」之前，趙無已經跟周太師講過許蘭因如何救過自己，所以自己才不忍心把她父親許慶岩丟下的事。

周太師說道：「投我以木桃，報之以瓊瑤。記恩是美德，不過，國難當前，個人的任何得失榮辱都必須讓步，老夫亦是如此。我這次壓制了你，只是想給你一個教訓，你有棟梁之才，還年輕，吳王和我心知肚明你的本事和功勞，將來必會重用於你。以後萬不能再感情用事，因小失大了。這次沒出事，不代表下次不出事。」

劉兆印的太子之位被廢後，封為吳王。

趙無起身抱拳應道：「是，小人謹記老大人的教誨。」

周太師這才滿意地點點頭，端茶送人。

趙無出了小書房後，被平風領著從一條甬道往角門走去。

正走著，遠遠看到一群孩子和幾個護院從另一條小路跑出來，向一個大院子跑去，他們是要去練武場練武。

周家是軍功起家，男孩子五歲以後不僅要開蒙，還要練武。由於教養得當，家裡出了不少有出息的文官及武將。不像溫家，子孫們不思進取，窩裡鬥，以至於一代不如一代。好不容易自己的父親強一些，又不知何故不討祖母的喜歡，死得不明不白……

趙無正想著，看到那群孩子裡有一個小身影特別顯眼。另幾個都是穿著短衣長褲的男孩，只有她穿著綠色比甲，梳了個包包頭，繫頭髮的紅色絲帶隨著她一蹦一跳而上下飛舞著。

雖然看不清臉，趙無也覺得那個小身影肯定是小妞妞。他和許叔一起快馬加鞭回京，許叔固執地一直把小妞妞揹在背上。他們被帶去大理寺後，小妞妞也被周家人接走了。

平風笑道：「趙爺看出那是小妞妞了吧？小姑娘喜歡練武，老太爺就讓她跟少爺們一起練習。」

能跟周家少爺一起練武，又如此歡快跳脫，周家應該是厚待小妞妞的。

趙無走出周府時已經是斜陽西下，望望沈沈落日，他沒有去新宅子，而是直接回了小院。

小院地處偏僻，跟豪門大戶聚集的地方離得很遠，騎馬也花了半個時辰才到。

何東、何西已經回來了，向趙無稟報了今天整理宅子的情況。

趙無沒敢進內院見許蘭因，他還是有些心虛，怕許蘭因看出自己的心事。吃完晚飯後，他又步行去了溫府。

從這裡到溫府，快步要半個多時辰，慢走要一個時辰。

趙無慢慢走著，在路過一處酒樓時，迎面碰上幾個才從酒樓出來的公子哥兒。

其中一人指著低頭走路的趙無說道：「你，站住！小爺怎麼覺得在哪裡見過你？」

那幾個人趙無都認識，曾經跟他從小一起淘氣到大，說話的是陳家二公子陳贊。

趙無不想多事，只得站下看了他一眼，抿了抿嘴，讓酒窩更大一些，略帶南方口音說道：「這位爺，在下似乎沒見過你。」

陳贊上前兩步看看他，笑道：「是我認錯人了。不過，兄弟的確有些像我的一個故友，只不過他沒有你高，也沒有酒窩。唉，可惜他已經死了近兩年了。」

趙無抱抱拳，扭頭走了。

後面傳來另幾個人的聲音。「嗯，的確有些像溫老四那個飯袋。」

「白兄說錯了，溫老四不是飯袋，是多情種！」

「哈哈哈……」

陳贊不贊同地說：「人都死了，各位嘴下留點情。」

趙無的步伐邁得更大了。他一直覺得之前交的朋友都是混吃等死的酒肉朋友，沒想到，還是有一個替他說話的真朋友。

次日早飯後，趙無才滿臉笑意地去見許蘭因。隔了一天一夜，他終於能夠平靜地面對她了。

許蘭因剛吃過早飯，正準備去整頓新宅子。見趙無雖然面露疲態，卻是眉開眼笑，便問道：「這麼高興，還有什麼我不知道的喜事嗎？」

掌棋知道主子要說重要的事，避了出去。

趙無坐去椅子上，悠閒地伸直長腿，答非所問道：「我今天凌晨才回來，沒歇息好。」

「那你再回去歇著吧，我和何東、何西去收拾就好。」

「我大哥暫時不會住去新家，不急著搬過去……」便講了溫卓豐會在太師府養傷的事。

許蘭因沒想到他有本事請到周老太師幫忙，但也替他們高興。待在周府，溫卓豐出府一事算是擺在明面上，更安全了。

趙無用手擋住嘴，打了個哈欠，跟許蘭因詳細講了周家的事。

百年前，周家祖先攜女周合追隨太祖打下江山。周合被封皇后，與太祖一生琴瑟和鳴，是這個朝代的傳奇女子，得所有人敬重，被尊為明賢皇后。周家先祖也被封世襲罔替的護國公，滿門榮耀。

為表忠心，明賢皇后和周家家主立下周家後人只效忠皇上一人、不得干涉立儲、不得結黨、周家女不得再嫁進皇宮的遺囑。因為周家女嫁進了皇宮，就意味著周家必須站隊。

周家幾代都是這樣做的，在大名朝地位超然，得每一任皇上看重。每位家主把護國公的爵位傳給兒子後，就會被封太師銜，一直延續到目前這位家主周卿明。

而周家女周蕪之所以嫁給當今皇上，意外地成為皇后，其實還有一段故事。當今皇上登基前有四位能幹的兄長和一個弟弟，那五位皇子爭先恐後在先皇面前掙表現，只有這位六皇子劉通（前面有一位皇子早夭）對那個位置不感興趣。

在劉通十五歲時，更是求娶了周家女周蕪，被提前封王，離開皇宮開府建衙，徹底失去成為儲君的機會。

天下人都知道六皇子沒有爭位之心，也知道開國皇后的遺囑，私下傳揚他是愛美人不愛江山的多情王爺。

可架不住老天成全，劉通的幾個皇兄從劉通幾歲時就開始互鬥互殘，一直鬥了十幾年，最後鬥得兩個死、一個殘、一個逃，那個皇弟也受同母兄長連累而惹了先皇的厭。於是，在當今皇上剛娶了周家女的一年後，先皇駕崩前把皇位傳於無心爭位的劉通。

雖然周蕪跟著皇上進了皇宮，被封皇后，但從某種角度來說，她也不算違背明賢皇后和周家祖先的遺囑。因為她一開始嫁進去的是王府，而不是皇宮。

周皇后進宮兩個月便生下大皇子劉兆印。劉兆印聰明好學，甚得皇上喜愛，五歲時被封太子。在周皇后年近三十時，又生下第二個兒子，卻是個癡兒。

為了不讓皇上多心，也為了不落人口實，周家更低調了，很少跟皇后和皇子來往。卻沒想到，劉兆印在外出途中竟被逆王帶人砍斷了左臂！

大兒子殘廢，二兒子癡傻，被人說成不聽先祖遺囑而遭了報應，周皇后最後鬱鬱而終。

當今聖上雖然嘴上說周蒹是他一生的摯愛，不再立后，卻還是廢了劉兆印的太子之位。

周家氣極，覺得種種跡象皆表明劉兆印被刺一事應該另有隱情，於是開始暗暗佈局。

書裡，三皇子上位，周家成了落魄公府，男人在官場都被邊緣化，描述得不多。許蘭因穿越過來後又聽說了一些，遠沒有這麼詳細。特別是周家什麼時候開始暗中佈局，許蘭因還是第一次聽說。

在書裡，哪怕周家暗中佈局了，也只抓住了二皇子的罪證。他們是把老妖派去西夏國了，但因為沒有趙無參與救援，老妖最後沒被救回來，情報也沒拿回來。而知道一些內幕的閔戶和秦澈又「意外死亡」，所以最終還是便宜了三皇子。

謀事在人，成事在天。要想成事，還得看老天幫不幫忙。老天把她派來這裡，不僅幫了趙無、閔戶這些人，也間接幫了老妖、周家和周家想輔佐的人。

許蘭因又隔著衣裳摸了摸小木牌。周家欠張老神醫的情，應該是他救了前太子的命吧？嬌貴的太子生生被斬斷一隻胳膊，能活下來，何其不易。

趙無見許蘭因的目光有些渙散，招呼了她一聲。「姊。」

許蘭因收回思緒說道：「皇家無親情，兄弟鬥得你死我活。在皇宮裡，或許只有四皇子是快樂的。」

趙無冷笑道：「沒有親情的何止皇宮？溫家同樣如此。」

許蘭因無語。

柴家也是如此。

只要有了大利，總會有不擇手段的貪心人。

兩人沈默了一陣後，許蘭因起身說道：「你再去歇歇吧，我們去新宅子打掃環境。我還是想早些搬過去，住自己家，總比住這裡好。」

趙無最高興許蘭因不跟自己外道，聽她把那個新宅子稱為「自己家」，他也來了精神，起身跟他們一起去了。

幾人和兩個婆子在宅子裡忙了半天。

晌飯後，趙無帶著何西去了周府，他要同周梓峻商量明天接溫卓豐的事。以後何西會在周府服侍溫卓豐，所以也把他帶上。

趙無和何西不僅昨天晚上沒回來，今日也沒回來。

許蘭因雖然記掛，還是領著何東去了宅子，又整理了一天。

看看整潔漂亮的宅子，許蘭因很高興，明天便可以搬過來了，在京城終於有了真正的落腳點！

酉時末，路上行人很多，大多要趕著在關城門之前進城和出城。

周府三爺周梓峻穿著一身便服，帶著兩個隨從和一輛馬車去了溫國公府溫家。

周梓峻長身玉立，長相俊朗，嘴角噙著笑意。

他今天才知道，為蘇二姑娘跳崖殉情的癡情種溫家小四居然沒死，真相是被人謀害推下崖，卻命大地活了下來；而溫卓豐十二年前摔斷腿也不是意外，是被人謀害。雖然兄弟兩個都說是溫二老爺派人動手的，可目前手上沒有證據，直接害人的人都被處理掉了。

更令周梓峻想不到的是，救回老妖、火燒隆興客棧的著名捕吏趙無，就是過往的溫小四。因為從崖上摔下來破了相，又被如玉生肌膏治好，以至於容貌大變。祖父還說，他是難得一見的武功高手。

這個秘密，除了祖父、父親、世子大哥，就只有他知道了。

雖然覺得祖父有些言過其實，他不太認同溫小四是「難得一見的」武功高手，應該把那五個字去掉更合適，但也不妨礙他打從心底佩服那個小子。做為世家子，能成為武功高手已經非常不易了。

一行車馬到了溫府，周梓峻下馬，讓隨從遞上周太師的帖子，求見溫國公。

此時，除了溫國公和溫卓豐，溫府所有人都在溫老夫人的慶福堂用晚飯。溫國公從來不願意過來吃飯，溫卓豐則是從來沒人讓他過來吃飯。

溫家共三房，還沒分家。

大老爺溫行、妻子趙氏和次子溫卓安都死了，只剩一個殘廢兒子溫卓豐；二老爺溫言，妻子劉氏，有二子一女，另還有兩個庶女；三老爺溫賀是庶子，妻子江氏，有一兒一女。

眾人吃完飯，溫言親自扶著溫老夫人去上房坐定，眾人也跟了過來。之後的幾刻鐘，是他們彩衣娛親的時候。

說笑間，一個婆子進屋，來到溫言身後低語幾句。

溫言吃了一驚，沈臉問道：「父親同意了？」

婆子躬身道：「同意了，大爺已經被接走了。」

溫言氣得拍了一下椅子扶手，罵道：「豈有此理！父親怎——周梓峻怎麼能如此行事！」他差點把罵溫國公的話說出口，趕緊打住，改口說周梓峻。

溫老夫人問道：「何事如此驚慌？」

溫言回道：「娘，周梓峻把卓豐接去周府了。」

溫老夫人有些懵，想了想才反應過來周梓峻是周太師的三孫子，問道：「什麼，周家小三把卓豐接走了？他們如此，所為何事？」

「周梓峻跟父親說，他跟卓豐在國子監時情同兄弟，憐卓豐十二年未曾出過門，就去求了周太師，周太師讓他接卓豐去周府住幾日。」

溫老夫人忙問道：「你父應允了？」

溫言氣得握緊了拳頭。「人都已經接走了！」

溫老夫人頓了頓，說道：「老二兩口子留下，你們都散了吧。」

眾人走後，二夫人劉氏有些慌。「是不是周家人知道了什麼，所以把卓豐接走了？」

溫言也怕，咬牙道：「我現在就去周府把人要回來！卓豐殘了十二年，除了開始的一、兩年有人來看望他，後來只有閔戶偶爾回京會去他那裡坐坐，那周梓峻根本連個影子都沒有，怎麼可能過了這麼多年突然憐惜起他了？」又對劉氏道：「再好好查查，這些日子卓豐是否跟外界有過接觸？」

溫老夫人皺了皺眉。「看看你們，都這個年紀了，還如此沈不住氣。確定那兩件事都處理乾淨了？」

溫言立即點頭。「當然！」

溫老夫人又道：「乾淨了，還怕甚？一個十二年沒出過家門，連路都走不了、幾乎與世隔絕的人，你們怕什麼？況且，周家勢大，你篤定你能把卓豐要回來？」

溫國公府越來越敗落，國公爺已六十幾歲，身上除了爵位，沒有任何官職。可他這把年紀了，不僅不把爵位傳下去，連世子都沒請封，只知道天天煉丹。而溫言和溫賀，一個是四品武官，一個是七品文官，幾個孫輩更沒有出息。若不是有個爵位，溫府連京城的中等人家都算不上，怎麼惹得起京城頂級豪門周太師府？

溫言紅著臉，沒言語，心裡氣道，若是父親把爵位傳給他，他就敢理直氣壯去要人了！

他始終不明白，別家的老人氣一氣就能背過氣去，可他家的老人卻是越活越健壯，無論怎麼氣都氣不死！難不成那些丹藥真的管用？

溫老夫人想著往事，又難過起來，用帕子抹著眼淚道：「唉，但凡你們讓卓豐兄弟好好活著，你父親也不會到這個歲數了還抓住爵位不放。老婆子我一直巴望著老二能承爵，那兩兄弟能活下來，可看看你們做的那些事！再如何，也該給卓安留條命啊……」

溫言嘆道：「兒子也不想讓他死，可是，總不能卓豐殘了，再把他也弄殘吧？別人會起疑的……」

周梓峻帶著兩輛馬車，到了太師府西角門前。

他下了馬，對後面的馬車說道：「到地方了，你們回吧。」

車夫有些懵，車裡的兩個人是大爺的丫頭，國公爺特地讓她們來周府服侍大爺的。

車裡的香冬聽了，掀開車簾笑道：「周三爺，我們是大爺的丫頭，不能離開我家大爺。」

周梓峻沈了臉，冷哼道：「都說溫國公府上不上、下不下，還真是，一個丫頭居然如此不懂規矩！妳不願意離開，就待在這裡吧，周府妳還沒有資格進去！」

他一揮手，兩個隨從便牽著馬進了角門，周府的馬車也跟著進去。

後面溫府的馬車到底不敢闖，被關在了門外。

周梓峻又騎上馬，讓那兩個隨從停步，他一個人帶著馬車七拐八拐，再穿過一條長長的甬道，最終進入一座偏僻的小院。

這個小院叫靜思院，在周府的最西邊，之前是犯錯的周家子弟面壁反省的地方。無論主子或下人，一般都不會來這裡。

因為溫卓豐的到來，周家還在附近安排了兩個護衛，勒令閒人不得靠近，所以這裡也就更加安靜了。

趙無正站在門口翹首以望，見馬車進來了，他朝周梓峻躬身抱拳笑道：「謝謝周三哥！三哥這個情，弟弟記下了！」

暮色中，趙無白淨如玉的肌膚略微泛著紅光，兩頰大大的酒窩平添了幾分喜氣。

周梓峻又一次感嘆，這小子的運氣也太好了。被人救了，偏偏那人還有如玉生肌膏！都不知道給他抹了多少，讓這張小白臉比姑娘家還細嫩。

因為祖父跟老神醫有交情，每次老神醫來京城都會給周家一點如玉生肌膏，真是一點點而已，只有食指指腹那麼多。每次拿到了，都被家中女眷猴急地要過去，給待嫁女或是準備找婆家的姑娘用。

周梓峻收斂心思笑道：「不客氣。聽祖父說你武功高強，改天跟哥哥我切磋切磋。」

趙無笑道：「好，改天請周三哥多多指教。」

院子裡除了趙無和周梓峻，只有一個車夫、何西，以及一個專門過來服侍溫卓豐的周府下人李阿貴。

趙無下意識地瞥了一眼已關上的院門，才過去掀開車簾，先把輪椅抬下來，再把溫卓豐抱下車。輕飄的雙腿讓趙無的手一頓，心裡湧上濃濃的酸澀。

溫卓豐雙頰深陷，即使晚霞給他敷上一層胭脂色，還是能看出膚色極不正常，沒有一點血色。雙腿上蓋著一條毯子，依然能看出腿腳極瘦，窄窄的，跟上半身完全不成正比。

來到這個完全陌生的地方，面對最親的弟弟，溫卓豐才真正有了終於逃出生天的感覺。

哪怕他剛剛在路上掀開車簾的一角窺視過外面，看見了陌生又熟悉的街景，有匆匆趕路的行人，還有小路邊的孩子、雞跟狗、各種嘈雜的聲音，這十二年間只有在夢裡出現過的一切，又真實地展現在眼前了，他也怕下一刻又會被送回那個狼窩，心裡不敢有一點放鬆。

溫卓豐長長出了一口氣，又深深吸了一口氣，再看一看無邊的天際，以及西邊燦爛的雲霞。他眼裡有了濕意，含著眼淚笑道：「終於離開那裡了。十二年，被困一隅，苟延殘喘，都已經忘了風來自四面八方，天地有如此之廣闊……」

看到這樣的溫卓豐，再想到十二年前那個文武皆優、英姿勃發的少年，周梓峻也有幾分難受，說道：「溫兄，你才二十六歲，等到日後重新站起來了，還有大把的好時光。」

溫卓豐抱拳對周梓峻說道：「謝謝梓峻，再代我謝過周老太師和周國公，這份大恩，卓豐銘記於心。」說完，又坐著躬了躬身。

周梓峻和車夫走後，趙無讓何西先回去跟許蘭因說一聲，這幾天他都不會回去，黃老大夫明天下晌會親自來周府為溫卓豐治病。

趙無把溫卓豐推進上房屋裡。這裡已經改建好，把臺階和門檻都拆了，門口處砌了一道斜坡出來。

李阿貴把酒菜擺好，趙無給溫卓豐滿上一杯酒，又給自己滿上一杯，笑道：「弟弟預祝大哥重新站起來，健步如飛！」

溫卓豐把酒盅拿在鼻子底下聞了聞，一口飲盡，笑道：「哥哥承你吉言。」

一杯酒下肚，臉上方有了兩分紅暈。

自從殘廢後，溫言總是讓人給他拿酒過來，他知道溫言的惡意，堅持不喝。他不能讓自己眼盲，心再盲。但自從弟弟出事後，他痛不欲生，便開始酗酒，天天醉生夢死。後來閔戶來看他，知道弟弟大難不死，他才又對未來生出希望，沒再喝酒。

他又親自拿起酒壺，給弟弟滿上一杯，再給自己滿上一杯，舉杯笑道：「今天是哥哥的重生之日，願我們兄弟齊心協力，早日查出真相，為爹娘和我們報仇。」

何西快馬回到小院，向許蘭因稟報了趙無兄弟的情況。

許蘭因放了心，也替他們兄弟高興。「跟二爺說，我們很好，明天就搬家。讓他別記掛，只忙那頭便是。」又道：「好好服侍溫大爺，有什麼事隨時回來跟我說。」

趙無讓下人叫溫卓豐大爺，叫他二爺。

許蘭因又去趙無屋裡收拾了幾件衣裳，讓何西帶去周府。

次日上午，許蘭因帶著何東和掌棋告別丁姓老夫婦，又各賞給他們一兩銀子，然後搬去了新宅子。

之前的分配是，趙無和溫卓豐住二進正院，許蘭因和掌棋住三進後罩房。如今溫卓豐不來這裡治病了，趙無就想讓許蘭因住到正院，他住去外院。

許蘭因沒同意，畢竟溫卓豐總會出來住的。

儘管屋裡只有簡簡單單的幾樣家具，許蘭因也有一種家的感覺，比住在那個小院安心多了。她第一件事就是把門關上，將金條和銀票藏好。

之後她帶著掌棋去廚房做了幾個菜，今天是開伙飯，總要正式一些。

飯菜做好，三個人三張桌，很是冷清。

掌棋笑道：「等大爺和二爺回來，家裡就熱鬧了。」

晌飯後，許蘭因的心裡七上八下起來。此時，黃老大夫應該開始給溫卓豐治腿了吧？想想書裡，雖然對溫卓豐記述的不多，卻都不是好話。說他性格陰鬱，對蘇晴使用冷暴力，不跟蘇晴同房，以至於蘇晴鬱鬱而終。蘇晴恨極了他和溫二老爺夫婦，所以在她當上人生贏家平郡王妃後，想辦法弄死了他們。

然而趙無的話裡，溫卓豐是愛護弟弟的好兄長，殘廢之前更是一個陽光少年，文武兼備，長相俊逸，在世家子裡也出類拔萃。

許蘭因始終想不明白溫國公夫婦到底是怎麼想的，這麼好的孩子，比沒有出息又心狠手辣的溫言強多了，他們為何不護著他？最可氣的是，還由著溫二把溫卓安教「歪」，最後害死，真是兩個狠心又冷漠的老糊塗。

希望因為自己的穿越，能讓溫卓豐重新站起來，開啟新的人生之路。他快樂了，趙無才能真正快樂。

晚上亥時末，何西快馬加鞭回來送信。

他笑道：「大姑娘，二爺讓奴才回來送個信，好讓大姑娘安心。黃老大夫下晌未時初開始為大爺斷骨、接骨，他還說，若無意外，大爺的腿能夠重新站起來。大爺痛昏過去兩次，在戌時三刻，奴才來之前又清醒過來，黃老大夫會在那裡守著他一天一夜。」

說完，何西又急匆匆走了。

許蘭因一直沒有上床歇息，就是知道趙無會在第一時間派人回來送信。知道一切順利，她的心總算放了下來。

第二日、第三日，連續兩天許蘭因皆帶著何東去牙行買人，跑遍了京城六個牙行。

這次沒有人幫著掌眼，又買得急，因此許蘭因每個人都聽了一下心聲，覺得沒有壞心思，手腿還算麻利，外貌馬馬虎虎過得去，共買了六個人回來。

他們中，一對中年夫婦林大叔和林嬸兒，三十幾歲。這是給趙無買的，東平街的宅子以後就由他們看守打理。

一個小子名字叫黃齊，十四歲，若溫卓豐看中，就給他當小廝；若不中意，給趙無。

一家三口，方叔、方嬸和十二歲的閨女方丫。他們是許蘭因自己的，方丫改名叫抱棋。

這幾個人不需要學規矩，他們之前都是別人家的奴才，因為犯了錯被主子發賣。人牙子和他們說了各自所犯的事——方叔一家是因為同方叔一起做事的下人偷了東西栽在他頭上；黃齊是因為小主子跟人打架被遷怒；林大叔夫婦是因為主家賭博破產了被發賣。

許蘭因聽了他們的心聲，知道他們沒撒謊，那些事真不能怪他們，便買了下來。

回家後讓他們洗了澡、換了衣，又講了一下規矩。

幾個男人暫時住在外院，幾個女人住在三進院的廂房。

這天晚飯前，趙無回來了，他直接來到後罩房。人瘦了，滿臉倦色，唇邊有了一圈青茬，看著似乎一下子長了好幾歲，不過精神很好，眉眼帶笑。

許蘭因心疼道：「這麼疲倦，怎麼不多睡睡？有事讓何西回來送信就是。」

趙無笑道：「幾天沒看到姊，想妳了。」

許蘭因笑起來，說道：「你回來得巧，我正要吃飯呢！有你喜歡的熱窩雞，多吃些。」又讓掌棋去拿壺酒來，問道：「大哥怎麼樣了？」邊說，邊往趙無碗裡挾著肉。

這四天三夜，趙無幾乎沒怎麼睡，一直坐在床邊眼巴巴地看著溫卓豐。溫卓豐再次陷入昏睡後，他就跑了回來。

「藥裡加了催眠藥，大哥多數時候是睡著的，清醒的時候痛得厲害。黃老大夫說，這種情況大概要持續近兩旬。我不能按時趕回去應卯了，明天讓何東回寧州府給閔大人送個信。」

許蘭因親自為他斟了酒，安慰道：「半個多月的時間說快也快，等這段時間過去就好了。到時我再跟你一起回去，也讓何東跟我娘和蘭舟說一聲。」

趙無點點頭。「我也是這麼想，姊一個人回去我不放心。」他又拿出一張紙。「這是我大哥的尺寸，姊領著下人給他做幾身衣裳，多做幾身中衣褲。」

許蘭因接過紙說道：「我正想跟你要呢。做幾身這時候穿的，再做幾身尺寸大些的，站起來穿。」

或許酒喝得有些多，也或許心情徹底放鬆了，趙無飯沒吃完就仰在椅背上睡著了。

許蘭因沒打擾他，給他蓋上薄被。見他臉上有幾顆飯粒，就伸手去拿，手卻一下子被趙無抓住了。

「姊、姊……」趙無嘀咕著，眼睛卻沒睜。

許蘭因的手一頓，剛要抽出來，趙無的手又緊了一些，抓著她的手在自己臉上游走著。

「姊、姊……」

這小子在說夢話呢！

許蘭因使勁把手抽出來，趙無依然沒醒，調換了一下姿勢後繼續睡。

許蘭因怔怔地看了他一眼，暗罵一句「熊孩子」，去了側屋。

趙無睡了近兩個時辰，亥時末才醒來。

許蘭因和掌棋一直在側屋做針線，聽見趙無起來了，出來笑道：「醒了？還去周府嗎？」

趙無望著許蘭因，有些懵。昏黃的燭光中，這張美麗的臉龐跟夢中的人重疊在一起……他不敢面對許蘭因，站起來匆匆向外走去，嘴裡說著。「要去，我不放心大哥！」

他暗罵著自己，姊姊是他的救命恩人，是這個世上對他最好的人，連爹娘、大哥都比不上，自己怎麼能那樣想她？

他在正院裡打了一套拳，等心情平靜下來後，才進屋給閔戶寫了一封信。去前院把信交給何東，讓他明天回寧州府一趟，又讓黃齊明天直接去周府找他，以後專門服侍溫卓豐。

次日，送走何東和黃齊後，由方叔趕車，許蘭因領著掌棋和抱棋去七錦閣。之前許蘭因沒少聽閔楠說七錦閣好，是京城最好的幾個繡鋪之一，她早就想去逛逛了。這趟不僅要買料子，還想買幾幅像樣的繡品送人和自己用。

路上，許蘭因先去布莊買了幾疋細布和品質差一些的綢子，這是給幾個下人做衣裳的。七錦閣在京城最繁華的華安街上，兩層小樓。來這裡買東西的人不算多，但來人都是非富即貴。

許蘭因穿的是綢緞衣裳，戴的是玉簪，看著清新雅致，卻不顯富貴，還只帶了兩個小丫頭，因此繡鋪裡的小二雖然招呼周到，但並不熱情，眼裡也帶有審視。

許蘭因無所謂，自己本來就不是富貴人家的小姐，還想讓人家怎麼對待？她先買了幾疋做中衣中褲的素綾、幾疋適合男人做衣裳的錦緞，適合女人做夏衫的絲羅，接著就開始認真挑選自己喜歡的東西。

小二見這位姑娘買的、看的俱是中上價位的東西，馬上換了表情，忙前忙後地招呼著。樓上樓下挑了一圈，又買了三架小桌屏、二十對絹花、十把團扇、幾十股上等繡線。兩個丫頭抱不了，又有兩個小二幫著抱。

剛下樓就遇到了兩個熟人，一個是古婆子，一個是蘇晴。

這真是冤家路窄。

古婆子穿著醬色錦緞提花褙子，頭上插了好幾支嵌寶大金釵，還化了妝。華服裹身，珠翠滿頭，粉黛厚重，卻也沒能遮住她的粗鄙和鄉土氣息。這一身行頭，她那個當官不久的兒子可掙不來，壓榨的依然是兒媳婦。

蘇晴也變了，雖然依舊白淨美麗，眼裡卻少了之前想改變命運的倔強和不甘，幽深沈靜了不少。

也是，她除了退而求其次地嫁給古望辰，軌跡不僅沒有按照她預計的方向走，甚至跟她前一世的走向都不一樣了。何況，真正跟古望辰母子在一個房簷下生活，沒有距離了，她才能體會出箇中滋味啊！

古婆子太熟悉許蘭因了，儘管許蘭因的變化很大，自己還是一眼就認出了她。這個死妮子九歲前就是這麼細皮嫩肉的，只是後來許慶岩死了，開始幹粗活後，整個人才變粗糙的。

但古婆子還是怕認錯了人，上下打量許蘭因幾眼，狐疑道：「妳是因丫頭？」

蘇晴是真的沒看出眼前這位漂亮姑娘是許蘭因，一時間吃驚不已。這模樣，哪是兩年前跑去蘇家莊大哭大鬧的傻丫頭？

蘇晴不知道是哪裡出了狀況，這一世有太多太多變數了，這個許蘭因就是其中一個。她不僅沒有死，小偷的壞名聲沒有傳出來，還變得如此漂亮，甚至一點都不比世家女遜色。

古婆子又說：「妳跑來京城做甚？穿得這麼體面，還買了這麼些東西，哪裡來的錢？」

許蘭因本來不想理這個老太婆，但這話卻是把她氣樂了。她冷笑兩聲，說道：「當然是憑自己本事掙的！難不成學某些人，想方設法地去謀奪別人的錢財？」

古婆子怒了，瞪著眼睛喝道：「死丫頭！妳是在罵我兒嗎？我兒才不稀罕妳那點錢！我兒如今當了大官，我們現在住的是大宅子，穿金戴銀、天天吃肉，還用著好些奴才——」

兒子一直讓她少說話，可被許蘭因一氣，她又口不擇言起來。

蘇晴的臉紅得能滴出血來，恨不得找條地縫鑽進去。她趕緊截住古婆子的話，強笑道：「婆婆，咱們去樓上挑料子。」說著，給身邊一個婆子使了個眼色，婆子趕緊扶著古婆子上樓。

古婆子跟來繡鋪，就是想買幾塊好料子做衣裳，所以也就由著婆子扶著她向樓上走去。邊走，嘴裡還邊唸唸叨叨她兒子如何能幹。

鋪子裡還是有幾個買東西的人，她們雖然沒有圍過來看熱鬧，卻不時往這邊張望。蘇晴氣得要命！婆婆如今在京城就是一個笑話，夫君根本不敢讓她出門和見客！她今天出來是買禮品的，夫君上峰的母親要過壽辰。婆婆非要跟著，她也只得帶了出來，想著去繡鋪也沒什麼大不了的，沒承想又鬧出事來！

她違心地對許蘭因說道：「許姑娘，我婆婆沒有惡意，妳不要往心裡去。」

許蘭因笑得眉眼彎彎，說道：「我當然不會往心裡去。我還要感謝古夫人搶走了一個寶呢，活寶！」

說完，就帶著丫頭、小二出了繡鋪大門。

蘇晴氣得咬了咬嘴唇，卻也只得向樓上走去。

許蘭因心情好，上了車還在笑。蘇晴想盡辦法跟古望辰偶遇，培養他當備胎，等真正抓到手了，才知道那並不是個寶。

抱棋歲數小，又天真爛漫，笑道：「那個老夫人說話真粗鄙……」又突然瞪大眼睛說：「難不成她就是戶部古大人的娘？」

許蘭因點點頭，格格笑道：「她還成了這裡的名人啦？連妳都知道。」

抱棋笑說：「京城幾乎所有人都知道古大人的娘很粗鄙，都說可惜古大人了，那麼好的人才學識，卻有那樣一個娘。」

掌棋在許家的時間久，多少聽說了一些許蘭因和古望辰的事，遂冷哼道：「那樣的娘，養出來的兒子會好嗎？好也是裝的！」

古望辰的確是裝的。溫潤無害的形象騙過小原主，騙過活了兩世的蘇晴，騙過小棗村的所有人，現在又騙到了京城來。

想到剛才蘇晴沈靜的眼神，沒有一點新婚期的甜蜜，婚後的日子肯定不是那麼美好。她把復仇的希望全部放在男人身上，沒如願嫁給平郡王，也就沒能把上一世的仇人蘇大夫人母女和溫家人弄死。現在又想培養古望辰強大，強大後再復仇，但古望辰可不是無害的白月光，兩人的戰鬥力就沒有可比性啊！

蘇晴前世只是一個閨閣中的女兒，而且還是沒有接受過良好教育的庶女，哪怕重活一世，在後宅鬥一鬥或許還可以，但卻絕對鬥不過自私陰狠的古望辰。

就像秦氏，活了三十幾歲，又在鄉下過了這麼多年，但她即使重活一世，許蘭因也篤定她不可能打敗柴正關和沈氏。

蘇晴這一世，從嫁給古望辰那一日起，就注定會成為悲催的重生女了。

回家後，許蘭因拿出料子分派活計。

兩個丫頭做下人的衣裳，方嬸和林嬸做溫卓豐的，她給趙無做鞋子。

那個熊孩子，腳又長大了。

第二十五章

晚上，古望辰下衙。他一進自家大門，如沐春風的笑容便消了。

他心裡極是壓抑，沒想到三皇子跟現太子一樣，都是透過怡居酒樓跟西夏國有聯繫，只不過一個勾結的是西夏國周王，一個勾結的是西夏國二皇子，而金掌櫃實際上是為西夏國的周王和大名朝的三皇子辦事。周王府裡還塞進去一個周太師派過去的細作，而把細作救出來的居然是跟許蘭因家有關係的那個捕吏……

虧自己那麼相信蘇晴，覺得她聰慧、有前瞻，聽她的建議去揭露怡居酒樓通敵，不料卻當了閔戶的棋子，差點把自己搭進去。還好自己剛剛入仕，行事謹慎，說話都留有餘地，才能乾乾淨淨脫身。想到同僚們的譏諷，他心裡更是煩躁。

進了正院，古望辰的臉上才重新換上幾絲笑意。

蘇晴起身幫他把官服脫下，換上家居服，又殷勤地送上一碗冷熱適宜的茶水，笑道：「今天把李老夫人的壽禮買好了，是湘繡七面圍屏，花了七百多兩銀子呢！都說李老夫人喜歡繡品，她肯定會滿意的。」

古望辰的笑容真誠了幾分。不管怎樣，蘇晴有錢，還善解人意。雖然蘇家這次也被連累，但牽連不深，並沒有把蘇侯爺抓進大牢。蘇侯爺只是被聖上斥責，降了職，可瘦死的駱駝比馬大。

古望辰拉著蘇晴的手笑道：「晴兒辛苦了。」看到她的眼睛微紅，遂問：「母親又找事了？」

蘇晴羞慚道：「都是我的錯，今天婆婆跟我一起去繡鋪，遇到許蘭因了……」哪怕自己會被夫君怪罪，也不敢有所隱瞞。何況即使她不說，婆婆也會說漏嘴的，但她沒好意思把古婆子的話說得那麼直白。

古望辰最瞭解自己的娘了，腦中想了一番就什麼都猜到了，頓時氣得臉通紅，但還是說道：「這不怪妳，她是婆婆，要跟妳出去，妳還攔得住嗎？」

蘇晴感動得鼻子都有些發酸。父親跟祖母怪她亂出主意害了蘇家、惡毒嫡母又重新當家、婆婆粗鄙又不省心……有太多太多的不如意，可幸好她還有丈夫的愛。雖然丈夫因為怡居酒樓的事有些怪自己，不過這也怨不得他。

等到丈夫強大起來了，那些害她的人，她一個都不會放過！

一晃到了四月中，溫卓豐的情況好些了，清醒的時間多一些，就是依然疼痛難熬，趙無幾乎日夜都陪在他身邊。

期間，溫言和溫賀來了周家一趟，說溫卓豐在周府待了這麼久，不好意思再麻煩周府，該接他回家了。

周老太師沒見他們，而是由現任周國公，也是禮部侍郎周卿明見的，他直接以「老父憐惜卓豐病弱，要多留他一段日子」做託辭。

周卿明是周太師的嫡長子，不僅承了爵，也是周家文臣中走得最高的一個。

溫言再氣也不敢說不。

溫賀面上無表情，心裡卻替那個姪子高興。他也心疼溫卓豐，只不過他是庶子，一直被溫老夫人和溫言壓制著，所以不敢明目張膽地幫溫卓豐。

溫言又提出見溫卓豐一面，依然被拒。

溫言覺得有些蹊蹺，回府後請父親溫國公去周府把溫卓豐接回家。

然而溫國公任兒子把嘴唇說乾了，仍是一言不發，只忙活著煉丹。

溫言氣得牙床都快咬出血了，卻也沒法子。

第二天，溫老夫人又去了周府。

周府的太夫人已經過世，由周大夫人接待她。

溫老夫人提出想看一眼大孫子。

周大夫人笑道：「卓豐說待在府裡悶，老太爺今天上午就讓人送他去莊子上住，到底是哪個莊子，我也不甚清楚。老夫人請放寬心，周、溫兩家是世交，卓豐可憐，我們斷不會委屈他。」

這話打了溫老夫人的老臉，她自己的孫子，怎麼由著一個外人來可憐？頓時氣道：「卓豐是我嫡嫡親的大孫子，雖然腿斷了，可我們從來沒委屈過他！人參、燕窩我都捨不得多吃，要先緊著他，老二兩口子還到處給他找好姑娘當媳婦……」說著，便抹起淚來。

周大夫人仍是笑笑。「小兒子，大孫子，老太太的命根子。我們知道老夫人有多心疼那孩子，他在家裡悶久了，想在我家莊子裡多住幾天，老夫人定是不會不允的。」

溫老夫人被堵得無語，只得無功而返。

那之後，溫言便派了一些人在太師府周圍轉悠。

周府抓住一個跟蹤周梓峻的人痛打了一頓，又扔回了溫家，溫言只得老實下來。

趙無進出走的是周家側門，每次都小心地先確定一下有沒有人跟蹤他，還好溫家沒人注意到他這個貌似周家下人的人。

四月二十，溫卓豐已經半個月沒有歸家，溫言徹底坐不住了，又帶著溫賀去了太師府。這次連護國公周侍郎都沒見他們，直接被下人帶去世子周梓林的書房。

路過一條小徑時，迎面碰到一個長相俊俏的年輕後生。

趙無也看到溫言和溫賀了，他剛被老太師叫過去說了幾句話。趙無恨不得一腳踢死溫言，卻還是忍住了情緒，裝作不認識他們，目不斜視地錯身而過。

溫言乍見趙無，驚得鬍子都有些抖動。像，真像！他低聲跟溫賀說：「那個人怎麼長得那麼像卓安？」

溫賀說道：「嗯，是有幾分相像。不過，他比卓安高些、壯些、白淨些，而且還有氣勢得多。」

溫言做賊心虛，又問起帶路的小廝。「剛剛那個人是誰？」

小廝回道：「都叫他趙爺，是我家三爺的朋友。」

世子周梓林是晚輩，兩家是世交，再如何也應該在外堂接待溫言二人。可周家人擺明了就是沒把溫言放在眼裡，讓他們去書房見人。

之前溫言還在心裡嘔氣，現在也顧不得嘔氣了。雙方客套幾句落坐後，溫言就說道：「剛剛我遇到一個後生，長得忒像死去的卓安。他……他是誰？」

周梓林喝了口茶，笑道：「不瞞溫二叔，我第一次看見他時，也是驚了一跳。」

溫言強作鎮定，鼻尖上都冒了點汗，忙問道：「那他是？」

周梓林暗哼，就這點手段，也只敢整家裡的兩個孩子！他笑了笑，說道：「他是趙無，這個名字溫二叔應該聽過吧？」

溫賀插嘴道：「就是在隆興客棧點了一把火的捕吏趙無？」

周梓林點點頭。「對，是他。他不僅為破獲隆興大案立下大功，還深入西夏國，僅憑一己之力殺出重圍，救出我大名朝派去敵國的探子。柴統領曾經放言，他的武功，天下沒有幾個人能敵。溫二叔覺得，溫小四若還活著，能有這個本事？」

溫言終於鬆了一口氣，那人的本事越大，就越不可能是溫卓安。他覺得自己實在是小心過了頭，摔下懸崖的人，怎麼可能活得下來？他哈哈笑道：「我看他長得像卓安，也只是問問罷了。」話鋒一轉，又道：「卓豐已經出來半個月了，我母親想他想得都生了病，讓我來接他回府。」

周梓林譏諷地笑了笑，說道：「當初溫小四跳崖殉情，也沒聽說老夫人想他想得生了病啊！當然了，老夫人年紀越來越大，想孫子的心情也不能同日而語。這樣吧，我去求求我祖父，請他老人家早日把卓豐接回京，最遲下個月初。」

他前面的話讓溫言氣憤不已，但後面的話又給溫言吃了顆定心丸，兩兄弟於是告辭。

回家後，溫言直接去了老夫人住的慶福堂。走到垂花門口，就聽守門的婆子說，蒲家老夫人來了。

蒲老夫人是溫老夫人的表姊，也是當今太后的娘家嫂子，已經六十幾歲高齡，有許多年沒登過自家門了，今天怎麼突然來了？

溫言喜得加快了腳步。他一直想貼上這門表親，可怎麼都貼不上。

他進去給兩位老太太行了禮。

蒲老夫人慈眉善目，雍容華貴，比瘦削的溫老夫人看著還年輕了好幾歲。

溫老夫人著急地問：「卓豐什麼時候能回來？」

溫言笑道：「卓豐還在京城的莊子裡。周梓林已經答應，最遲下個月初就讓他回家。」

溫老夫人聽了，見蒲老夫人沒生氣，才滿意地點點頭。

蒲老夫人面上不顯，暗中卻鬆了一口氣。「周家行事越來越霸道了，還有這樣霸著別人家孫子不還的理兒？太后娘娘時常跟我們說，做為外戚，更要謹言慎行，不能讓皇上為難呢！」

蒲老夫人平時都和顏悅色的，難得這樣罵人。

溫言立即拍著馬屁。「太后娘娘賢明，蒲家乃外戚楷模。哪裡像周家，皇后娘娘都不在了，還端著國丈、國舅的款，行事霸道蠻橫！」

這話蒲老夫人愛聽，又說笑一陣後，謝絕留飯，回府去了。

這天傍晚，何東從寧州府送完信回來，恰巧趙無也回家看望許蘭因。

何東帶回了閔戶給趙無的信，讓他不要著急，處理完私事再回去。

許蘭舟和許蘭亭也給許蘭因寫了信。他們說，院試還沒開始，周書幫許蘭舟找了一位教策略的先生和一位教騎射的師父，許蘭舟很用功；許大石已經帶著兩個孩子去了省城，正在籌備新鋪子；許蘭亭和閔嘉、趙星辰都非常想念許蘭因，特別是閔嘉，哭過好幾次了。

家裡一切安好，許蘭因也就更加安心在這裡住著了。

今天晚上趙無沒有去周家，而是在自家正院歇息。他把許蘭因叫去正院看他練武，好久沒放鬆了，偌大一個院子隨他折騰。

沒有點燈，月光如水。朦朧中，那個飄移不定的身影神秘莫測，來去如風。

許蘭因看得興味盎然，不時叫著好。

突然，許蘭因感覺身體落入一個人的懷中，雙腳離地，瞬間她就站上了房頂。

許蘭因硬生生把尖叫聲壓回嗓子裡，低聲笑道：「太刺激了！若是能叫出聲，就更暢快了。」

趙無呵呵笑出了聲。「想叫就叫，幹麼忍著？」

許蘭因搖搖頭，在趙無的攙扶下坐在瓦片上。「我若是叫出聲來，別人還以為這裡出了謀殺案呢！」

想到那個情景，趙無也笑了出聲。他挨著許蘭因坐下，說道：「許久沒有跟姊這麼輕鬆自在地坐坐了。」

許蘭因也有這種感覺。

趙無又道：「等我大哥好了，我領妳去西山玩，再去看看溫小四殉情的地方。」

許蘭因笑出聲。「好。」

兩人在房頂上吹了陣風，看了下星星和月亮，才各自回屋裡歇息。

次日早上，趙無在後罩房陪許蘭因吃完早飯便去了周家。

他還沒走進溫卓豐住的院子，就被周梓峻叫住了。

周梓峻笑道：「今天我休班，咱們去練武場比比？」他早就想找趙無比試了，只不過因為溫卓豐病情嚴重，他之前一直不好打擾趙無。

趙無找著藉口想推拒。「我這身衣裳，不好比試。」他是真不想跟周梓峻比試。周梓峻雖然是武將，但跟自己這個戒癡的徒弟、又經過殘酷撕殺的人比起來，還差得遠。手下留情多了，別人看得出來；留情少了，人家敗得慘也沒面子不是？

周梓峻固執地說：「咱們身形差不多，你換我的練功服。」

趙無也沒有理由拒絕了，只得跟著他去了練武場。

小廝把練功服拿來，趙無換上。

趙無減了力道，還不敢用上三腳功，跟周梓峻比試起來。

兩人大戰上百回合仍沒分出勝負，周梓峻站定，質疑道：「兄弟，你沒使全力吧？就這個身手，能把老妖救出來？」

趙無還沒有說話，一聲大喝就傳來了——

「他當然沒有使全力，連全招都沒使！你下去，讓暗衛來跟他比！」

不只他來了，還來了許多周家子姪。

是周老太師。

周梓峻這些主子偶爾會找暗衛陪練，暗衛也不會使全力。暗衛都很厲害，因為他們除了練武和賣命，幾乎什麼事都不幹，所以主子打不過暗衛很正常，否則還要這些人做甚？周梓峻不服氣的是，趙無跟自己一樣是世家子，自己或許打不過他，但不會連跟他比試的資格都沒有吧？可他不服氣也不敢忤逆祖父，只得去一邊站著。

很快來了一個暗衛，跟趙無抱了拳後，兩人打了起來，幾十招後，趙無就一腳把暗衛踢倒在地起不來。趙無雖然沒用三腳功，但腿上功夫依然厲害。

接連又來了三個暗衛，皆是如此。

趙無知道周家肯定沒把最厲害的暗衛叫出來，那樣自己就會露底了。他抱拳對周老太師笑道：「承讓了！」

周老太師有些想不通，問道：「你才十幾歲，內力怎地如此厲害？」

趙無笑道：「我師父曾經給我喝過一種藥蛇血，添了些內力。」

周老太師知道他師父是戒癡，點點頭說：「難怪如此。你父泉下有知，也欣慰了。」又對周梓峻說道：「趙無還沒用上最厲害的功夫呢，你覺得你接得下他二十招？」

周梓峻此時也服氣了，就是剛才亮出來的功夫他都接不過二十招，沒亮出來的或許連幾招都接不過！當即抱拳對趙無笑道：「趙兄弟武藝高強，為兄甘拜下風！」

趙無也抱拳客氣回道：「周三哥過謙了。」

這時，一個十三、四歲的周家小輩小聲嘀咕道：「逞匹夫之勇，不過武夫罷了，跟那些暗衛有什麼區別？勞心者治人，三哥是將軍，將來會統領千軍萬馬，如何長一個武夫的志氣，滅自己威風？」他實在想不通，一個捕吏罷了，只不過做了他家暗衛尋常會做的事，就讓祖父和伯父天天誇，還讓他們要向他學習。不僅他想不通，本家的幾個子姪和幾個族親也想不通。

周老太師聽見了，氣得開口罵道：「住嘴！自以為是的東西！這兩年來，我曾經派了三批暗衛去西夏國接人，皆是無功而返。」指了指趙無，又道：「只有他，不僅找到了老妖，又突破重圍把情報和人都帶了回來！還有隆興大案，他不只發現端倪，還憑著一把火讓惡人露餡，又護住了婦孺！這些，不僅要有一身硬功夫，還要有勇有謀、明察秋毫！我問你，只會逞匹夫之勇的人能做到嗎？」

那個小輩趕緊躬身認錯。

趙無抱拳謙虛道：「老大人過獎了。」

周太師沒理趙無，繼續罵著周家子弟。「別瞧不起暗衛，你們比他們強的只是出身罷了。許慶岩是暗衛，他化名老妖在西夏國待了七年，有本事進入王府，利用敵國內部矛盾，拿到他們最核心的機密。換成你們，誰有那個本事？別說你們了，放眼天下，也沒幾人能有這個本事！」

周家暗衛中，像許慶岩這種聰明人只此一個，其他人都是頭腦簡單、四肢發達。當初許慶岩十三歲才當暗衛，年紀明顯大了，但因為他有異於常人的靈敏嗅覺才要了他，沒想到他還是個寶，武功不錯，遇事沈著，反應敏捷，才把他派去當臥底……當然，為了正面教育，這些話老太師沒有說出口。

一眾周家子弟又是齊齊躬身認錯。

一旁的幾個暗衛則是心情澎湃，有了那個榜樣，自己也有出頭之日了！

趙無暗喜，老太師能把這些話當眾說出來，日後許慶岩便不再是隱藏人後的暗衛了！而且，「通敵案」大致已落定了。

恭送周太師等人出了練武場後，趙無朝向一個混在一幫男孩子中的小女孩走去，笑著招呼道：「小妞妞！」

小妞妞大名許蘭月，只有五歲多，看著卻像六、七歲。臉蛋上有兩團濃濃的酡紅，一看就是烈日曬多了。最顯眼的，是她臉上一道粗粗的疤痕，從前額劃過左眉梢、眼角到下巴，再偏一點點眼睛就瞎了。長疤還有些泛紅，粗粗的像臉上趴著一條肉蟲子，很是有些猙獰。

小女孩並不覺得自己難看，笑得十分燦爛。

每次看到這個孩子，趙無的心情都很矛盾。既心疼她曾經遭過的罪，又因為她同許蘭因姊弟那兩分相似的眉眼而不敢太過親近。

他知道，許蘭因非常牴觸一個男人同時擁有幾個女人，稱這樣的男人為「種馬」，還說這是對妻子的背叛。之前，他覺得一個男人有幾個女人很正常，大多男人都如此，後來聽了許蘭因的說辭，再想想自己的父親就只有母親一個人，哪怕母親去世後父親也沒有續娶，便也覺得這樣的感情更美好。

小妞妞抬頭殷殷地望著趙無，笑問：「趙大哥來這裡，是來看我的嗎？」聲音清亮，帶著濃郁的西部口音。

她以為趙無是專程來看她，卻被周三哥拉著比武的。

面對這雙純淨的眼眸，趙無無論如何說不出「不是」二字。他點頭笑道：「有些日子沒看到小妞妞了，甚是想念。妳在這裡可習慣？」他很不好意思，早知道會遇到她，該給她買些小東西來的。

小妞妞說道：「這裡很好，房子好看，衣裳好看，吃得也好。就是想爹爹、想娘親。」說到後面，聲音小了下來，眼裡湧上哀傷，又道：「趙大哥，我娘死了嗎？我問過周爺爺和平風大哥，他們都不說。可是，我覺得她肯定是死了……」

趙無柔聲說道：「妳爹爹就快出來跟妳團聚了，至於妳娘……應該還在原來的家吧。」有些話外人不好明說，只能由她爹親口告訴她。

小妞妞又道：「爹爹說，他一出來就會帶我去見母親和哥哥、姊姊，我娘也讓我聽母親的話。趙大哥，你見過他們嗎？」

趙無點點頭。「見過。」

小妞妞扭著手指頭，眼神變得茫然起來。「那他們好嗎？會喜歡我嗎？」又摸摸自己臉上的疤。「我長得醜，會嚇到他們嗎？」

趙無沒有多想，摸摸她的包包頭說道：「他們都非常好，非常善良。小妞妞這麼可愛，他們肯定會喜歡的。而且，妳哪裡醜了？明明很好看啊！」

小妞妞笑了起來，非常開心。

趙無問道：「小妞妞喜歡什麼？告訴趙大哥，下次趙大哥買來給妳。」

小妞妞搖頭說：「這裡什麼都有，不用買東西。下次趙大哥來了，就去我的院子裡，帶著我上樹上房頂，就像帶我爹爹上城牆那樣好嗎？」

趙無看看小妮子，這孩子在那種環境中長大，非常清楚哪些能露底、哪些不能露底。知道在這裡不好帶她上房上樹，便提出去她的院子裡。

趙無笑著承諾。「好。」

雖然他和許蘭因一家的感情占了上風，但一想到小妞妞的娘親周辛死得那般慘烈，他的心情又矛盾了起來。他一方面覺得許蘭因一家「孤兒寡母」在鄉下生活得極為不易，一方面又覺得周辛母女跟隨許慶岩在危機四伏的西夏國竊取情報更是不易……

對許慶岩那一段不得不多出來的情感，趙無不知道許嬸子及家人會持什麼態度。但他覺得應該對小妞妞好些才對，也覺得許蘭因肯定會對小妞妞好。

趙無告別小妞妞，剛走出練武場，又被周梓峻叫住了。

周梓峻真誠地說道：「趙兄弟，聽哥哥的勸，進軍營吧，會比當巡檢更有前程。」

趙無搖搖頭笑道：「謝謝周三哥。從軍是保家衛國，讓百姓過好生活。維護大名治安同樣是讓百姓安居樂業，平靜過日。我喜歡這個差事，喜歡破案，想把天下的壞人一網打盡。」

周梓峻挑了挑眉，又看了趙無幾眼，笑道：「行啊，兄弟，真是脫胎換骨了！哥哥預祝你把壞人一網打盡，多多破案。」又摟著他的肩說道：「走，去我那裡喝酒！」

趙無推辭道：「改天吧，我還要去看看我大哥。」

周梓峻只得鬆開手說：「好，改天咱們再聚。」

趙無回到靜思院。

溫卓豐已經醒了，情緒不錯，比剛來時還長了點肉，就是臉色白得不正常。

趙無聽許蘭因說多曬太陽對病人有益，特別是長骨頭的人更要多曬太陽，就讓李阿貴和黃齊抬著榻的一邊，他自己抬一邊，連同榻上的溫卓豐一起抬去了廳屋門邊，又把門大大敞開。

刺眼的日光射進來，又吹進來一股帶著葉香的清風。

溫卓豐舒服地瞇了瞇眼睛，又睜開眼睛。陽光刺得他不敢往天上看，院子裡的花草樹木、碎石小路，都被一層金光籠罩著，樹上的鳥兒叫得歡暢。

若是自己的腿好了，走進陽光裡，該是多麼溫暖和愜意……

李阿貴說道：「大夫說了，有傷就有寒，吹風不好的。」

趙無說：「無妨，我心裡有數。」

溫卓豐也開口。「我喜歡在這裡，以後只要我不睡覺，就都把我抬到這裡來。」

趙無笑道：「大夫說，你下個月初就能拆下夾板下地了。到時候，你自己拄著柺走出來。」

溫卓豐笑得眉目舒展。「作夢都盼著那一天。我的腿好多了，不好再把你困在這裡。你有職務在身，還是早些回去吧，別耽誤了公事。」

「閔大人給我回信了，他讓我把私事辦完再回去。聽老大人的意思，那件案子要落定了。」心裡想著，許叔快出來了，他一定會迫不及待地跟姊姊見面。自己把這麼大的事瞞下來，肯定又會被揪耳朵。他心虛地用手摸了摸耳朵，看來得買樣東西哄哄佳人開心。

「想什麼呢？」溫卓豐問。

趙無問道：「大哥，姑娘家最喜歡什麼禮物啊？我給我姊買過許多禮物，也沒見她對哪樣東西特別上心。」

溫卓豐挑了挑眉，弟弟三句話不離「我姊」，而且一說到「我姊」眼裡就放光。「跟大哥說實話，你只把許姑娘看成姊姊嗎？」

趙無笑道：「看大哥說的，她本來就是我的姊，這還有假？」沒好意思說自己曾經把她當成過娘和兄弟。

溫卓豐笑笑。「許姑娘那麼年輕，才大你不到半歲，哪能一口一聲姊地叫？叫她許姑娘，或許更貼切。」

趙無搖頭說：「我姊雖然只比我大幾個月，可她為我做的一切只有親姊才能做到。我能走到今天這一步，我姊有四分的功勞，我師父和我自己的努力各占三分。」他的眼神虛無起來，想到了某個場景，又道：「那時，我身上痛，心裡更痛，真是不想活了。姊幫我治傷，還開導我，讓我好好活下去，說有人才有一切……她的手很輕，聲音很柔，我覺得，哪怕是親娘，也不會比她更好了……」

「許姑娘是個好姑娘，她的恩情我們都要牢記。」覺得自己被帶偏了，溫卓豐又問：「她也只把你當弟弟？」

趙無很不解地看了他一眼。「我姊對我這麼好，當然是把我當弟弟了。她曾說過，她的親弟弟都沒有我好。」

溫卓豐看看這個傻弟弟，一說起人家姑娘，眼睛就放光，連誓言都發了，就沒有一點別的想法？

他很愧疚，覺得是自己沒把這個弟弟教好，讓他這麼大了還對某些事懵懵懂懂。他斟酌一下措辭後，說道：「周老太師和周國公對你的評價頗高，說你聰明有天分。你的確是聰明有天分，比大哥和許多人都強許多，但還需後天學習。比如說學武，你有天賦，又好好練習了，所以現在很少有人能打得過你。學文同樣如此，你也要多看書，不僅要看經史子集，還要看謀略，甚至話本。」

趙無疑惑地看他。「我小時候你絕不允許我看話本的。」

溫卓豐面不改色地說：「長大就不一樣了。話本裡包羅世間百態，也有你要學的東西。你去街上買本《嬌娃傳》回來。」

趙無立即搖頭道：「不行，那是淫書！我小時候溫老東西給過我幾本書，其中就有這一本，你不是都讓我燒了嗎？」

「你那時才十二歲，溫言讓你看那種書，就是要帶壞你。可你現在已經十七歲了，是大人，就能看了。」

趙無懂了，原來大哥是要教自己某些方面的知識啊！他不高興了，而且非常不高興！他起身來回踱了幾步，站住後說道：「你當弟弟我傻呀？我是幹什麼的？捕吏！什麼沒見過，什麼沒聽過，還需要看那種書學世間百態？不怕大哥生氣，有些事我比你見識得還多呢！」

溫卓豐抽了抽嘴角，原來他還懂，那他怎麼沒看懂自己的心呢？不會這傻小子真的只當許姑娘是姊姊或者兄弟吧？

趙無又問道：「哥，有沒有只談情說愛，又沒有那些亂七八糟的內容，比較乾淨的話本？」

溫卓豐想了想，說道：「《嬌娃傳》、《伍二娘》這兩本比較不錯。雖然裡面也講男歡女愛，卻沒有那些不好的內容，情節曲折、文風綺麗，算不上淫書。」

趙無玩笑道：「大哥看過的書還不少嘛！」

溫卓豐譏諷地笑了笑，說道：「我斷腿以後，溫言讓人給我拿了許多話本，還美其名曰讓我解悶。我看是看，卻不會如他的願，收了他給的那幾個噁心丫頭。」

趙無想著，乾脆就買這兩本書送給許蘭因吧！她比自己還大，但被古望辰傷著後就不想再找婆家。雖然她一直說不想嫁人，想單獨立女戶，但許叔回來了，就不一定願意她那樣。讓她看看書、開開竅，重新對男人樹立信心，或許會改變初衷也不一定。

想著許蘭因看著那兩本書不知啥表情，趙無不厚道地笑了起來。

溫卓豐挑眉問道：「你笑什麼呢？」

趙無笑說：「我在想我姊……」不好跟大哥說要讓許蘭因看話本的事，於是又道：「不跟你說了，我出去一趟！」

兩日後的下晌。陽光明媚，輕風徐徐。

暮春的溫暖讓許蘭因有些睏乏，她坐在房簷下看兩個小丫頭做針線。

抱棋性格跳脫，看出許蘭因對下人很好，也就更加愛說話。她說著京城街頭巷尾的一些閒談趣事，不時逗得許蘭因和掌棋大樂。

突然，圍牆外面傳來嘈雜聲，人們議論的聲音非常大，說是街口剛剛貼了告示，太子劉兆平同三皇子劉兆顯犯下勾結西夏國，刺殺前太子也就是當今吳王劉兆印及朝中重臣，販賣大名朝軍情等多條罪證，太子被廢，三皇子貶為庶人，分別發配至烏關及瓊州。其黨羽洪家、魏家、華家等八家按罪抄斬。

許蘭因聽了，趕緊起身向前院走去。

方叔和林大叔也聽見了，都跑了出來。

方叔說道：「大姑娘莫急，我們出去看看。」

他剛打開大門，趙無就一陣風似地衝進來，把手裡的馬韁繩和馬鞭交給林大叔，拉著許蘭因進了垂花門。

許蘭因被他一路拉進上房廳屋。

趙無邊走邊說道：「劉兆平的太子位被廢，封為肖郡王，趕去烏關，永世不得回京。三皇子被貶為庶人，發配至瓊州。」

許蘭因不解。「他們都通敵謀害前太子，為何待遇相差這麼大？」

「據查，雖然太子……喔，現在要稱廢太子或是肖郡王了，他和三皇子同時通過怡居酒樓參與刺殺事件，但怡居酒樓真正幫的是三皇子，三皇子在那些事件中起了決定作用。皇上不忍同時折損兩個兒子，就沒忍對肖郡王下狠手。」

三皇子出力卻沒當上太子，當然不甘心了，才又搞出了後面的一連串事情。

許蘭因又問：「洪大哥他們呢？受沒受連累？」這是她最關心的事。

趙無搖搖頭。「洪大哥不僅沒受連累，還將功折罪，不但保住了他們一支，也保住了洪家大半族人。洪希煥父子之所以後來會轉投三皇子，是因為三皇子抓住了他們的罪證，要脅他們為他所用，並承諾在他成就大事後納洪家另一嫡女為妃。」

這個結果，跟書裡又不一樣。

許蘭因說道：「皇上如今還剩兩個皇子，一個是癡呆的四皇子，一個是只有十歲的五皇子。難不成，周家費了那麼大的力，最後要便宜五皇子？」

趙無搖頭道：「當然不會。吳王只是斷了左臂，非常時期也不是不可能擔當大任。再說，他的長子已經滿十歲，跟五皇子的歲數一樣大。當初兩位皇子勾結敵國刺殺吳王，致使他的太子位被廢，先皇后又被氣死，皇上已經覺得對不起先皇后和周家，不可能再立五皇子。是重立吳王為太子，還是立皇太孫，端看皇上怎麼決定了。」

許蘭因不熟悉五皇子，但既然趙無跟周家扯上了關係，她當然還是希望吳王父子被立太子或太孫的好。

趙無又講了哪些官員被斬、哪些被流放。

這些人許蘭因都不認識，沒往心裡去。

趙無把這些事情講完後，就起身要走。

許蘭因拉著他袖子挽留道：「都這麼晚了，吃完晚飯再走吧？我親自給你炒兩道菜。」

擱平時，許蘭因說了這話，趙無肯定是要留下的，但今天卻不行。昨天許慶岩就出來了，被吳王府的人直接接走，今天晌午才回太師府，一直在跟老太師密談。趙無也想早些跟許慶岩見面，所以趕著回去。「我是先來跟姊說這件事的，我還有其他事要辦。」他看著許蘭因，欲言又止，最終什麼也沒說，邁著大步走出去。都走到院子裡了，又倒回來，從懷裡取出三本書說道：「我給姊買的，妳無事看看解個悶。」

望著他的背影消失在垂花門口，許蘭因直覺他有心事，還瞞著她。她有些後悔，該拉著他聽聽他心聲的。

她低頭看看手裡的書，居然是三冊話本，又笑起來。穿越過來這麼久，天天忙忙碌碌，她看過幾本這個時代的正規史記，卻還沒看過話本。

趙無這次送的禮物既令許蘭因意外，又令她開心。

許蘭因也不去想趙無的什麼心事了，回了自己屋，讓丫頭倒上茶，又拿了一碟瓜子、一碟蜜餞，斜倚在美人榻上悠閒地看起書來。

《嬌娃傳》比較短，許蘭因一個多時辰就看完了。寫得通俗易懂，情節曲折，有情人終成眷屬。裡面雖然沒有特別露骨的描寫，但暗示還是有，摟摟抱抱的情節也不少。

許蘭因直覺那熊孩子應該還沒看過這本書，否則也不會給她看。不過，在這種娛樂活動匱乏的時代，這種書還是非常吸引人的。

她看得如饑似渴，連飯都不想吃，還是在掌棋的再三催促下，才匆匆吃了半碗飯，又接著開始看。

看完《嬌娃傳》後，她又拿起《伍二娘》，這本書是上下兩冊，也要厚得多。她看到很晚，在掌棋的催促下，才上床睡覺。

第二天早飯後，許蘭因又抱著書用功。

巳時末，方嬸進來稟報道：「大姑娘，趙爺回來了，他請妳去正院一趟。」

許蘭因正看得來勁，不想動，便說道：「讓他來這裡說話。」

方嬸為難地說：「趙爺還帶回來一位男客人。」

「男客人？」

許蘭因忙放下書，起身快步向外走去，她覺得應該是趙無把洪震帶來家裡做客了。

進了正院上房，看到廳屋裡坐著趙無和一個三十幾歲的男人，卻不是洪震。

男人見許蘭因進屋，一下子站了起來，滿眼放光，喃喃說道：「因兒，妳都長這麼高了，是個大姑娘了……」

男人穿著藍色長袍，唇邊留著短鬚，個子很高，膚色暗紅，長得跟許蘭舟非常像，眼裡似有淚光。關鍵是，許蘭因……或者說是原主見過他，這個形象一直深深刻在她的腦海裡。

雖然眼前的人多了兩分滄桑和硬朗，臉色也比之前暗紅得多，但他就是印象中的那個人！

「爹爹？」許蘭因情不自禁地脫口而出，喊完，她又捂住了嘴。

「欸！好閨女，妳還記得爹爹？」許慶岩喜道。他上前想摸摸許蘭因的頭，又覺得閨女大了，便只用手在她的肩上拍了拍。

許蘭因靈魂歸位，上下看了看他，又看向趙無，問道：「他真的是我爹？怎麼回事？」

趙無還沒說話，許慶岩就搶先說道：「因兒，我當然是妳爹。我之所以這麼多年未歸家，是因為當年奉命去了西夏國。那件事屬於極機密，誰都不能說，也就沒有告訴家人。」

許蘭因的眼睛登時瞪圓了，驚呼道：「難不成你就是老妖?!」

許慶岩笑道：「對，我是老妖。是無兒把我救出敵國，又揹著我進山裡養傷，否則爹就回不來了。」

許蘭因有些不明白了，許慶岩活著是好事啊，為什麼趙無回來後不跟自己說實話呢？哪怕這事還在保密階段，但悄悄跟自己說說總可以啊！

不管怎樣，這總歸是大喜事。

許蘭因歡喜道：「爹回來就好！因為爹出了事，我娘病了好些年呢，這兩年才稍稍好一些。」

許慶岩很是歉疚。「妳娘的性子溫婉柔弱，這些年難為她了。」

趙無忙笑道：「許叔、姊，你們坐下慢慢說。我去讓人整治幾個好菜，晌午陪許叔好好喝幾盅。」他親自幫他們把茶倒上後，走了出去，讓這一對父女說說體己話。

許慶岩拉著許蘭因坐去羅漢床上，上下打量著她。他彎著眼睛，咧著大嘴，看不夠地看，有些冒傻氣。

許蘭因的芯子比許慶岩小不了幾歲，被他看得十分尷尬。

見閨女被自己看得有些不好意思，許慶岩的視線才移去別處，一下下後又轉過來盯著她，笑道：「我閨女真俊，像妳娘多些。聽無兒說，妳有大本事，還是老神醫的弟子。有妳這樣的好閨女，爹非常開心。」又沈下臉說道：「是爹有眼無珠，養了一隻白眼狼，害了妳，也害了那個家。過些日子，爹會去找古望辰算帳！」在山裡養傷時他就聽趙無說了家裡的一些情況，許慶岩氣得差點咬碎一口牙。

許蘭因笑笑。「那些事已經過去了。還好他的狐狸尾巴露得早，早離開他是好事。」

許慶岩見閨女是真的想開了，又高興起來。「我閨女這麼好，怎麼十七歲了還沒定婆家？爹覺得——」

許蘭因不願意說自己的親事，趕緊打岔道：「爹，我馬上讓人去給老家送信，把這個好消息告訴他們！」

許慶岩抿了抿唇，說道：「暫時不要送信，過些日子我就會回老家。」

讓妻子天天近乎瘋狂地盼著他，卻盼來一個妻子不願意看到的事實，他怕她受不住。而且，現在正高興，他也不想說周辛母女的事。先跟大閨女香親香親，晚些時候再說吧。

他問著家裡的事，問得非常細。

講完家裡的事後，許蘭因又說道：「爹，跟我說說你潛入敵國的情況，聽說你有本事進了周王府，怎麼進去的？現在京城街頭巷尾都在傳老妖是能文能武的英雄，就差說你三頭六臂了！」

許慶岩被閨女捧得高興，笑道：「若是沒有無兒，爹爹再厲害也無法把情報遞出來。無兒是個好孩子，為了救我，耽誤他的前程了，也讓他受了些委屈。」他很過意不去。若不是為了救他，趙無可不只是當那個小官，還被周太師訓斥。

許蘭因笑了笑。「跟他的前程比起來，爹的命更重要，他做得對。」

許慶岩大概講了一下吳王劉兆印被砍斷左臂後，他臨危受命，帶著一個下屬去了西夏國。他的表面身分是獵人，因為在大名朝身負命案，不得已逃到西夏國去，繼續在那裡以打獵為生。一次「巧合」地救了進山打獵的周王府護衛隊長，因為許慶岩武藝好，又有異於常人的嗅覺，被那個人看中，介紹他進了周王府……

他講得簡單，但其中的艱難和曲折許蘭因能夠想像得到，邊聽，邊極其崇拜地看著他。

許慶岩又說，雖然封賞還沒下來，但吳王已經說了，會讓他去吳王府當二等護衛。

王府的二等護衛，是從四品武官。

聽趙無的意思，吳王將來肯定會是太子或是太子的老子。也就是說，當今皇上死了後，老爹不是皇上的護衛，就是太上皇的護衛。

許蘭因先還為老爹高興，可想到秦氏的特殊身世及她對進京的抗拒，又說道：「我娘不會願意住來京城的。」

許慶岩嘆了一口氣，說道：「只得讓她先在寧州府住著，把一些事情解決後再接她來京城。唉，是我對不起她，成親後離多聚少，我們真正相處在一起的日子還不到四個月。我選擇留在京城，不光是因為前程，還因為想把那些事調查清楚。」

許蘭因猜測，他指的「那些事」應該是說秦氏的身分等問題。

許慶岩又笑道：「王爺賞了我二千兩銀子和京城的一座宅子，老太師賞了二千兩銀子和京郊五百畝地，過些天皇上也會有賞賜下來。爹能讓家裡過好日子了，能給因兒多置嫁妝，找個好人家。」

許蘭因笑說：「我有錢，不需要爹給我置嫁妝，我還要孝敬爹和娘呢！」

午時末，酒菜已經備好，三個人同桌吃飯。

許慶岩喝了一碗又一碗，兩罎子酒沒多久就喝完了。

許蘭因覺得有些不對，比起釋放排壓，他更像是在喝悶酒，似乎心裡有說不出的苦。

許蘭因不願意讓他再喝了，阻止道：「爹，多喝傷身，晚上再喝吧。」

許慶岩說道：「閨女，爹憋得難受——」他搖搖頭，覺得自己失言了，趕緊打住話，又道：「爹還想喝，閨女，爹求妳了。」

許蘭因不好再勸，看著趙無一碗一碗地給他斟酒，他一碗一碗地喝。飯沒吃完他就先喝醉了，許蘭因和趙無只得把他扶去東側屋的炕上。

許蘭因給他蓋上薄被，剛要走，許慶岩就抓住她的手說道：「煙妹，對不起，我食言了……」

許蘭因愣了愣，掙開他的手，用濕毛巾給他擦了臉，才拉著趙無去了西側屋。

許蘭因一把門關上，就瞪著眼睛說：「我早看出你從西夏回來後有事瞞著我，還真的有事。」伸手揪住趙無的耳朵扭了幾圈，又問：「說！到底什麼事？」

趙無為難極了，說道：「姊，我答應了許叔，那件事由他親自跟妳娘還有你們說。我覺得，我們應該尊重他的想法。」

許蘭因的心一沈，鬆開手問道：「難道說，我爹有了別的女人？」

趙無見許蘭因猜了出來，只得說道：「姊，那事不怪許叔，他也是沒法子。」

竟然真的有了！

她曾經聽秦氏說過，秦氏嫁給許慶岩，只提了一個條件，就是不許許慶岩有其他女人。許慶岩同意了，還發了誓。

可如今他卻違背了誓言。

不管是不是被迫，他總歸是食言了。

一直興奮的許蘭因，突如其來地被一盆冷水兜頭澆下，心情瞬間墜入谷底。

她無力地坐去桌邊，喃喃說道：「我娘嫁給我爹這麼多年，實際在一起的時間只有幾個月，其他的日子，在我爹出事以前，我娘是在思念和等待中數著天數熬日子；我爹出事後，她又是在思念和回憶中蹉跎歲月……她痛苦得差點死去，天天想著這個男人和他們在一起的所有美好時光，卻原來這個男人還活著，同另一個女人生活在一起……」

趙無坐去她的旁邊，輕聲說道：「這事許叔也沒法子，一個成年男人，獨自一人生活會引起別人懷疑。而且，有些事情由女人出面會更容易解決。」

許蘭因深深地嘆了一口氣，無奈極了。許慶岩有了別的女人，是為了大義，還不能公然說他做得不對。前世的諜報劇，許多地下黨為了掩飾身分都會帶個配偶，看劇的時候覺得是應該要這樣，可這事輪到自己身上時，心裡就不是滋味了。

想到溫婉的秦氏，許蘭因說道：「他們一起度過那麼多年，相互扶持，我爹對她的感情超過跟我娘的感情也不一定。實在不行，回去我就立女戶，把我娘接過去跟我一起住。惹不起，躲得起。」

趙無忍不住說道：「她已經死在西夏，威脅不到嬸子了。」

「死了？」

趙無點點頭。

許蘭因還是高興不起來。又問：「怎麼死的？」

趙無嘆道：「姊，我已經講了這麼多，別再為難我了。」

許蘭因白了他一眼，轉開目光不理他。

趙無又開解道：「嬸子溫柔賢慧，我覺得她不會怪許叔的。」

許蘭因冷笑。「我爹如今是英雄，我娘當然不敢怪。若怪了，從家事來說，她是嫉妒、不賢；從國事來說，她是不忠、不顧大義！」這種感覺，真是如梗在喉，吐不出又吞不下，難受極了。

不過，許蘭因覺得，秦氏就是一個古代人，性格又溫婉，不管她心裡怎樣想，最終都會接納許慶岩。別說那個女人已經死了，就是沒死，八成也會一起接納。

趙無忍不住問道：「姊，若是妳將來嫁了人，碰到這種情況，妳會原諒嗎？」

許蘭因不假思索地說：「我這個人眼裡揉不進沙子。若我遇到這種情況，他帶著那個女人回家，我肯定會選擇放手；若他一個人回家，我同樣會選擇放手。他們那種特殊的經歷，是刻骨銘心的，不可能再忘記彼此。我能理解他的做法，但我不會再接受這個丈夫。我寧可一個人過，也不願意兩個人中間夾著另一個人，哪怕那個女人已經死了。」

趙無苦笑道：「我就猜到姊是這種想法。」

許蘭因反問道：「若是你娶了妻，遇到這種情況，是不是也會跟他一樣？」

趙無想了想，知道許蘭因不愛聽這話，但還是說了。「暗衛的身體和性命都是主家的，主家讓這麼做，能不做嗎？不做，就得死。何況是報效朝廷，男子漢有所為，有所不為。」

許蘭因氣得白了他一眼。

趙無看著許蘭因緊繃的小臉，眼前居然出現她黯然神傷的樣子，他心裡一痛，又鬼使神差地說：「若姊是我的媳婦，我哪怕去死也不會這麼做的，我怕姊傷心。」

他的話又把許蘭因逗笑了。

趙無的臉通紅，解釋道：「我一直在想，若姊真的不想嫁人，想立女戶一個人過日子，我雖然不贊成，但也會支持妳，畢竟這是姊想要的生活；若是姊想嫁人又找不到好男人，我就娶妳，照顧妳一生一世，這是我之前說過的。」

許蘭因心下感動，臉上也有了笑意。「說得比唱得還好聽。若是你的上峰讓你必須再娶一個女人，那個特殊的任務必須要跟這個女人一起完成，你怎麼辦？」

趙無不假思索地說：「我會帶這個女人去，但不會跟她……那個。」他羞紅了臉。

許蘭因搖頭道：「我不相信。身在異國他鄉，沒有各自的親人，四面楚歌，巨大的心理壓力下，同甘共苦、相互扶持，兩顆孤單的心相互慰藉……你做得到無視她？」

趙無又認真地想了想後，說道：「是挺難的。但只要我想到姊會因為我而傷心難過，不管什麼事我都會堅持下來。」

許蘭因的心像是被棉花團撓著，癢癢的、酥酥的……她真的被感動了，愣愣地看著他。

趙無笑起來，說道：「姊被我感動了？」

許蘭因紅了臉，有些惱羞成怒，伸手揪住他的耳朵凶道：「你個熊孩子！小小年紀，懂什麼感情、夫妻？還那個？一邊待著去！」氣不過，還用指甲掐了他一下。

趙無最不喜歡許蘭因說他是「熊孩子」，還說他不懂感情、夫妻、那個，他怎麼不懂？他不高興地說道：「我這個歲數都有人抱兒子了，姊不能那麼說我！」

許蘭因鬆開手，又問道：「他們在一起這麼多年，應該有孩子吧？」

趙無抿了抿嘴，低頭不吱聲。

他沒有否認，就等於默認。

他們有孩子了……

第二十六章

兩人正說著話時，許慶岩走了進來。

許慶岩滿臉通紅，連眼珠都是紅的，步伐也不穩。

許蘭因起身扶著許慶岩坐下，說道：「爹，你才睡不到一個時辰，怎麼就起來了？這裡是趙無家，可以隨興些。」說是這樣說，但神情並不像之前那麼親近了。

許慶岩的心一沈，坐下笑道：「喝酒誤事，爹說了什麼胡話沒有？」

許蘭因沒有否認。「嗯，爹是說了句酒話。」

許慶岩想了想，對趙無說道：「我想跟因兒單獨說幾句話。」

趙無又幫他們把茶倒好，然後走了出去。

許慶岩這才說道：「本來想著我們父女先樂呵樂呵，晚一步再告訴妳那件事的。唉，回到大名後，我盼著見妳娘，卻又害怕見妳娘……」他紅了臉，神情很忸怩，又搓了搓手，才繼續說道：「在遇到妳娘之前，爹作夢都沒想到我這樣的人還能娶到媳婦。後來不僅娶了，還娶到了仙女一樣的煙妹。她美麗、溫柔、出身高門，卻嫁給我這個連性命都不屬於自己的暗衛，真是委屈她了。我感謝上蒼對我的厚待，也更加珍惜這個妻子。我不是把她放在手心裡疼，而是放在胸口疼，從來沒想過再有別的女人。」

他的臉更紅了，要跟閨女說這些話很不好意思，但有些話又必須說。

許慶岩的目光虛無起來，似看到了多年前。

「我和煙妹聚少離多，十分珍惜在一起的日子，把各自所有的美和好都呈現給對方。我們看到的，也全是對方的好。分開後，除了練武，我所思所想都是煙妹。我天天算著相聚的日子，恨不能馬上長到四十歲，那時就能永遠跟她在一起了。

「後來有了妳，我的牽掛更多了一分。有一天，我突然想到，等到四十歲我拿到二百兩銀子榮養費回家，但這些錢花完了怎麼辦？我除了會武，什麼都不會，怎麼給妻子兒女一份好生活？我不能坐吃山空，要用這筆錢做買賣，讓我的妻兒永遠不愁吃穿。

「從那天起，我更加勤奮練武，而且在別人歇息的時候，就抽時間學更多的字。我捨不得花錢買書和筆墨紙硯，借過我們頭兒的一本兵書看，也看各種有字的東西，甚至貼在牆上的告示、館子裡的菜名……遇到不懂的問題，就請教有學問的人，包括世子爺。我還學會了思考，學別人所長，留心別人說話和做事。有一次，我們幾個暗衛保護主子去酒樓吃飯，因為我分心多看了幾眼牆上掛的字，回去後就被頭兒打了四十板子……」

許蘭因被他的話感動了。他和秦氏是有感情基礎的，他們或許沒有自己想的那麼悲觀。

許慶岩繼續說道：「這件事被老太師知道了，在我傷好後，特地把我叫去他的小書房，問我為什麼這麼熱衷於學習？我說了我的想法後，老太師非但沒有怪我，還說我是有擔當的男兒。他送了我兩本書和一套筆墨紙硯，說愛學習是好事，但不能耽誤正事。還讓我當了個小頭兒，每次比較重要的事都會讓我負責。

「八年前，我的長假還未休完，就被召回了周府。太子被逆王斬斷左臂，周太師怒極，覺得逆王沒有那麼大的本事。他又從某些管道得知，西夏國周王府可能跟大名朝某位皇子有勾結，於是就派我前去打探情報。周太師說，我只要完成這個任務，不僅能脫離暗衛的身分，還能正式入仕當官，我將來的前程，吳王和他管定了。

「但是，這個任務特殊，為了能更完美地掩飾我的身分，他又派了個人輔助我，這個人就是在周太師的小書房服侍的大丫頭，名叫周辛，有幾手功夫，人也很伶俐。周太師說，她不僅是我的助手，還會是我在西夏國的妻子……

「我的眼裡哪還裝得下別的女人？我更不願意傷煙妹的心，違背我們的約定。但我不敢違抗命令，只得提出條件，在西夏國我和周辛以夫妻的名義在一起生活，但不做真正的夫妻，回來後各奔東西，各自過活。

「周太師雖然非常不滿意和不高興，但為了我能盡心辦事，便提出只同房一晚。他說我的目標是進入周王府取得周王或是周王心腹的信任，乘機打探出周王跟我朝的哪位皇子暗中勾結，而王府的嬤嬤眼光毒，不能讓那裡的人看出我媳婦還是個大姑娘。他這個提議我也拒絕了，說不需要人幫忙，我自己去就成。他又問我，若周王或周王的人看中我，要給我說個西夏國媳婦怎麼辦？那樣，我不僅會更被動，身邊還會有個時時監視我的人。我……我沒別的法子，在離開京城的前一晚就、就……」

跟閨女說這事，許慶岩極是難為情，垂下頭冷靜了片刻，才又鼓起勇氣說下去。「我和周辛去了西夏國後，先在都城中慶府的鄉下安了家。我進山打獵，辛娘在家裡操持家務，剛開始的一年半我們都是分房睡的。辛娘是個好女人，對我的做法沒有半點不滿，盡心幫助我。

「那一年的冬天非常冷，有一次我進山打獵，被風雪困在山裡幾天幾夜，我以為我要死在山裡了。那時我非常後悔，覺得不該自私地娶煙妹，哪怕讓她嫁給一個莊稼漢，也好過她年紀輕輕就當寡婦，還拖著幾個年幼的兒女。後來我好運地發現一個山洞，等到雪停了，才堅持回到家。一回去我就倒下了，是辛娘用身體把我捂熱……」

許慶岩的頭垂得更低了，許蘭因只能看到他的頭頂和耳朵。

他的聲音也低沈下來。「辛娘捂熱的不只是我的生命和身體，還有我無措和惶恐的心。那以後，我……我就跟她真正在一起了……我對不起煙妹，違背了我們的約定。那些日子，我不敢想家，不敢想煙妹及兒女，不敢想回到大名後該怎麼辦……」

他的聲音顫抖，還用手抹了一下眼淚。許蘭因想著，他肯定是哭了。

「後來我如願帶著辛娘進了周王府，隨著我們的努力，我當上了王府的三等護衛，辛娘當上了周王妃的小廚房管事。我們還有了個小閨女，在那裡的名字叫晉妞妞，私下的名字叫許蘭月。那時，我們就是周王府裡一個簡單、正常的小家庭。

「我們陸續打探出大名朝的二皇子和三皇子分別通過怡居酒樓跟西夏國的二皇子和周王

有所聯繫，前年又拿到了幾份重要情報，其中一份是三皇子的許諾，說若他當上皇上，會送周王百萬兩黃金，並派兵助他造反。拿到這些情報後，我們三人逃出了王府……」許慶岩的眼睛更紅了，繼續說著。「我們帶著情報逃離周王府時被人發現了，他們到處找我們，在關鍵地方還設了哨。為了怕被敵人活捉，我和辛娘的一顆假牙裡都放了毒藥，妞妞的一顆盤扣也浸了毒。我們跟妞妞說好，若她被壞人抓住，就把那顆盤扣放進嘴裡，毒發身亡總好過被敵人折磨致死……

「在一次逃跑中，我揹著小妞妞，敵人一刀砍下，砍傷了我的肩膀，刀尖也劃破了小妞妞的臉……三個月後，我們又被周王府的人找到。我把妞妞藏在挖好的洞中，我揹著偽裝成孩子的枕頭同辛娘分頭逃跑，最後我跑掉了，辛娘卻被西夏人活捉了。她服毒自盡，可那些王八蛋還是把她的頭割下來，掛在城門上……」許慶岩雙手抱著頭嗚咽起來，哽咽道：「辛娘曾經跟我說過，她寧願死在西夏國，那樣她一輩子都會是我的女人，我想甩也甩不掉……沒想到，她真的死在了那裡……」

屋裡靜極了，只有許慶岩極力壓抑的、偶爾傳出來的嗚咽聲。

許蘭因也流了淚，不知道該說什麼。她覺得，做為大名朝子民，她應該向周辛和許慶岩致敬。還有小妞妞，她也是個勇敢的好孩子。

若這幾份關鍵的情報沒拿回來，閔戶又沒鬥過三皇子，將來大名朝的百姓就該受苦了。得搜刮多少民脂民膏才能湊夠百萬兩黃金？出兵又要斷送多少大名男兒的性命？

許蘭因不願意說許慶岩喜新厭舊，更不能說周辛是插足的第三者，這是大義和人性面前的無奈。

可是，有過這樣的經歷，他怎麼可能忘記周辛和那些艱苦的歲月？還不如灑脫放手，從此一別兩寬。

但是，這話她不能說，也不能替秦氏作這個主。即使作了主，許慶岩和秦氏也不會聽她的。這畢竟是他們之間的情感，應該由他們兩人自己解決。

許久，許慶岩又喃喃說道：「我回去找到小妞妞，帶著她躲進山裡。每隔一個月，我就會化了妝出山去中慶府轉一天，尋找周太師派來接洽的暗衛，可每次都無功而返。還是趙無來了，讓我嗅到了不同的氣息……我活著回到了大名，把情報送了上去，可我的心卻不得安寧，不知道該怎樣面對煙妹，也不知道怎麼慰藉辛娘的亡靈？我對不起她們，她們是天下最好的兩個女人，可我都辜負了。我也對不起我的幾個好兒女，讓你們受苦了……」

許蘭因說道：「爹，你們不容易。」

許慶岩心下鬆了口氣，抹了眼淚，抬起頭說道：「我把辛娘的牌位帶回來了，我會求妳娘同意，給她一個名分。若妳娘願意重新接納我，我一定好好待她，我們一家好好過日子。」

許蘭因扯了扯嘴角，問道：「周姨的名分，皇上和吳王、周家肯定會給，還需要我娘給嗎？」

周辛是從周家出去的，是周太師的大丫頭，給當暗衛的許慶岩當正妻都算低嫁了，何況還以那樣的形式死去。不管是周家還是吳王都會補償她，皇上也會嘉獎她。

許慶岩看看許蘭因，這個閨女比小時候聰明多了，也尖銳多了。

「吳王和周太師的意思，是給辛娘平妻的名分。吳王還暗示，聖上肯定也會誥封辛娘。聖上的恩賜我不敢不受，但平妻的名分，我還沒有同意。我去西夏國當細作、同辛娘在一起，這些事都沒有告知煙妹，讓她受了這麼多年的苦，我不能再在她不知情的情況下，弄個平妻回去。」他拒絕的時候，吳王和周太師、護國公都有些生氣，但他還是咬牙沒同意。

要的還是平妻?!也是，周辛這種情況，周太師和吳王，包括皇上都不會願意委屈她做妾。許蘭因苦笑。許慶岩做足了姿態，秦氏怎麼會不同意？她若不同意，口水都能把她淹死！而且，更確切地說，不是秦氏讓不讓許慶岩回歸家庭，而是那個家，包括幾個兒女，本來就是許慶岩的。他若回去了，是秦氏還願不願意繼續待在那個家。

周辛活得轟轟烈烈，死得大義凜然，值得所有大名朝的子民尊敬，可秦氏又何其無辜？秦氏是古代女人，周辛又死了，許慶岩回歸原來的家庭，秦氏九成九會接納他及他的全部。名分是虛的，給也就給了，看似一切都算圓滿。可是，將來的日子呢？

聽了許慶岩那些艱難的歲月，許蘭因也希望他有個幸福的後半生，但前提是，他和秦氏不要彼此傷害。

許蘭因的目光轉至許慶岩臉上，非常鄭重地問道：「爹，若我娘願意接納你的一切，你如願重新回到我娘身邊，你能像之前那樣對我娘嗎？」

許慶岩非常認真地答道：「當然，我對妳娘的心從來沒變過。」

「沒變過」就不可能跟周辛成為一對別人眼裡的恩愛夫妻了。

許蘭因又說道：「爹，我理解你的做法。可做為我娘的閨女，我還是更注重我娘的感受。爹不能一直放不下過去的人和事……我不是讓你忘了周姨，而是不能讓她時時出現在你和我娘的生活中，讓我娘傷心。」

許慶岩怔怔地看著許蘭因，好一陣子，他才說道：「因兒放心，我會對妳娘好，不會拿她跟辛娘比較。她和辛娘，各有優點。」

前半段話很中聽，後半段話又讓許蘭因閉了閉眼睛。古代男人，又是當過細作的男人，腦迴路就是奇葩。

許蘭因不想糾結他的某些觀點，說道：「若爹回歸我們那個家，就不要拿我娘跟別人比。人往往把失去的看成最美好的，其實，憐惜眼前人才是最明智的。若以後你傷了我娘的心，我會帶著我娘出去單過，無論世人怎樣看待我們，我都會帶她出去。」

許慶岩趕緊說道：「因兒不可那麼想！妳娘是我媳婦，妳是我閨女，怎麼能出去住？除非妳嫁人，但嫁人也不能帶走妳娘。因兒，我們一家團聚了，就好好過日子。爹發誓，從今往後會好好待妳娘，不會再辜負她。人生苦短，我跟妳娘成親十八年，才相處不到四個月，今後的日子，我會加倍珍惜。」

看到許慶岩一臉的真誠，許蘭因說道：「爹要記住今天說的話。」

晚上做了幾個清淡小菜，許慶岩也沒有喝酒，吃完飯就同趙無一起回了周府。

他們走後，許蘭因就洗漱完上了床。她覺得太陽穴「嗡嗡」直叫，非常煩躁，心裡想著另一件事，就是秦氏的身分。若是她的秘密被人發現，不說王翼找不找她的麻煩，周辛的身分就足以把她壓下去，到時他們三姊弟的身分就尷尬了……真是，太氣人了！

許慶岩活著回來是件大喜事，可也帶回來一連串的麻煩。

她正在床上翻來覆去時，就聽見窗戶有響聲傳來，還有一聲貓叫。是趙無。他怎麼又回來了？

許蘭因穿上衣裳走了出去，果真是趙無站在門外對她笑。

「你怎麼回來了？」

「我帶姊去房頂散散心。」

趙無拉著許蘭因來到正院，跳上正房屋頂。

涼涼的夜風捲著樹葉的清香撲面而來，讓許蘭因混沌的腦子清明了不少。

見許蘭因皺著眉、抿著唇，默默地望著星空，趙無說道：「姊別難過，這個世上，哪怕妳失去了一切，也還有我陪著妳。無論妳遇到什麼難題，我都會同妳一起解決。」

許蘭因把心裡的鬱悶像倒豆子一樣倒了出來，倒完了，心情也好多了。

趙無認真傾聽，不時附和兩句，沒說一句討打的話。見許蘭因好些了，才帶著她下了房頂，送她去後罩房。

許蘭因進了自己屋，從窗戶看到那個高大的背影迅速消失在清輝中。他還要趕回太師府。

跑這麼遠的路，就是為了讓她的心情好過些。

在異世能獲得這樣一顆心，值了。

第二天巳時，趙無帶著一個小女孩來了。

「許叔去內務府了，讓我把小妞妞帶來。」

許蘭因最先注意到小姑娘臉上的一條長疤，又粗又嚇人，但她的笑容非常燦爛。生長在那樣殘酷的環境，大多會形成兩種性格。一個是陰鬱壓抑型，內向、心思多，不願意與人交流；一個就是她這種個性，開朗、能面對困境。

能把孩子教成這樣，周辛的確是個通透、聰明的女人。

許蘭月來到許蘭因的面前，還沒等趙無介紹，就先行了個禮，笑道：「我一看妳就知道妳是我大姊！大姊真漂亮，比我好看多了，可我們長得還是有一點點像，錯不了！」

聲音清亮，吐字清晰，帶著點西部口音，一點都不怕生。

許蘭因笑起來，帶她進屋，拿出剛做好的雪團兒給她吃。

許蘭月拿著雪團兒誇道：「好俊俏的糕糕，比我在周府和周王府吃的糕糕還俊！」

小妮子不怕生，不嬌氣、不挑嘴，又能自力更生，比許蘭因之前帶的那幾個孩子好帶多了。

許蘭因問了一下小妮子在西夏國的事。小姑娘記性很好，說了很多，還當趣事一樣說。哪怕是東躲西藏，還有她臉上受傷，也不覺得苦，只是惦記著還沒有回來的娘。

她們相處不到半個時辰，許蘭因覺得，不敢說自己已經喜歡上這個女孩子，但至少欣賞是有的。

看著許蘭月臉上的那條長疤，許蘭因愛莫能助。不是她捨不得如玉生肌膏，而是那條疤已經長好，用如玉生肌膏起不了作用了。得先把那條紅肉削掉，再搽藥膏，才能起作用。

應許蘭月的要求，趙無又抱著她上了樹、上了房，刺激得小姑娘高聲尖叫，叫完又格格笑起來。

小姑娘跟著下人出去買豆腐腦的時候，許蘭因問了一下周辛娘家的事。

趙無說，周辛不是周府的家生子，娘家早斷了聯繫。

許蘭因又鬆了一口氣。現在的情況已經很複雜了，若是周辛的娘家再出來刷刷存在感，時不時地噁心人一下，挑撥挑撥小姑娘，更厭煩。

兩天後，朝廷的賞賜和正式任命下來了，皇上封許慶岩為從四品的王府二等護衛，並賞賜一千兩銀子、十疋錦緞、東珠兩盒；趙無八百兩銀子；閔戶五百兩銀子；洪震一百兩銀子……閔戶任河北提刑按察司按察使的聖旨也下了，連曾經監視過怡居酒樓的前掌櫃許大石都被賞了十兩銀子。

雖然許蘭因曾經參與了監視，但她不想出那個名，沒讓閔戶報自己。

還下旨嘉獎了為國捐軀的女英雄周辛，封其為四品忠勇夫人，並賞賜一千兩銀子，十疋錦緞。許慶岩也向禮部遞了摺子，為母親華氏和妻子秦氏請封。

皇上下了這道聖旨，周辛就是許慶岩的平妻二房夫人了。但許慶岩還是堅持沒去衙門裡上檔，他要等到跟秦氏通了氣後再上。

之前吳王和周太師各賞了周辛二千兩銀子，再加上這一千兩，許慶岩都給了許蘭月，將來給她做嫁妝。

緊接著，犯事官員家的一些宅子和鋪子、田莊都被官府拿出來賣。

許蘭因讓方叔和何東出面，在比較好的地段買了一個帶院子的三層鋪子，京郊五百畝田地、一個莊子。

京城寸土寸金，這三樣產業就花了八千多兩銀子。這還算便宜的，若擱平時，要多花一千多兩。

許慶岩回來了，許蘭因也不想給家裡置產了，回家後給秦氏一萬兩銀子，她想怎麼花就怎麼花，也算全了自己是這家女兒的情誼。她之所以交給秦氏而不交給許慶岩，還是留了一手——若秦氏就是不原諒許慶岩，她可不願意把這些銀子留在許家。

這次許蘭因沒買宅子，他們走後，方叔和方嬸就住去鋪子裡。

新買的鋪子雖然不在最繁華的街道，但附近大戶人家多，也比較安靜。

許蘭因非常滿意這個地點，覺得很適合在這裡開高雅的心韻茶舍。

買下鋪子的第二天，許蘭因就帶著幾個下人去了鋪子，想著等回去後把王三妮調過來，同方叔夫婦一起籌建這裡的茶舍。

剛出鋪子，就碰到才從一家書齋走出來的柴俊。

柴俊很吃驚，把身邊的下人打發走，問道：「許姑娘何時來了京城？」

兩人又退回鋪子裡。

許蘭因不好說溫卓豐的事，只好低聲說道：「柴大人放心，小星星和我弟弟都被接去了閔府，他們在那裡生活得很好。我來京城，是急著來看我爹……」

聽說老妖許慶岩竟是許蘭因的父親，柴俊更吃驚了，笑道：「老妖的大名我早聽說了，智勇雙全。原來他是許姑娘的父親啊，怪不得許姑娘如此聰慧！」

許蘭因笑笑，又問道：「柴大人的家事處理得如何了？」

柴俊氣得紅了臉，說道：「那個賤人已經被我命人打死了！那些做壞事的人，除了兩個漏網之魚跑了，其他的都抓住了。過些日子，我會去寧州府把孩子接回來。謝謝許姑娘和趙大人，因為有了你們，孩子才得以存活。」

聽說他快去接小星星了，許蘭因既是不捨，又鬆了一口氣。古代醫療條件不好，真怕孩子在自己的手上有個什麼意外。

聽他罵「賤人」，像是他的妾室，或許是嫡庶之爭吧。

聽說許蘭因想在這裡開個茶舍，柴俊笑道：「妙極！四皇子非常喜歡心韻茶舍，還提了許姑娘幾次，鬧騰著想再去許姊姊那裡下棋呢！」

許蘭因笑起來，沒想到那孩子現在還記得她。

柴俊又道：「若是許姑娘願意，我想在茶舍參兩股，以後也可以偶爾帶四皇子過來玩。我是茶舍的股東，太后她老人家也放心不是？」

他之所以提這個建議，並不是看上那兩成股，而是想幫許蘭因。若茶舍的生意像寧州府一樣好，肯定有人會找麻煩。許慶岩不過是個王府護衛，惹不起的高門大戶多得是。

許蘭因太願意了！有了柴俊的參與，不僅能把四皇子吸引過來，那些流氓、混混也不敢找茶舍的麻煩，他還能找來更多客戶，籌備期間他家的下人也能幫上忙。而且，自己跟柴家的關係更近了一步！

總之，好處多多。

她笑道：「若柴大人有意，當然再好不過。」

兩人商定，等王三妮來到京城後，他就派兩個下人過來，一起籌建京城的心韻茶舍。

許蘭因覺得，這位堂哥的人品真的不錯，怎麼會有柴正關那樣的惡劣親戚呢？

院。

這天傍晚，雷鳴電閃，眼看一場瓢潑大雨就要傾盆而下，趙無從趙家小院趕回了靜思院。

他一進靜思院的大門，大顆大顆的雨滴就打落下來。

不久，周梓峻的一個小廝過來說：「我家三爺請趙爺去喝酒。」

趙無跟著小廝匆匆走進一個小院，迎面走來一位美麗的姑娘。

兩人錯身，即使在煙霧濛濛中，趙無也能聞到一飄而過的淡淡幽香，也看到了她大膽望向趙無的目光。

趙無皺了一下眉，又放鬆表情上了臺階。

周梓峻迎出來，尷尬的神色一閃而過，笑道：「早就想請趙兄弟來喝酒，酒菜已經備好了，咱們哥倆一醉方休！」

趙無把傘交給小廝，也抱拳笑道：「我也早想跟周三哥好好聚聚了。」趙無先借花獻佛地敬了周梓峻三杯，感謝周家及周梓峻對溫卓豐的鼎力幫助。

兩人客氣幾句後，周梓峻才道：「趙兄弟看到剛才那位姑娘了嗎？她是我三妹妹周梓眉。」

周梓峻心裡很不高興，剛剛她如此作為，肯定不是為了相看趙無，而是要給趙無留下一個壞印象！她，瞧不上這個八品官的窮小子。

趙無是捕吏出身，出於職業的敏感，當然看到那個姑娘長得很美，也看到了她的眼神。但他也不好說自己注意到了人家姑娘，便笑道：「倒是看到一位姑娘錯身而過。」

周梓峻又嘆道：「她是我二叔的嫡長女，今年十八歲，也是個可憐人。在要嫁去夫家的前一個月，未婚夫突患惡疾死了。」

趙無不好評論，只得點點頭，表示自己在聽。

周梓峻繼續說著周梓眉，說她性情溫婉、有才氣，自己的祖父如何疼愛她等等……

趙無才搞懂，這是在給自己和周梓眉牽線呢！

趙無到目前為止還沒想過要娶妻的事，又想著，那位周姑娘也夠不自重的了，居然這麼大搖大擺地跟他來個偶遇……她是看不上自己，故意來給他一個壞印象了。

趙無心裡極其不悅，但面上不顯，聽周梓峻說著周梓眉的各種好。

周梓峻說完後，就意味深長地看了趙無一眼。

趙無似聽了一陣鳥語，沒接他的話，笑著把話題生硬地扯去了別處。

周梓峻也懂了，人家不願意呢！就衝著周梓眉剛才的那個作派，擱他他也不願意！於是他沒再說周梓眉的事，兩人痛快地喝起酒來。

送走趙無，雨還繼續下著。周梓峻讓人打著羊角燈，去了老太師的小書房。

不僅周國公在這裡，連世子爺都在，他們正在商量要事。

聽了周梓峻的稟報，周國公沈了臉，既氣姪女不聽招呼，做事出格，又覺得趙無不知天高地厚，不給周府面子。他冷哼道：「此子一貫感情用事，不當大用！」

周老太師看了看兒子，說道：「趙無寧願不要前程，也要救下許慶岩，說不定已對許家丫頭心有所屬，眼裡怎麼看得進別的女人？但凡重情的人，既有他的長處，也有他的軟肋。不要想著用強去控制他，而是要想辦法拉攏他、打動他，這樣的人用好了，更當大用。趙無年紀輕，拉攏過來，將來會是吳王，甚至是吳王世子最得用的人。」

周國公及周世子都道：「是，父親（祖父）教訓的是！」

周老太師對周世子道：「明天讓你媳婦給許家丫頭下個帖子，請她來府裡玩一天。她是許慶岩的嫡長女，又跟趙無關係匪淺，我們周府應該禮遇她。」

周世子躬身允諾。

兩日後的上午，許蘭因和許蘭月去往周府，還帶了三副棋作禮物。

許蘭因打扮得中規中矩，倒是把小妮子好好拾掇了一番。

許蘭月抱著鏡子不肯撒手，激動得不行，直說：「我變漂亮了！我也能這麼漂亮！」逗得眾人一陣笑。

馬車來到角門，下人把許蘭月帶去小書房見周老太師，許蘭因則坐小轎去內院。

院子裡繁花似錦、歡聲笑語，幾個花朵似的姑娘和小媳婦正在遊廊下喝茶說笑，其間還有一位年輕公子。

許蘭因一眼就看出那個公子是四皇子劉兆厚。沒想到能與這個老熟人見面，許蘭因的笑容更加真誠。

劉兆厚也看到許蘭因了，嘴裡喊著「許姊姊」，向許蘭因跑去。

他的作派讓周家的幾個女眷很詫異，他怎麼會認識許姑娘，還叫得這樣親熱？

許蘭因屈膝朝劉兆厚見了禮，笑道：「四皇子，真巧。」

劉兆厚鼓著腮幫子說道：「許姊姊，我一直想讓柴表哥帶我去茶舍看妳，跟妳下棋、聽妳說話，可我父皇和皇祖母都不許！」

一個極漂亮的姑娘走過來笑道：「表弟，來者是客，總要請人家姑娘坐下，上茶，再敘舊啊！」

劉兆厚恍然道：「對對對！許姊姊快過去坐下，咱們再殺一盤！」

漂亮姑娘拉著許蘭因的手向那群人走去，還自我介紹道：「許姑娘，我是周梓幽。原來妳就是四皇子經常說起的又會下棋、又會說話的許姊姊啊，真是巧了！」

她就是趙無說過的京城四美之一，周梓幽，周五姑娘。

看樣子，她跟劉兆厚的關係非常不錯。而且，對自己也釋出了善意。

來到那群人面前，周梓幽指著一個二十七、八歲的美婦說：「這是我大嫂。」

許蘭因屈膝笑道：「周大奶奶。」

周大奶奶笑讚。「好水靈的姑娘！以後常來家裡玩。」

周梓幽又指著兩個少婦說：「這是我三嫂和四嫂。」

許蘭因依舊屈膝見了禮。

之後，一個十八、九歲的美麗姑娘笑道：「無須五妹妹介紹，我是周梓眉。」

這位就是周府想說給趙無，可姑娘又看不上趙無的周三姑娘周梓眉了。許蘭因已經聽趙無說過她「相看」趙無的事。

周三姑娘笑著，笑容卻不達眼底。

人家看不起窮小子趙無，當然也不可能看得起她這個暗衛出身的小武官的女兒。

這幾個女人裡，周大奶奶是貴婦似的招牌笑容，周梓幽和周三奶奶笑得真誠，周四奶奶和周梓眉則明顯不待見她這個鄉下丫頭。

許蘭因依舊笑得燦爛，說道：「周三姑娘。」

周梓幽邀請道：「許姊姊，五月初八我們梅蘭詩社聚會，妳也來吧？妳棋下得那麼好，詩肯定也做得好！」

許蘭因笑道：「不巧，我們馬上要回家了。」她即使不回家，也不願意去參加什麼詩會。

周梓幽有些遺憾，又道：「四表弟那麼喜歡姊姊開的茶樓，一定很別致，我也想去玩，可惜去不了。」

許蘭因笑說：「我以後會在京城再開一家心韻茶舍，開業了歡迎你們去玩。」

周梓幽剛想說「好」，周梓眉就搶先一步說話──

「許大人已經不是暗衛了，如今當了官，許姑娘就是官家小姐了，為何還要拋頭露面出去做生意討生活？」

周梓眉因為自作主張跑去跟趙無來個偶遇，氣得周大夫人好好教訓了她一頓。她十分委屈，自己是國舅爺的女兒、太師的孫女，再是望門寡，也不應該把她配給一個窮小子啊，而且還是一個武夫！聽說許蘭因跟那個窮小子很熟，她就連著許蘭因一起不待見了。

而且，她心裡還極為看不上周梓幽，家世、相貌、未來婆家樣樣都好，偏還要假裝會做人。四皇子那就是個傻子，他再看重那個許丫頭，周梓幽也不至於這樣去示好吧？沒的掉了自己的身價！

許蘭因看了眼高高在上地教育著自己的周三姑娘，笑道：「三姑娘命好，生在了富貴之家。當初我爹一去不返，我身為家裡的長女，若不出去討生活，別說供弟弟們讀書，家裡連飯都吃不起了。」

周大奶奶看了眼周梓眉，怪不得婆婆說她眼皮子淺，看著精明實則是個棒槌。祖父請許姑娘來，就是為了示恩許慶岩和趙無，何苦把人請來了還要去得罪呢？她笑道：「三妹妹生在咱們家，不知百姓疾苦。許大人不在的那段日子，也難為許姑娘了。唉，許大人的身分必須隱密，又聽說你們家有地有房，應該不愁生計，我們府就沒敢去照應你們家了。」

許蘭因嘴上笑咪咪地說著漂亮話。「我雖然是小戶之家的女兒，也知道不能因小失大。」心裡暗道，許慶岩一走多年，周府哪怕暗中都沒幫幫她家，除了是怕怡居酒樓看出端倪，還有就是根本沒把暗衛當人看！今天一來，周太師就把許蘭月接過去了，一定是想看看她在許家有沒有受委屈吧？

周大奶奶十分滿意許蘭因的態度，笑著點點頭。

下人把西洋棋拿來了，許蘭因和劉兆厚下起來。

許蘭因根本不是他的對手，盤盤輸。

劉兆厚高興得手舞足蹈，還說：「我下贏了別人都沒有這麼高興，贏了許姊姊最高興！」

許蘭因笑著拍了他兩句馬屁。

許蘭因的話不多，但每一句話都能說到劉兆厚心裡，劉兆厚就更高興了，一直霸著許蘭因下棋。

許蘭因見周梓幽不太高興，就提議下軍棋，輪著下，把周梓幽也拉了進來。

三個人下棋下到吃晌飯。

申時初，許蘭因要走了，讓人去把許蘭月叫過來。

劉兆厚十分不捨，說道：「許姊姊再來這裡玩的話，讓五表姊去宮裡告訴我。」

許蘭因暗道，自己哪有那麼大的臉？她不敢允諾，只笑了笑。

許蘭月過來了，周大奶奶又送了許家四疋妝花緞、姊妹二人各兩支玉簪。

待許家姊妹走後，周大奶奶讓人打開許蘭因帶來的那三副棋。西洋棋和軍棋木質好，雕工細緻。特別是跳棋，用白玉、黃玉、紅瑪瑙磨成小珠做棋子，鮮豔新奇，漂亮極了。

這麼別致的禮物她可不敢留下，派人給周老太師送去了，再把今天許蘭因的表現說給他聽。

周老太師沒想到許慶岩的大女兒居然是寧州府心韻茶舍的東家許姑娘，再想想許蘭月對長姊的喜愛，周太師覺得許慶岩的這個長女不僅聰慧、大器、有前瞻，還有好運，能採到黑根草，還能得老神醫的指引，來百草藥堂賣藥。

聽了下人稟報的許蘭因說過的話，既深明大義，又暗示了許家曾經的困境，周老太師有些臉紅，覺得自己老謀深算，臨老還馬失前蹄。

早知道，當初該關注一下許家人的……

五月初五這天上午，溫言和溫賀在周梓峻的陪同下，去周府位在京郊的莊子接溫卓豐回溫府。

看到溫卓豐極瘦的雙頰居然長了點肉出來，溫言笑得開心，說道：「卓豐長胖了，真不容易！你喜歡來鄉下生活，改天二叔送你去咱們府的莊子玩，那裡也是有山有水，跟這個莊子差不多。」

溫卓豐面無表情。之前就是這樣，無論溫言說什麼，他都當鳥語。

溫言不以為意，親眼看著溫卓豐被抱上馬車，他才和溫賀坐上自家的馬車。

一行車馬回京，在行經一條山路時，山上突然滾下一塊巨石，以至於溫卓豐那輛車的馬受了驚。驚馬拉著車狂奔著向前跑去，周梓峻和幾個護衛嚇得緊跟而去。

溫言和溫賀的馬車也在後面緊追，繞過一處山坡，穿過一個村落，遠遠看到一條江水橫在前面，驚馬前蹄躍起，車廂頓時翻了，把車裡的「溫卓豐」掀下江裡！

這個意外嚇壞了所有人。

周梓峻嚇得魂飛魄散，立即讓護衛跳下江撈人。

撈了一天一夜，只撈到溫卓豐的一件外衣。

之後，周家又花錢請附近的鄉民繼續打撈。

人肯定是活不了了，但總想撈到屍首。

溫老夫人和溫言、劉氏夫妻跑去周府大哭。

周國公和周大夫人解釋自家也是做好事，誰知遇到了意外。他們自知理虧，由著溫家幾人哭罵，最後周府賠了二千兩銀子，還承諾幫助溫言挪挪位置升個官，才平息溫家人的怒火。

當然，二千兩銀子是趙無出的。

溫言夫婦在外面哭哭啼啼，回家後卻笑開了懷。

老大一家在這世上徹底灰飛煙滅了，老父不立自己當世子還能立誰？

溫老夫人是真心難過，覺得對不起大兒子，抹著眼淚去了外院溫國公的「煉丹房」，哭道：「老頭子，咱們又死了一個孫子，你還有心情在這裡煉丹？」

溫國公沒有看她，沙啞著聲音說道：「這不正是妳盼望的嗎？大房一家死絕了，清靜了，可如他們的願了？哼，溫言那個畜牲，又壞又蠢，被人當了槍使還不自知！」

任憑老太太如何哭訴，溫國公看都不看她一眼。

老太太只得抹了眼淚說道：「咱們都這個歲數了，也不知道哪天就蹬腿。老公爺，你明天就進宮遞個摺子，給二兒請封世子吧！」

溫國公一直沒有轉動的眼珠這才轉向她，說道：「溫言的心都黑透了，我寧可爵位被皇上收回，也不會傳給他。」聲音不大，卻沒有商量的餘地。說完，他就進側屋把門關上。

不給溫言，豈不是要給溫賀？老太太又氣又急，守著門口哭了半天，快要暈厥過去的時候，才由著下人抬回內院。

此時，趙無和溫卓豐、麻子、黃齊、何東已經住進百里外的一個客棧。何西留在京城，為趙無和許蘭因辦京城裡的事。

這個小縣城是去寧州府和南平縣的岔路口。

客棧裡，還住著許慶岩和許蘭因、許蘭月幾人，他們是昨天到的。京城到寧州府可以坐船，方便得多。但為了保密，趙無兄弟還是騎馬和坐馬車。許蘭因先替他們把房間訂好，為了方便溫卓豐，都住在一樓。

晚上，許慶岩和許蘭因去了他們房間，這也是許蘭因第一次見溫卓豐。

溫卓豐跟趙無受傷前很像，書倦氣更濃，五官也相對柔和一些，笑起來很溫暖，一點都不陰鬱，跟書裡的描寫完全不一樣。

坐在輪椅上的溫卓豐示意趙無把雙枴拿來，再把他扶起來。他拄著枴，先給許慶岩抱了抱拳，笑道：「許叔。」又轉向許蘭因，非常鄭重地鞠了個躬，彎腰的弧度是拄枴人能夠彎的最大極限。「謝謝許姑娘，妳救了我弟弟，又讓我重新站起來。妳的這份恩情，卓豐一刻也不敢忘懷。」

許蘭因避過，又朝他屈膝行了禮，笑道：「李大哥客氣了，舉手之勞罷了。」

以後，溫卓豐的名字就叫李洛，是趙無他舅舅的兒子——趙無終於找到舅舅了，原來舅舅一家去了京城，但出了意外，如今只剩下表哥李洛一人。

明天，趙無和李洛會直接去寧州府，暫時住在許家宅子，方便人照顧。而許蘭因幾人會回南平縣，這個月底才會搬去寧州府。

許蘭因離開時，趙無還朝她眨了下眼睛。

他的小動作瞞得了別人，卻瞞不過老妖許慶岩。許慶岩裝作沒看到，面色如常。

許蘭因躺上床睡不著，伴著許蘭月的輕鼾聲，想著秦氏和許老頭夫婦面對許慶岩的回歸會怎樣。

遠處敲了三更，許蘭因聽見小窗輕微響了一聲，又傳來一聲「蟈蟈」的叫聲。那是趙無的聲音。

她輕輕爬起來穿上衣裳，緩緩打開小窗，看見趙無正在窗外衝著她笑。

許蘭因半邊身子爬出窗外，被趙無拖了出去，再將小窗掩上，帶著她跳過圍牆。

此時另一扇小窗也開了條縫，露出半邊臉。

見他們跳過圍牆，許慶岩也出了小窗，跳過圍牆。

循著許蘭因的味道，許慶岩轉過圍牆，看見趙無帶著許蘭因上了一處兩層鋪子的房頂。那裡正好有一棵大樹，大樹枝繁葉茂，枝葉伸到了房頂，不仔細看，看不出那裡坐著兩個人。

許慶岩搖頭失笑，再是親姊弟也不可能一日不見，如隔三秋，大半夜跑去房頂說悄悄話啊！哼，一個人說當他是「親弟弟」，一個人說當她是「親姊姊」，兩個都是死鴨子嘴硬。

他打從心裡希望趙無能當自己的乘龍快婿，坐在房頂總不會幹別的事，他們想說悄悄話就說吧。他又轉身回了客棧。

今夜無月，漫天星光璀璨。耳畔響著樹葉的沙沙聲，偶爾葉子還會輕撫臉頰。

「姊，妳就不能早些去省城嗎？非得等到月底？」

許蘭因說道：「月底去省城已經是抓緊時間了。我爹這麼多年沒回家，肯定要多陪陪我爺和我奶，還要跟那些親戚朋友聚聚。」又安慰他道：「以後家搬去了省城，我們在一起的時間就多了。」

趙無又道：「這麼久見不到姊，我很想很想怎麼辦？」想到至少有二十天見不到許蘭因，他就非常難受，用垂下的手拉著許蘭因的小手捏了捏。

還撒上嬌了？許蘭因失笑，正面教育道：「那你就多看書，把精力放在書本上。」

趙無哼道：「我不想看書，只想看姊。」

他轉過臉看向許蘭因，清輝下，身邊的姑娘美目流盼，如菊般淡雅，如梅般傲然，如蓮般清秀絕俗……不，她比世間一切花卉都美。他的心猛地跳動起來，似無數個小火球在亂竄，以至於呼吸困難。

許蘭因見他怔怔望著自己，神情有異，正好兩人手牽手，也就聽了一下他的心聲，不料他的心聲如響鼓般敲擊著許蘭因的耳膜，震得她趕緊收回意念。

趙無又看到許蘭因那特殊的眼神，想到她似能看透人的心思，嚇得清醒過來，趕緊鬆了手，屁股也往旁邊挪了挪，兩人分開了一點距離，視線卻沒有離開過許蘭因。

許蘭因笑道：「這是什麼眼神？發花癡嗎？」

趙無不好意思地垂下眼皮，待穩定了情緒，才問道：「那兩本書姊看完了嗎？」

「看完了。」

「好看嗎？」

「好看。」

「帶著了嗎？明天給我看。」

「不行。你還小，應該多看有用的書。」

趙無不服氣地說：「我小？某些事情我比姊懂得還多！」

許蘭因側頭看看趙無，熊孩子雖然長得高高大大，但臉上還是帶著少許青澀。「你還不到十七歲，那種書少看。」

趙無暗樂，看來書裡有些東西讓姊害羞了！他咧開嘴樂起來，想著，等去了寧州府，再去書齋裡買來看。

《伍二娘》裡有些露骨的描寫，不應該給這種年紀的少年看。

四更時，趙無才帶她下來。只不過，這次趙無抱許蘭因的情緒明顯跟過去不同，心跳得厲害，臉發燙，還嫌抱的時間太短，怎麼才擁軟玉入懷，就落到了地上。

下了地，他握她的小手更緊了。兩人跑到客棧的圍牆下，抱著她跳上牆又躍下牆，再走去窗邊，打開小窗。

許蘭因在趙無的協助下，上半身先爬進小窗，雙手扶著她事先在窗下放的桌子，下半身再縮進去。

而趙無則呆在窗前愣愣地看著自己的雙手，他剛才托的地方是姊的那什麼呢……再想著上房下房、上牆下牆，抱著的小細腰、觸在臉上的頭髮、挨在身側軟軟的胸部、鼻間瀰漫的淡淡幽香、滑膩膩的小手……

他一下子興奮起來，樂得一跳老高，然後又上房頂、下房頂，來回跳了七、八次，才鑽進自己客房的小窗。

旁邊的小窗依然有一條小縫，許慶岩把這一幕看了個正著。看著那傻笑的大嘴，兩條修長有力、跳上跳下的長腿，他氣不打一處來，暗道，若是趙無敢不娶自己閨女，定要把那小子的腿打斷！

許蘭因也發現了趙無今天的反常，想著，小屁孩長大了，以後得跟他保持點距離。

早飯後，趙無和李洛一行人先走。趙無騎馬，黃齊和李洛坐車，何東趕車。

走之前，趙無把許蘭因拉去一邊，當著許慶岩的面他不敢牽手，只是悄悄拉了拉她的袖子，低聲說道：「姊，休沐的時候，我再多請一天假，去南平縣看妳。」

許蘭因搖搖頭。「不要。那麼遠，才兩天的時間，來回奔波很辛苦的。」

「不辛苦。」也不等許蘭因再說話，騎上馬走了。

許慶岩見閨女看著趙無的背悶悶不樂，說道：「因兒，爹覺得趙無那小子不錯。有本事又記情。」

許蘭因先還默認，但看到許慶岩眼裡的玩味，便說道：「爹想哪裡去了？趙無就是我弟弟，我娘的另一個兒子。」

許慶岩看看嘴硬的閨女，沒吱聲。

半個時辰後，許蘭因一家也離開了客棧。許慶岩騎馬，帶著兩輛馬車，一輛是許蘭因姊妹及兩個丫頭坐，另一輛載著滿滿一車的東西。

趕車的兩人是許慶岩的親兵季柱和王鋒。

一路上，許蘭月非常興奮，大多時候都是讓許慶岩帶她騎馬。許慶岩對她很有耐心，儘量滿足著她的一切要求。

許蘭因等人昨兒晚上趕到一個小鎮，歇了一宿，今日一早繼續趕路。

聽說下晌就要到家了，許蘭月有些惶恐起來，倚進許蘭因的懷裡問：「大姊，母親會喜歡我嗎？」

許蘭因笑道：「會。」

許蘭月又摸摸臉上的疤，問道：「母親會嫌我長得醜嗎？」

許蘭因又笑道：「即使有這條疤，小妞妞也是漂亮的孩子。以後，若是碰到好大夫，姊會求他幫妳把疤治好。」

許蘭月一臉憧憬，求道：「若我臉上的疤好了，姊就幫我畫張像，要畫好看些，我燒給我在天上的娘親看。」

許慶岩把周辛已經去世的事情告訴了許蘭月，她傷心了好久，在許慶岩和許蘭因的安慰下才慢慢走出悲傷。

許蘭因笑道：「好。」

第二十七章

五月初九傍晚，西邊天際滾著大片火燒雲，家家戶戶的房頂皆飄著裊裊炊煙，離家一個多月的許蘭因，又回到了許家所在的胡同裡。

離開時，秦氏跟著車走的情景還歷歷在目，她的殷殷叮囑也還縈繞在耳畔，沒想到許蘭因再次回來，卻帶來了兩個她意想不到的人。

許蘭因心情忐忑，親自上前扣響大門，來開門的是許蘭舟。

他看到大姊帶了這麼多人來，其中一個大漢從馬上下來，目光灼灼地看著自己。這個男人長得有些像許家人，但他卻又記不起究竟是哪個親戚。

許蘭舟先沒搭理這些人，難過地對許蘭因說：「姊，讓妳失望了，我沒過院試。」

許蘭因安慰道：「你才十四歲，還小。今年沒過，後年再考就是。」

院試兩年一次，明年沒有。

許慶岩看許蘭舟的眼裡放著光，激動地說道：「舟兒，你還記得我嗎？」

他離開時，大兒子還是個梳著小揪揪的六歲小娃娃，此時已經長得這樣高了，還中了童生。

許蘭舟搖搖頭，表示不記得。

許蘭因笑道：「蘭舟，他是咱們的爹，爹還活著。」

許蘭舟的嘴張得老大，不敢相信。

許慶岩又說了一句。「舟兒，我是你爹許慶岩，我回來了。」

許蘭舟又怔怔地看了許慶岩兩眼，下一刻，撒腿往院子裡跑去，嘴裡大聲喊著。「娘！娘，我爹回來了！我爹還活著、我爹沒有死……」

院子裡立即喧囂起來，急促的腳步聲，還有花子的「汪汪」聲。

許慶岩第一個走進院子，又走進垂花門，看到許蘭舟扶著秦氏走了出來。

秦氏老多了，也瘦多了，穿著墨綠色褙子，頭上只插了支銀簪，素淨著一張臉，跟多年前那個美麗嬌俏、顧盼生輝的小媳婦判若兩人。

許慶岩喊了一聲。「煙妹。」向她急步走去。

秦氏在屋裡聽了兒子的話根本不相信，由著兒子硬扶著走出來。當她看到一個熟悉的身影走進垂花門向她走來時，突然覺得自己許是在作夢，只能愣愣地看著來人發呆。

許慶岩來到她面前，含淚說道：「煙妹，不認識我了嗎？我是岩哥啊！我還活著，沒有死，我回來了！」

真真切切的話語響徹耳畔，秦氏方覺得不是夢境。她先是瞪大雙眼，再是啜泣出聲，喊道：「岩哥，真的是你？」伸手想拉丈夫的手，可當著這麼多人的面又不好意思，手頓了頓，想縮回來。

許慶岩一把拉住妻子的手，哽咽道：「煙妹，是我，這些年讓妳受苦了……」

秦氏哭道：「岩哥，你是去了哪裡啊？我們都以為你死了，我差點就要去陰間找你呢……」

兩個人想擁抱又不好意思，只能拉著手哭訴思念之情。

許蘭因扶著秦氏說道：「爹、娘，有話進屋慢慢說。」

眾人走進上房，許蘭月則由掌棋牽了進來。

秦氏和許蘭舟滿心滿眼都是許慶岩，也沒注意到有一個陌生孩子走進來。

眾人落坐後，許慶岩大概講了一下去西夏國當細作又被趙無救回來的事，末了說道：「都是我不好，沒有事先告訴你們，讓煙妹和孩子們受苦了。」

秦氏聽了，哭道：「我們再苦，還能有你苦嗎？在敵國當細作，九死一生，多危險哪，想著都可怕。阿彌陀佛，菩薩保佑，你能活著回來。」

許蘭舟聽說父親就是趙無救回來的老妖，現在又當了王府二等護衛，一時間又是激動、又是高興，一臉崇拜地看著他。

講完高興的了，許慶岩抿了抿嘴、搓了搓手，神情也忸怩和為難起來。

許蘭因知道他要講周辛的事了，便牽著許蘭月往外走去，給許蘭舟使了個眼色，讓他出來。

來到院子裡，許蘭因讓掌棋牽著許蘭月去耳房裡洗漱、吃果子，拍了拍一直在她腳邊打轉賣乖的花子後，就把許蘭舟拉去了東廂。

許蘭舟莫名其妙地被拉到東廂，問道：「姊，為什麼要出來？那小姑娘是哪家的孩子？」來到院子裡，他才注意到那個小姑娘。

許蘭因說道：「爹有些事要單獨跟娘說。那孩子的小名叫小妞妞，大名叫許蘭月。」

「……許蘭月?!」許蘭舟的眼睛瞪得如牛眼大，又道：「不會是咱們爹在外面有了別的女人，還生了個閨女吧？」

許蘭因點點頭，大概講了一下許慶岩和周辛的事。

許蘭舟的嘴張得老大，好久才回過味來。

父親回來了，父親是英雄；父親在外面有了女人，還生了個女兒；那個女人為國捐軀了，被皇上封為忠勇夫人……

他的臉沈了下來，說道：「還好爹只帶回來一個孩子，若把女人也帶回來，娘會更難過。」

這時，屋內傳來秦氏撕心裂肺的哭聲，接著是帕子捂著嘴的嗚咽聲，以及許慶岩輕輕的勸慰聲。

那極盡隱忍的哭聲比痛快哭出來還讓人難受及揪心，許蘭因和許蘭舟都流淚了。

秦氏和許慶岩不是古代大部分透過父母之命、媒妁之言結合的夫妻，也不是舉案齊眉、相敬如賓的相處模式，而是濃情密意，彼此眼裡只有對方的那種。或許相思的時間比相守的時間長，看到的、想到的都是對方的好，所以如今冷不防知道他有了另一個女人，還生了個孩子，哪裡能受得了？

許蘭舟起身想跑去上房，被許蘭因攔了。

「這事讓他們自己解決吧。」

天黑透了，上房裡的兩個人還沒有出來。哭聲已經沒了，上房寂靜無聲，連燈都沒有點。

許蘭月也來了東廂，倚在許蘭因的腿上，更加手足無措。她直覺，因為自己的到來，讓爹爹為難了，母親傷心了。還有大哥審視的目光，也讓她害怕。

許蘭因小聲勸道：「莫怕，娘很好的。」

大概亥時初，上房門開了，傳出許慶岩的腳步聲。

許慶岩來到東廂門口，說道：「你們都來上房，我和你們娘有話要說。」

聲音沙啞，一聽就是話說多了，還沒喝一口水。

他的眼睛是紅的，一看就哭過。但哪怕故作嚴肅，也掩飾不住喜色。

兩個時辰，秦氏妥協了。

幾人進了屋，看到秦氏的眼睛又紅又腫，神情落寞。

秦氏的目光落在許蘭月的身上，看到那條大疤時，她的目光柔和了許多。

許慶岩說道：「小妞妞，去給母親磕頭。」

許蘭月走過去跪下，磕頭說道：「女兒許蘭月見過母親，願母親金安。」這話是爹爹教她說的。

秦氏強笑道：「起來吧，過來。」把許蘭月拉在自己身邊，仔細看看她，又說道：「可憐見的，以後叫我大娘，好好跟姊姊和哥哥們相處。」說著，從腕上抹下一個玉鐲子給她。

許蘭月謝過，坐去椅子上。

秦氏又對許蘭因和許蘭舟說道：「妞妞的生母不在了，你們要好好待妹妹。」

許蘭因和許蘭舟允諾。

秦氏又指著高几上的一塊牌位說道：「因兒、舟兒，那是你們二娘的牌位。她為國捐軀，是個奇女子，你們去給她見禮，要打從心裡敬重她。」

那個牌位上寫著「周氏」二字。

許慶岩感動得眼裡都湧上了水霧。

這個結果是許蘭因預料得到的。秦氏哭成那樣，肯定是悲傷欲絕。不管基於什麼原因，最後她還是接受了丈夫的那段情，以及那個平妻的牌位。

許蘭舟起身說道：「先等一等。」

眾人都看向他。

他走去許慶岩的面前，深深一躬，起身後才說道：「爹，你不在的這些年，我們一家熬過來非常不容易，但我們的日子再難、再苦，娘也從沒像剛才那樣哭過。我是兒子，爹的事我不能多嘴，但是，我希望爹以後不要再讓我娘那樣傷心了，我心痛。」說到後面，聲音都有些哽咽。

許蘭因欣賞地看著許蘭舟。少年細細長長的身子，嘴唇緊抿，表情異常嚴肅。他的這個表現，像個真正的男子漢。

秦氏也感動得用帕子捂住了嘴。

許慶岩沒有生氣，相反地臉色更好了，拍拍兒子的肩膀說道：「好小子，有擔當！唉，我愧對你們姊弟三個，你們長這麼大了，我連面都少見，亭兒更是還沒見過，別說教導了。你們都如此優秀，是你們娘教得好。」他看著秦氏，又道：「我當著兒女的面立誓，今生不再負妳。」

許蘭舟點點頭，就拉著許蘭因一起走到周氏的牌位前行了晚輩禮。一個作揖，一個屈膝萬福，還叫了「二娘」。許蘭舟叫出聲了，許蘭因的聲音則在嗓子眼裡打轉。

掌棋、抱棋又把飯端上來，許蘭因親自服侍秦氏淨了面，兩口子上桌吃飯。

飯後，許慶岩又問了許蘭舟一些院試和家裡的事情，才各自去歇息。

許蘭月暫時跟許蘭因睡一張床。

放下心的許蘭月滿臉喜色，歡快地洗漱，又歡快地上床，還抱著許蘭因的脖子說：「大姊，我終於不用離開爹爹和妳了！」

她一直怕大娘不喜歡自己，會被爹爹送去周府。雖然周府的周爺爺對她很好，但她還是不喜歡那裡，因為那裡不是她的家，人也多，有些人會拿她當怪物看。這個世上，對自己最好最好的娘親已經不在了，她不想再離開對自己最好的爹爹和大姊。

許蘭因捏了捏她的小鼻子，正想上床，就聽見窗外許蘭舟的叫聲。

「姊、姊！」

許蘭因過去把小窗打開一些，伸出頭問道：「什麼事？」

許蘭舟站在窗外，又走近兩步，低聲問她。「我才想起來，娘說妳去京城賣黑根草了，妳賣了多少錢？」

許蘭因失笑，江山易改，本性難移，這孩子還是惦記著賣藥的銀子！她也低聲說道：「賣了不少呢！我明天會給娘一萬兩銀子做家用。」

「這麼多?!」許蘭舟驚叫出聲，又趕緊把嘴捂上。這個數目完全把他嚇到了，他壓抑著樂了半天，才小聲說道：「老天，那藥那麼值錢啊？這麼多錢，就是躺著花都花不完啊！」

還是有進步，沒有繼續追問許蘭因還剩下多少錢，讓她都拿出來。

許蘭因笑道：「你剛才在上房的表現非常好，許家的長子就應該這樣有擔當。我給你一百兩銀子當零用錢。」表現好就要給獎勵，期待他持續表現。在這個家，獎勵一百兩銀子當零用錢的出手大方了些，但許蘭因給這麼多，也是為了讓許蘭舟不要太計較小錢。

「謝謝姊！」許蘭舟高興地回了東廂。

次日，許蘭因還在夢周公，就聽見窗外有聲音。側耳聆聽，是許慶岩在指導許蘭舟練武。

從今以後，這個家有爹有娘、有弟弟和妹妹……也挺好的。

許蘭因穿上衣服去了廳屋，秦氏也起來了。她的眼睛有些紅，表明她昨晚沒歇息好，神情莫名。

早飯吃得早，許蘭月歲數小，還在睡覺。

許慶岩要去小棗村見父母，今天有太多的話要跟他們說，還要商量祭祖、平墳頭、把許蘭月記入族譜等諸多大事，就不帶秦氏和許蘭因姊妹回去了，只帶許蘭舟。明天老宅會請流水宴，再一起回家。

許慶岩把送秦氏和兩個兒子的禮物拿出來，整理著送父母、親戚的禮物。

除了在京城買的半車禮物，又拿了皇上賞賜的兩疋錦緞、十顆東珠回家。

許慶岩指著剩下的八疋錦緞和兩盒東珠對秦氏說：「這是皇上的賞賜。當初我發誓要讓妻兒老小過好日子，提著腦袋在西夏國待了八年，功名利祿是掙到了，可我卻辜負了妳……煙妹，咱們的日子還長，我會讓妳看到我對妳的真心。」

秦氏淡淡笑道：「岩哥說笑了。我是你的妻子，理應想夫君所想，說辜負太見外了。」

許慶岩又拿出三千兩銀子的銀票給秦氏。「各種賞加起來我共得了五千多兩銀子，買田和買禮用去一千多兩，再孝敬爹娘二百兩，還留了幾百兩我回京用，剩下的這些銀子妳收著。」

秦氏笑著接過，起身放進櫃子裡的小匣內。

許慶岩的眼前出現了多年前的一幕，他拿了十個銀錠子給她，她笑得眉眼彎彎，趕緊打開櫃子，把銀子裝進去，身姿雀躍、輕盈。

此時，秦氏雖然也笑著，卻不如八年前那麼明媚；說的話很賢慧，卻不是許慶岩想聽的，八年前的秦氏可不會這麼說。再想到夜裡僵硬的身軀，以為他睡著了而發出的幾聲壓抑哽咽……許慶岩輕嘆一聲，她是怨著自己的。慢慢來吧，總會好的。

許蘭因則把許蘭舟拉去另一間屋，交代他一些事情，主要是讓他防著許老頭抬周辛的牌位打壓秦氏。再看看許慶岩的表現，看他值不值得秦氏違心原諒和接受他的一切。

許蘭舟也知道許老頭看不慣秦氏，怕他把秦氏氣出個好歹，點頭答應了。

許慶岩走後，秦氏的眼神黯了下來。

許蘭因把她扶去東側屋的炕上坐下。「娘心裡還是怨著爹的，對吧？」

秦氏流淚道：「其實，想讓男人一心一意對妳，何其難，是娘之前異想天開了……娘知道這個道理，可就是心裡難受，堵得慌……」

許蘭因心疼地說：「娘，妳還有我們。不管你們將來如何，我和弟弟都站在妳這一邊！妳有氣就說出來，想哭就哭出來，莫憋在心裡，傷身子。」

秦氏卻是收了淚，掏出帕子把眼淚擦淨，苦笑幾聲後說道：「你們都是好孩子，娘還有你們，這輩子也足夠了。唉，妳爹回來是好事，他和周氏也不容易，受了那麼多苦，周氏還死了……我們活著的人要往前看，特別是你們三個，還有太長的路要走。娘已經想通了，只要妳爹尊重我，疼愛我的三個兒女，娘就敬他、重他，以他為天。妳爹是官了，將來妳好找人家，舟兒和亭兒的前程也會更好……」

秦氏選擇原諒許慶岩，但她對許慶岩的要求降低了，只需要他的「尊重」，而不是之前心心念念的「愛」。

許蘭因把秦氏的胳膊摟得更緊了幾分，說道：「娘要真的想通才好，不要面上裝得無事，心裡卻過不去那道坎，虧身子。」

秦氏長長嘆了一口氣。

許蘭因從荷包裡拿出幾張銀票給她。「娘，我賣黑根草掙了不少錢，這些錢妳拿著，想怎麼花都隨妳。」

秦氏數了數，驚道：「一萬兩?!這麼多？」又把銀票還給許蘭因，說道：「那藥是妳採的，妳自己留著當嫁妝。家裡有錢，妳爹給了三千兩。」

許蘭因又還給她，笑道：「我還有不少呢！這錢是女兒孝敬娘的。」

母女二人推諉了一番，秦氏才收下，笑道：「好，這是閨女對娘的孝敬，娘收下了。」

吃完早飯後，許蘭月知道大姊要和大娘說悄悄話，就帶著花子去院子裡玩了。花子也很喜歡她，汪汪叫著往她身上撲。許蘭月一點都不害怕，摟著花子又是跳、又是笑，笑聲如銀鈴般清脆。

秦氏望向窗外，朝陽中，那個小女孩笑得一臉燦爛，那道醜陋的疤似乎也不醜了。她輕笑一聲，說道：「那孩子的性子倒是好，剛來這裡也沒個怕字。」

許蘭因道：「那種環境中長大的孩子，膽子都大。那孩子最可貴的是，小小年紀就樂觀、豁達、識進退。我很喜歡她呢，娘生我的氣嗎？」

秦氏嘆了口氣。「沒娘的孩子都可憐。別說她還這麼小，我生母死的時候我已經十三歲了，依舊茫然不知所措。孩子無辜，妳是長姊，正該好好待她。娘的身子不好，她的事，以後妳就多操點心吧。」

許蘭因點頭。秦氏過不去周辛那道坎，不會跟許蘭月太過親近，她能這樣對許蘭月已經非常不錯了。

此時，牽著高頭大馬的許慶岩父子進了小棗村，他的周圍跟著一群村民。

所有人都沒想到，許慶岩居然沒死，他活著回來了，還穿著官服。

一個半大小子先跑去許家報喜，老倆口正在屋裡說著閒話，根本不信那個小子的話。

外面又傳來大喊聲——

「許慶岩回來了！許慶岩當官了……」

有人問：「真的假的？莫不是你還沒睡醒吧？」

那個人答道：「真的、真的！都已經進村了！」

許老頭和許老太對望一眼，趕緊起身相攜著向外走去。

他們剛走出院門，就看到一群鄉人圍著一個大漢向這邊走來。大漢又高又壯，身著威風的官服，不是失蹤多年的兒子又是誰？

老倆口喜極而泣，大聲喊道：「二兒，真的是你啊……」

許慶岩也看到老倆口了，把手中的馬韁繩交給許蘭舟，三兩步跑上前去，跪下哭道：「爹、娘！兒子不孝，讓你們受苦了！」

幾人抱頭痛哭一陣後，被人勸進屋裡。

許里正扶著自家老爹、幾個族老被人扶著，全都匆匆來到許家，猴急地問許慶岩是怎麼當了官？當了什麼官？

許慶岩說了自己被派去西夏國刺探情報，回來後被皇上嘉獎的事，但沒說周辛的任何事。

幾個族老聽說許慶岩有本事進金鑾殿見皇上，還得了皇上的封賞，會把聖旨供去祠堂，今後的差事是保護高高在上的王爺，全激動得身子都在發抖。

族老們七嘴八舌地說著。「天恩啊、榮耀啊，祖墳冒青煙了……」

地裡的許慶明緊趕慢趕地跑了回來，抱著許慶岩一通哭。又讓人去鎮上找顧氏，讓她多買些東西，快回來領著人做飯。再請人去許枝娘和許大丫家說一聲，讓她們帶著男人、兒女回來。

許老頭又讓人去衙門把許二石叫回來。「跟他說，他二叔當大官了，是保護王爺的從四品武官，還見過皇上！」他說的擲地有聲、慷慨激昂。

許慶岩拿了十兩銀子出來，請許里正找些人準備明天的流水宴。

許老頭喜得笑眯了眼。又敞著嗓門說：「我兒出錢請流水宴，不要省著，大魚大肉緊著買！」

來許家恭賀的人絡繹不絕，不僅屋裡坐滿了人，連院裡院外都站滿了人，比古望辰中進士還熱鬧。

吵吵鬧鬧忙碌下來，到了晌午，許枝娘一家、許大丫一家、許二石都回來了。

許枝娘向來跟這個弟弟的感情好，拉著許慶岩的袖子哭了一場。

晌午請許里正祖孫三代四個人、幾個族老和五爺爺父子在家喝酒、吃飯。

飯後，客人們都走了，又帶走了許慶岩送的東西，屋裡終於靜下來。

炕上，許慶岩坐在中間，許老頭坐在他左邊，許老太坐在他右邊，他一隻手還被老太太拉著。其他人，長輩坐在炕邊的椅子上，晚輩站在一邊，還是擠了一屋子。

許慶岩低咳一聲說道：「我有事要跟爹娘說。」

眾人出去後，許慶岩起身把門關上，低聲說了周辛和許蘭月的事，還是沒敢說周辛受封。末了則說：「……明天小妞妞會來家裡，再請族長把她的名字記入族譜。」

許老頭的眼睛瞪得如牛眼大，大聲說道：「那個女人也是細作，因為護著你死了？」見兒子點頭，又道：「她是女英雄，別糊弄我說皇上只給了你封賞，而沒有給她！」

許慶岩只得說道：「封了。」

許老頭又問：「封了什麼？」

許慶岩把皇上封了什麼說了。

老頭聽說另一個兒媳婦被皇上封了四品忠勇夫人，又喜得眼圈都紅了，先哈哈大笑幾聲，接著喜道：「周氏死得榮耀啊！你剛剛怎地不當著父老鄉親的面把這事說出來？這等榮耀不需要藏著掖著，就是要讓所有人都知道，羨慕死他們！」老爺子眉開眼笑，就差說周氏「死得好了」。

許慶岩氣得額際突突亂跳，沈聲道：「爹，辛娘跟著兒子受了許多苦，她死的時候才二十三歲，又死得那麼慘烈，說到她的死，你怎麼能笑成這樣？至於我們許家的榮耀，是那兩道聖旨，還有我頭上的官銜。將來兒子會繼續掙，兒子的兒子也會掙，我許家還不需要用婦人的死來掙榮耀！」

許老頭一噎，也覺得自己挺不合時宜的，趕緊把咧著的大嘴閉上。

許老太也罵著許老頭。

許慶岩又道：「我已經把為娘和秦氏請封四品宜人的摺子遞上去了，等到她們的誥封下來後先請進祠堂，再把周氏的請進去。」

聽說兒子已經為自己請封誥命，許老太眉開眼笑。

許老爺不明白了，說：「為什麼要等？先把忠勇夫人的聖旨請進去，她們倆的過後再請。」

許慶岩解釋道：「秦氏是正妻，沒有先請平妻的道理。」

許老頭氣得敲了許慶岩的頭一下，罵道：「死小子！忠勇夫人為國捐軀，得聖上嘉獎，她是咱們許家的榮耀，憑啥要等秦氏？人家都說秦氏出身煙花之巷，這樣的女人哪能強壓忠勇夫人一頭？她們兩個，理應周氏為先！」

許慶岩知道老爺子不待見秦氏，卻沒想到他把秦氏說得這麼不堪，而且居然還想用周氏壓她！他氣得血往上衝，說道：「爹，秦氏是我明媒正娶的媳婦，她出身清白，是官家之女，只不過家逢變故才流落到了我家！她嫁給我這個見不得光的暗衛已經是委屈她了，你怎麼能這樣貶低她？」

許老太也生氣了，提高聲音罵道：「死老頭子！不許你這樣說我二兒，也不許這樣說秦氏！你才是沒有遠見的蠢東西！兒子好不容易活著回來，你偏沒事找事，盡說些戳他心窩子的話！秦氏是我二兒明媒正娶的媳婦，她盡心孝敬公婆、教養兒女，這是所有人都看到的！她是我兒的正妻，理應排在周氏前頭！還有，不要再拿秦氏的出身說事，我信我兒，也看得出秦氏是好人家的女兒！沒道理我不相信兒子、媳婦，去信那些爛嘴巴的瞎話！你個老不死的，人家那麼說秦氏，是嫉妒咱們家找了這樣的好兒媳，覺得那樣的鳳凰不應該落在咱們家，你卻聽了進去，還要跟著那些爛嘴巴一起說！」

許慶岩起身，在老倆口面前跪下，鄭重地說道：「爹、娘，秦氏沒做錯任何事，我一去八年未歸，歸來就帶回一個女人的牌位和一個閨女，她已經受了太多的委屈，求爹不要再在她的傷口上撒鹽，也不要再說那些傷人的話。還有，周氏受封的事和她如何死的事暫時不要說出去，一切等到秦氏受封後再說。鄉人們淳樸，但有時候他們的嘴比刀子還利。再者，族老們為了許家面子好看，兒子怕他們會委屈秦氏。」

許老太把兒子拉起來，說道：「二兒，我們知道了，我也會把你爹看緊，不讓他瞎咧咧！」

許慶岩一直都知道老娘比老爹明事理，今天才發現她還有大智慧。老娘這樣堅定地站在自己這一邊，讓他省了不少事。他感激地說：「謝謝娘！」

許老頭冷哼一聲，又說了心裡一直想著的事。「二兒如今出息了，我也想進京跟著兒子享幾年福，當真正的老太爺。古望辰的娘那麼粗鄙，都能跟著兒子進京享福，我也想去。」

許老頭的話說到了許老太的心坎上，她樂起來，也眼巴巴地看著兒子，她作夢都想去天子腳下住幾年。

許慶岩心裡有些為難。若老父跟老母一樣明事理，即便不帶他們進京，也想帶他們去省城享福。可老爹剛才的表現實在令他失望，之前想讓他們跟著二房過的心思不禁動搖起來。

他含混地說道：「我剛剛當上護衛，忙，不想馬上在京城安家。」

老頭不死心，又問：「你媳婦、兒女也不跟著去京城嗎？」

許慶岩搖頭道：「他們也不去。」

老倆口很失望，但人家妻兒都不跟著去了，他們也不好說一定要跟著去。想著，以後再好好說服一下二兒吧，他當官了，就應該讓父母妻兒跟著去享福啊……

之後，許老頭把眾人叫進去，通報了許慶岩在外面曾經有過一個女人，還生了個女兒的事。

吃完晚飯，許慶岩才帶著許蘭舟回縣城。許枝娘一家和許大丫一家沒走，要明天吃過流水宴再回家。

路上，許蘭舟又對許慶岩說了些許老頭之前怎樣讓他防著秦氏和許蘭因的話。

許慶岩沈下臉說道：「爹知道該怎麼做。你爺今天說的話，回去不要跟你娘說，她聽了會傷心。」

到家後，許蘭舟沒敢跟秦氏說，但還是小聲地跟許蘭因說了自己聽到的隻言片語。

許蘭因也猜出了大概，沒想到許老頭那麼不要臉。

這樣也好，讓許慶岩知道他老爹的德行，若把那老頭弄來二房，真的會把秦氏氣死。看到秦氏，許慶岩更覺得對不起她。孤兒寡婦夠不容易的了，老父還要經常口無遮攔給她添堵。

秦氏指指一個十三、四歲的丫頭，說道：「這個丫頭是今天才買的，叫杜鵑，以後專門服侍小妞妞。至於房間，我們馬上要搬家了，就暫時讓小妞妞跟因兒住一起吧？」

許慶岩笑道：「小妞妞的事，煙妹看著安排就好。」

次日，許慶岩帶著妻子、兒女和聖旨一起去了小棗村。

許蘭月的身世已經在村裡傳開了。人們看到許蘭月，都被她臉上的長疤嚇得不輕。

許蘭月已經被異樣的目光看習慣了，但還是被這些人的目光嚇到了。她的嘴唇抿得緊緊的，拉許蘭因的手心都出了汗。

許蘭因捏了捏她的小手道：「不怕。」

之前秦氏是寡婦，要遠離熱鬧。而如今她不是寡婦了，還是今天主角許慶岩的媳婦，她再不喜歡這個場合也不能躲清靜。

秦氏沒有豔麗的衣裳，又不好太素淨，裡面穿的是冰藍色褙子，就在外面披了條紅紗披帛，戴著許蘭因在京城買給她的嵌寶赤金步搖，還化了個淡妝，顯得喜氣隆重、貌美端莊，把那些婦人的眼睛都看直了。

許里正的媳婦馬氏會說話，笑道：「哎喲喲，許夫人一看就有夫人的氣派呢！」

她的馬屁一拍，其他人都跟著拍起來。

祭完祖，又有人來帶許蘭月去祠堂拜祖宗。許蘭月害怕，拉著許蘭因一起去了。她不能進祠堂，在外面磕了三個頭。

許蘭因在小棗村的名聲並不好，而且她也不想去湊熱鬧，完事後領著小姑娘去了自家小院。打掃完院子後，就坐在樹下遙望起伏的山巒，聽著外面的喧囂以及對許慶岩的讚揚、對許家的各種羨慕。

她又想到了那本書，書裡許慶岩沒回來，小原主淹死了，秦氏氣死了，許蘭亭病死了，許蘭舟失蹤了。好像，許老太也給氣死了……

她望望這個熟悉的小院，突然傷感起來。若是沒有自己的穿越，這個院子裡的人都會悄無聲息地沒了，罪過還全壓在了小原主的身上。

最令她憋屈的是，只有她知道他們的下場有多悲慘。

朝代更換，國運交替，皇子奪嫡，被人矚目的永遠是翻手雲覆手雨的上位者，而那些處於最底端千千萬萬的小百姓、小士卒就是螻蟻，即便一家全死絕了又有誰會在意呢？

如今做為螻蟻的許慶岩活著回來了，還脫離了暗衛的身分。雖然給秦氏和家裡帶回來一連串麻煩，但回來總是好的。他必須得對秦氏和幾個兒女好些再好些，彌補他永遠不會知道的虧欠。敢不好，自己第一個不答應！

流水宴開席，小棗村更加喧鬧。

熱熱鬧鬧吃了流水宴後，已是下晌未時末，終於清靜下來。

趁沒人在的時候，許老頭低聲對許老太說：「都說賢妻美妾，可小妞妞一點都不好看，就是沒有那道疤，也比因丫頭差得遠了，連小滿兒都比不上。這麼說來，周氏長得也不怎樣嘛！」他很遺憾，太師府裡的丫頭應該要有幾分姿色才對嘛！

許老太啐了他一口，罵道：「老不正經的東西！哪有這麼說兒子女人的父親？也不怕人聽到了罵你不要臉！」

之後，秦氏和許蘭因、許蘭月在家過著清閒的小日子，收拾收拾要帶去省城的東西。許慶岩則帶著許蘭舟天天早出晚歸，或是拜訪本地的官員，去官員和鄉紳家喝酒、或是回小棗村陪陪父母，跟親戚朋友聚聚。

再是把家裡的二十畝地送給了族中，地裡的產出用於族裡平時的一些開銷和課業好的窮小子學習。還說若族人子弟考中了秀才，他會單獨獎勵二十兩銀子，還會出錢讓他們去考舉人、進士。許家根基太淺，應該讓族中子弟多些有出息的人。

送地之前，許慶岩與秦氏、許蘭因、許蘭舟商量了。

秦氏沒表態。

許蘭因很贊成，古人看重宗族，跟族人搞好關係總是好的。

許蘭舟一開始有些心疼，聽了父親的解釋後，也痛快地同意了。

但許慶岩沒跟許老頭商量，所以老頭氣得要吐血，覺得送給族中還不如送給他大兒。但送都送出去了，他也不敢要回來。

這天，當許老頭和許老太知道許慶岩下個月初會回京城當差，而二房一家依然會去省城常住時，又提出想跟著二房一起去省城享福。

許慶岩說道：「爹娘生養我不易，我也一直想接你們去省城享福，但之前家裡在省城的宅子是因兒買的，上在秦氏的名下，沒道理兒子有錢了，還讓爹娘住兒媳婦的宅子，所以我已經讓親兵去省城買宅子了，而且還要上在爹的名下。以後，爹娘和秦氏娘幾個就住在新宅裡，也能經常去看你們的大孫子和大重孫子。」

許老頭起先還氣得要死，許家的宅子，憑什麼上在婦人的名下？可聽到後面的話，他的眼睛一下子瞪得溜圓，忙問道：「二兒，省城那個宅子真的上在我名下？」

許慶岩點頭道：「當然，全當兒子對爹娘的孝敬。」

許老頭激動得鬍子都在發抖，許老太也笑得滿臉褶子。

老倆口對視一眼，達成了某種共識。

許老頭道：「爹知道二兒孝順，之前花銀子給我們修了這座大院子，現在又在省城給我買了座大宅子，爹娘謝謝你了。不過……」他的臉上有了些為難之色，又道：「我們老倆口跟慶明在一起住慣了，還是想跟他們一起住。能不能……讓慶明一家跟我們去住那個新宅子，秦氏帶著幾個兒女依然住在原來的宅子？都在省城，他們時時來家看看我們老倆口，也算他們有孝心了……」

老太太也殷殷望著許慶岩，她也想大兒子一家跟著去享福。

許慶岩沈吟片刻後，說道：「我的初衷是想孝敬爹娘，只要爹娘開心，跟誰住都成。不過我同大哥早就分了家，這個宅子是我孝敬爹娘的，若是將來大哥跟大嫂照顧爹娘不夠盡心，讓爹娘又想搬來二房住，那個宅子我就會收回來。」

許老頭連忙保證道：「二兒放心，慶明和大石都有孝心，我們願意跟他們一起住！」

許慶岩笑道：「那便隨爹娘的意吧！」

花些銀子讓父親不跟二房攪和在一起，這是許慶岩目前想到的唯一一個兩全的法子。既孝敬了父母，又不讓秦氏受委屈。

想到自己一點一點把老父帶進坑裡，父母還樂成這樣，許慶岩心裡小小不安了一下。

霞光滿天，涼風習習，秦氏正同許蘭因坐在廊下搖著竹扇納涼，許蘭月在院子裡逗弄著花子。

見爹爹回來了，許蘭月跑過去抱住了他的腰，說了今天跟著大娘和大姊做了些什麼事。

許慶岩笑著點點頭，感激地看了秦氏一眼。

秦氏起身問道：「岩哥和舟兒還沒吃晚飯吧？」

許慶岩笑著點頭，又把讓老倆口同大房一起去省城住的事說了。

秦氏沒表態，許蘭因倒是很開心。現在家裡不缺錢，花些錢就能阻止老頭兒來二房，挺好的。

秦氏和許蘭舟先進了屋，許蘭因拉住許慶岩的袖子，兩人慢慢在院子裡散步。

許蘭因悄聲說道：「讓爺和奶去省城住，爹盡了孝，又全了爺和奶想讓兒孫都過好日子的心思。不過，我有些擔心蘭舟，爺總喜歡拿自己的觀念去教他……」

這也是許慶岩所擔心的。「因兒放心，我去京城時會帶蘭舟一起去，那裡的好先生多，我也會親自教導他。不過，家裡妳就要多費心了，照顧好妳娘和弟弟、妹妹。妳爺若找事，我大閨女這麼聰明，知道怎麼應付的，爹都支持妳。」

許蘭因心裡輕鬆了不少，笑道：「爹放心家裡，娘性子好，弟弟、妹妹也都懂事。」

許慶岩看著燦如春華的長女，這麼多年來，自己沒有好好教導過她，也沒為她做過什麼，唯一做的一件大事就是定了古望辰那個女婿，卻差點把閨女害死。

想到這兒，他心裡又愧疚起來。

晚上，等到兒女都去歇息後，許慶岩跟秦氏說起了許蘭因的婚事。

這事正好說到了秦氏的心坎上。「我也著急這件事。我和婆婆都稀罕無兒，覺得他是因兒最好的良人，只有他，才能一心一意對因兒……」說到「一心一意」，她看了眼許慶岩，視線又迅速滑開，改口說道：「因兒被古望辰傷了心，一直不想嫁人。目前看來，若因兒要嫁人，還是嫁給無兒好，無兒再如何，也不會一升官發財就想納妾給因兒添堵。」

許慶岩見秦氏的眼神黯淡下來，知道她想到了什麼。

他輕咳一聲說道：「趙無重情，為了救我寧可丟掉前程，可見他對因兒有多看重了。因兒年輕，不知道一輩子有多長，一個女人單過有多難，若不給她找個好男人嫁了，我死了都不安心。」

秦氏見許慶岩對閨女的心疼不是假的，心裡又是一鬆。只要這個男人真心疼惜自己的幾個兒女，日子也就這麼過吧。

許慶岩又道：「煙妹找時間再跟因兒談談，我回京之前再跟趙無談談。」

秦氏嘆道：「我跟因兒說過很多次了，可那孩子極有主意，只說他們是姊弟。」

許慶岩笑道：「先有姊弟的情誼，再昇華到男歡女愛的情感也不是不可能。只要趙無肯下功夫表現，精誠所至，金石為開，因兒總會願意的。」

月華如霜，夜風習習，世間萬物寂靜無聲。

躺在床上，許蘭因數了上千隻羊還沒睡著。

今天是五月二十，分別時趙無說了要請一天假來南平縣城看她，她當時雖然拒絕了，也真心不願意趙無太辛苦，可心裡還是止不住的失落。

這麼久沒見他，她也有些想……不，不是有些想，而是很想很想他。想他陽光般的笑容、大大的酒窩、懶散時伸出的修長雙腿、還有自己想拎就拎的耳朵。
喔，對了，柴俊說過要接小星星回家了，不知道接走沒有？想到那個孩子離開寧州府都見不到自己一面，許蘭因又是滿心不捨。
次日，天剛矇矇亮，許慶岩和許蘭舟就起來在院子裡練武。
許蘭因也醒了，賴在床上不想起來。
突然，聽見盧氏的大嗓門——
「老爺、太太、大姑娘！趙爺回來了！」聲音在寂靜的清晨特別響亮。
接著，是花子的「汪汪」叫聲，以及熟悉的腳步聲。
許慶岩驚道：「才開城門你就進來了，昨晚在城外住的？」
「是，我後半夜才趕到城外，就在城邊客棧住了一宿。」
許慶岩急道：「這麼急，有什麼急事嗎？」
趙無笑道：「也沒有什麼急事，就是想……想嬸子、許叔、姊，還有蘭舟和小妞妞了。」
許蘭因一聽到他的聲音，趕緊起床穿衣裳，急步走了出去。
院子裡的薄霧還沒完全散去，晨曦中的黑衣少年看著她笑，一副「我突不突然，妳驚不驚喜」的表情，只是樣子有些狼狽，衣裳髒了，袖子還撕破了一截。

許蘭因心疼得胸口發堵，偏又不好說出來。她邁過門檻，走下臺階，一時不知該說什麼，只得問道：「餓了吧？想吃什麼？」

趙無笑道：「我是餓了，昨晚沒吃飽。我想吃嬸子做的香油拌鹹蘿蔔絲，丁嬸子做的豇豆稀粥，姊做的醬胡瓜，還有街口賣的張記油條、李大媽豆腐腦。」

盧氏一迭連聲地說道：「我馬上去做、去買！」

許慶岩滿意地把趙無請進屋裡，許蘭因則讓丫頭去井裡打水，讓趙無洗漱。

秦氏的眼裡盛滿疼惜。「這孩子，眼圈都是黑的，沒歇息好吧？袖子怎麼破了？」

趙無笑說：「前天晚上關城門前我就出城了，想著趕半宿路，到驛站歇息半宿，次日早上再跑個大半天，昨天下晌就能到家。可趕夜路的時候遇到兩個劫匪，他們居然敢來搶我，被我一頓好揍，又把他們綁起來帶去驛站，昨天早上押他們去了西平縣縣衙。再趕到南平縣城外，已經丑時，所以我就在城外住了半宿。」

秦氏埋怨道：「一個人走夜路，多危險啊，下次不許了！」

許蘭因也嗔道：「讓你不要來你偏來，我們再過幾天就要動身去省城了。」

趙無看著許蘭因笑道：「我不想等，就來了。」

看到如此的兩個人，許慶岩和秦氏的眼裡都盛滿喜色。

趙無去西廂房沖了個涼水澡，早飯也擺上了桌。

秦氏不停地往趙無碗裡挾著他愛吃的東西，許蘭因也會給他挾兩筷子。

趙無滿足地吃著，時不時看許蘭因一眼。

秦氏又問了省城家裡的事，她不放心許蘭亭。

趙無說，許蘭亭依然住在閔府，趙無到寧州府後去見過他一次，他很好，就是想娘親、姊姊、哥哥，聽說爹爹回了老家，鬧著想回來，被閔戶勸住了；小星星還住在閔府，柴俊還沒去接他。

飯後，許蘭因讓趙無去西廂歇息。

趙無搖頭道：「我只請了一天假。今天午時就要往回趕，晚上去驛站歇息半宿，再趕半天夜路，明天一早去衙門。」

若不是為了讓馬歇息吃草料，他就可以晚上出發，快馬加鞭明天一早趕到省城上衙。

許蘭因心疼道：「哪能這樣趕路？太辛苦了！你回去跟閔戶說，我硬留了你一天，他不會怪你。」

趙無搖頭道：「不好，之前我耽誤了那麼久，怎麼好再多耽擱。」

這孩子某些方面聽話，可某些方面特別固執。許蘭因還要說，許慶岩就開口了。

「男子漢一言九鼎，他說了一天就一天。」

許蘭因便不好再說了。

秦氏見趙無不時地看看閨女，想說什麼又不好說的樣子，遂笑道：「我們就要搬去省城了，因兒去幫無兒理理他的東西吧。」

這話正中趙無的下懷，他起身笑道：「讓姊受累了。」

趙無的東西早就整理完了，秦氏如此說，是在給自己和趙無創造單獨相處的機會吧？許蘭因猜到秦氏的想法，但還是聽話地跟去了，她也想跟趙無多說說話。

許蘭月也想跟著，被許慶岩拉住了，只有花子屁顛顛地跟去了西廂。

兩人坐去桌前，趙無怔怔地望著許蘭因，暗道，若是晚上就好了，再帶著姊去房頂吹夜風……

許蘭因嗔了他一眼，說道：「你也真是，太實在了！抓住那兩個劫匪，幹麼還耽誤時間把他們送去衙門？他們沒搶到東西，送去衙門頂多挨頓板子，還不如你把他們打狠些，綁在樹上，他們吃的苦頭或許比送衙門還甚，你也不用耽擱這麼久，回家只能待三個時辰，又要往省城趕。」

趙無不贊成地笑道：「萬一那兩個人有前科呢？讓人好好審一審，也能為百姓謀一方平安。」

許蘭因看看這孩子，在面對某些原則上的問題，他比她有主見多了。

趙無又笑問：「這些天，姊想我嗎？」

許蘭因老實地回答。「想。」

趙無笑得一臉滿足。「我也想姊，作夢都在想。」

許蘭因笑道：「夢著我給你做吃食，還夢著咱們在房頂上吹夜風……」

「不僅夢著姊給我做吃食，還夢著咱們在房頂上吹夜風……」

他的臉頰飛上兩朵紅雲，看許蘭因的目光更加柔和……不，柔和不準確，之前他看她的眼神一直是柔和的，柔得像徐風，而此時應該是柔情似水，柔得如水般深幽，讓人沈迷。

這可不是弟弟看姊姊的眼神。許蘭因的心猛地突了一下，她用手撫了撫胸口，另一隻手拎了一下他的耳朵，嗔道：「什麼眼神？我是你姊！」

趙無的臉更紅了，垂下眼皮嘟囔道：「又不是親姊。」

在上次分手時，許蘭因就看出趙無對她好像有了那種心思，她也看得出許慶岩和秦氏有意撮合他們，她更明白，若是她要嫁人，嫁給趙無無疑是最好的選擇。

分別後，她對趙無的思念只是姊弟之情，無關風月嗎？肯定不是，她對他也有超越姊弟的那份情。

趙無對她的好她更知道，不過，她有些懷疑趙無對她的依賴是感恩，而不是男女之愛。還是裝傻吧，給他一些確定這份感情的時間，也給自己一些迫切想要這份感情的時間。若是能走到一起最好，若是一方有變，就把這份朦朧的情愫深埋在心底，依然像以前一樣，做一對最要好的姊弟。

許蘭因故作輕鬆地說：「不是親姊就是娘，再不就是兄弟，這是你說的。」見趙無要解釋，又趕緊把話扯去了一邊。「那幾個孩子想不想我？我沒跟你一起回去，他們哭了嗎？」

趙無的心思果真被許蘭因的話引開了，笑道：「嘉兒和小星星都哭了，說妳說話不算數，這麼久都不回去陪他們。蘭亭沒哭，他說他是長輩，姊姊不在，他就應該照顧他們。」

許蘭因笑起來。

趙無又說自己已經把許家隔壁的院子花高價買了下來。帶著哥哥，他們不好一直住在許家，但又不捨得離許蘭因太遠。

許蘭因知道他身上應該沒有什麼錢了，便說道：「回省城後我再給你二千兩銀子。」

趙無搖頭道：「隆興大案閔大人賞了我五百兩銀子，還有皇上的賞，夠了，不需要姊再給錢。」

時間過得飛快，眨眼的功夫就到了午時，許蘭月來請他們去上房吃飯。

趙無悵然若失，嘴都翹起來了。「姊，我還沒走，又開始想妳了，怎辦？」

許蘭因玩笑道：「那就多待一天啊，我幫你給閔大人寫張請假條。」

趙無萬般不捨，還是站起身來。

滿桌子的菜都是趙無愛吃的。

飯後，趙無又走了。走之前，他把兩封信交給許蘭舟，讓他幫忙轉交給賀捕快和湯仵作；又請許蘭因再去大相寺給他師父送次點心，說下次時間充裕了再去看望他。

不說許蘭因不捨，秦氏和許蘭舟、許蘭月、花子都不捨，幾人一狗把他送到胡同口，看著他消失在人流中。

秦氏看了閨女一眼，意味深長地說：「無兒是個重情的好孩子，來回奔波近五百里路，在家只能待半天。」

晚上又下起了大雨，想著在路上奔波的趙無，許蘭因的心都揪緊了。

二十八這天一大早，許慶岩帶著妻兒老小往省城進發，許老頭夫婦和大房會後一步去。

秦氏掀開窗簾，看到漸行漸遠的南平縣，眼淚又湧了上來。這片熟悉的山水給了她一個溫暖的家，讓她平平靜靜生活了十八年。

她曾經以為自己一輩子都會躲在這裡，現在卻要離開了；曾經以為車外那個男人在四十歲以後，會陪著自己在這裡慢慢老去，可現在，他多了一個平妻的牌位，多了一個女兒，又要去京城奔前程，跟害她和她娘的那個男人同朝為官……誰知道以後會怎樣呢？

第二十八章

六月初一申時初，一行車馬終於來到寧州府的北城許家門前。

丁固打開門，樂得趕緊給主子見禮，笑道：「奴才知道主子們這兩天回來，屋子已經收拾好了！」進了垂花門，丁固又說：「趙爺和李爺前天就搬去了隔壁屋子，西廂房已經收拾出來，後門也堵上了。」

終於又回到這裡，許蘭因倍感親切。

花子不熟悉這裡，汪汪叫一陣，卻看到麻子從隔壁飛了過來。花子歡喜不已，也不鬧了，跟麻子玩了起來。

秦氏吩咐丁固道：「去閔府把亭兒接回來，我想他了。」

許慶岩忙說道：「等我洗漱完後，帶著禮物親自去閔府拜望感謝閔大人，再把孩子接回來。」

許蘭亭不認識許慶岩，就由許蘭舟陪同前往。

秦氏擬了菜單讓下人做，再去酒樓裡買些菜。晚上會請趙無兄弟、許大石一家、王三妮姊弟來家裡吃飯。

夕陽西下，下了衙的趙無推著李洛來了。

李洛胖了一些，笑容舒朗，臉色紅潤健康。雖然他的腿被長衫遮住，也看得出來比之前粗多了。

李洛第一次看見秦氏，起身拄著枴行了晚輩禮。

趙無跟秦氏打著商量。「嬸子，我們家就住在西邊的隔壁，以後早中晚都在妳家吃吧？我們交伙食費。我們兩人在家吃飯，太冷清了。」

他的話讓李洛紅了臉。

秦氏笑道：「你不說我也會請你們來我家吃飯！伙食費就不用交了，我們兩家的錢哪裡算得清。」

趙無沒客氣，點頭道好。

不久，許大石和李氏、許願、許滿、王三妮、王進財陸續來了。

李洛跟那些人不熟，他和趙無去了東廂廳屋，而那些人在正房廳屋說著話。秦氏跟許大石一家閒話，王三妮跟許蘭因說著茶舍的事。

許蘭因讓王三妮把手頭的差事交出來，去京城籌建茶舍，建好了，她就是那裡的掌櫃。

王三妮激動得小臉通紅，居然要去京城？她的天地更廣了！

正說著，楊忠急匆匆跑進來稟報。「老爺讓我回來稟報太太和大姑娘，柴俊柴大人也在閔府，由於閔家大姊兒和柴小少爺都吵著要來看望大姑娘，所以閔大人和柴大人也會來。」

許蘭因和秦氏對視一眼，驚了一大跳。

柴俊和小星星居然還沒走？秦氏和李洛都不能見柴俊。

許蘭因趕緊去東廂跟趙無兄弟說了這話，讓趙無把李洛送回家。又讓許大石等人去東廂玩耍，秦氏則回了臥房。

不多時，許蘭因就聽到「大姊」的大喊聲，是許蘭亭，接著又聽到帶著哭音的「姨姨」、「姑姑」的大叫聲，是閔嘉和小星星。

許蘭因從上房走了出去。

看到三個孩子衝在前頭，後面跟著許慶岩父子及閔戶、柴俊。

片刻間，許蘭因就淪陷在六隻小魔爪裡，閔嘉和小星星還哭了起來。

閔嘉哽咽道：「姨姨，妳不想嘉兒了嗎？嘉兒好想妳喔，想得都睡不著覺、吃不下飯……」

柴子瀟涕淚俱下地告著狀。「姑姑，趙爹爹和閔大伯都不要我了，把我推給一個姓柴的，說他才是我爹，還讓我跟他走！嗚嗚嗚嗚……他是拍花子，我不跟他走！嗚嗚嗚……」

近三個月不見，兩個孩子的口齒伶俐多了，柴子瀟的話更是讓許蘭因心酸和心痛。她自責自己沒考慮那麼多，這孩子跟別的孩子不同，被傷得太深，害怕陌生人及一切不確定的未來。

許蘭亭只說了一句。「大姊不在的時候，我有盡心照顧嘉嘉和小星星。」

這孩子更懂事了。

許蘭因俯身，一人親了他們一下，笑道：「好了、好了，我不是回來了嗎？走，我給你們帶了好吃的！」

她起身給閔戶和柴俊屈膝見了禮，就把柴子瀟抱起來幫他擦眼淚，許蘭亭和閔嘉拉著她的衣裳，一大三小先進了上房。

閔戶和柴俊對視一眼，苦笑著搖搖頭。

許慶岩伸手道：「二位大人，請。」

幾人也進了上房。

二人謙虛了一番，在八仙桌旁坐下。

許慶岩坐左邊上首。

許蘭因坐在右邊，柴子瀟坐在她的懷裡，許蘭亭和閔嘉靠在她兩旁，幾人訴說著相思之情。

特別是柴子瀟，邊說邊哭邊親許蘭因。他覺得，姑姑回來了，他就不會被人拋棄了。

跟許蘭因親熱夠了，柴子瀟又說要見奶奶。

許蘭因說道：「奶奶生病了，在床上躺著呢。」

柴子瀟記情，就要去臥房看她。

許蘭因忙攔著他。「不行，莫要過了病氣！」

許蘭亭早就想去看母親了，也被許蘭因強拉住。

許蘭因這才有功夫看清楚閔戶。

閔戶的失眠症彷彿真的好了，臉上沒有黑眼圈、下眼袋，臉色紅潤、雙頰微豐。或許升了官，更加儀態端方了。見許蘭因看向他，還衝她笑笑。

許慶岩帶著許蘭舟、趙無同閔、柴二人在廳屋喝酒；許蘭因帶著幾個孩子在西側屋吃飯。

許蘭因把許蘭月介紹給他們認識。許蘭亭已經聽許蘭舟說過這個妹妹，柴子瀟曾經見過比這張臉更可怕的，因此他們兩人都沒怎樣。就是閔嘉嚇了一跳，直往許蘭因懷裡鑽。

許蘭月笑咪咪地對他們打招呼。「二哥、嘉嘉、小星星。」

他們也跟她打了招呼。

「妹妹。」

「月小姨。」

「月姑姑。」

飯後，幾個孩子已經玩得非常融洽，閔嘉和趙星辰都要賴在許家住。

閔戶已經習慣了，柴俊也希望許蘭因能說服兒子，都表示同意。

許蘭因就讓掌棋和護棋帶他們去西廂房，並說好，柴子瀟同許蘭因一起睡，閔嘉和許蘭月一起睡南屋的榻上。

幾個孩子高高興興去西廂看新屋子，許蘭因才聽柴俊說，他根本帶不走柴子瀟。

柴俊慚愧道：「瀟兒受了太多苦，不輕易相信人。他最聽許姑娘的話，只得請許姑娘跟他說明情況。」

許蘭因說道：「之前也是我疏忽了。若我此時再說讓他回柴府的話，我怕他會受不了。他這種情況，若不能好好疏導他的心理，強行把他帶走，容易得心病。」

閔戶立即說：「這可難辦了，嘉兒之前就是想不通才得了心病。」

柴俊急道：「那怎麼辦？我祖母和母親都急著見瀟兒，我的假期也快結束了……」又紅著臉請求道：「能不能請許姑娘一起去我家，等到瀟兒熟悉家人了，許姑娘再回來？」

許蘭因知道，由她陪同小星星住去長公主府的確是最好的過渡方法，她還真想去一趟南陽長公主府。但她知道秦氏肯定不願意讓她去的，她也不想才離開京城又回去。

許慶岩垂下眼皮，他也不願意許蘭因現在去南陽長公主府住，想著先拖延拖延時間，至少要等到自己先去京城，摸一摸南陽長公主府和柴正關的情況後再說。

許蘭因不好直接拒絕，為難地笑笑。「為了小星星好，我也願意陪他回去。但能不能再過些日子？我娘身體不好，我爹和蘭舟幾天後又要去京城，我不放心我娘。」

柴俊有些為難，算著還能耽誤幾天。

許蘭因又笑道：「還有個辦法，我給小星星做次催眠，看他能不能想起過去的人和事？若他記得柴大人是他的父親，便不會這麼排斥你了。」

「催眠？」柴俊表示不懂。

閔戶和趙無便向他說了催眠的好處和作用。

柴俊和許慶岩皆驚詫不已，二人異口同聲道：「還有這個法子？」

許蘭因點點頭，說：「這事還請柴大人替小女保密。」

柴俊忙笑道：「這是自然！那麼，現在就請許姑娘給瀟兒催眠吧。」

許蘭因搖搖頭。「那孩子現在正處於興奮狀態，不容易被催眠。等明天再玩半天，下午平靜下來後催眠，效果會更好。」又強調。「催眠不一定對每一個人都能起作用，且小星星太小，記不記得起來更難說。」

許蘭因又問了柴俊，小星星在長公主府的一些趣事。

柴俊記得不全，說明天讓之前服侍過柴子瀟的翠柳來，再說具體些。

商量完，閔、柴二人告辭回閔府，並說好，明天晌午閔戶在酒樓設宴，為許慶岩接風洗塵，請柴俊、秦知府父子、閔通判父子、趙無及幾個相熟的官員作陪。

許慶岩知道閔戶這是要介紹自己同這裡的官員認識，特別是還請了秦澈，他心底更加高興。

那幾人一出門，許蘭因就去臥房看秦氏。

臥房沒點燈，秦氏坐在窗前，從窗縫望著外面的人。

許慶岩父子正跟閔戶和柴俊站在垂花門口說話。今夜星光燦爛，廊下還點著燈，把小院照得亮堂堂的，秦氏也把柴俊看得清清楚楚。

細高個，氣質如華，衣冠鮮亮，跟十八年前他的爹柴榮像極了，也跟自己那個無情爹有一些相像。

當初這孩子或許知道二堂姑幫了自己的忙，所以對她很好，是秦氏在柴府時擁有的少有的溫暖。

秦氏無聲地流著淚。親人在此，卻不能上前相認……

許蘭因摟著秦氏，勸解了幾句。

次日辰時，趙無推著李洛來許家吃早飯。

孩子們還沒起床，幾個大人吃了飯。

飯後，趙無推著李洛回家，又對許蘭因道：「姊去我新家看看。」

孩子們還沒醒，許蘭因就跟著他們一起去了隔壁趙家。

趙家就在許家西邊，只隔了一道牆，院子的佈局跟許家一樣。趙無又買了三個下人，再加上何東、黃齊，共七人，比許家簡單多了。

趙無住東廂，李洛住西廂，上房沒人住，待客用。

家裡靜悄悄的，李洛自己拄著枴走去了西廂。

趙無帶著許蘭因參觀了一圈院子，兩人就進了東廂。

趙無故作神秘地挑了挑眉，小聲道：「姊，我跟妳說件事——」

許蘭因正好奇是什麼事，就聽見隔壁傳來柴子瀟叫「姑姑」的聲音，接著是閔嘉叫「許姨」、許蘭月叫「大姊」。

許蘭因真不想搭理那幾個磨人的小妖精，但想到必須把柴子瀟的情緒控制好，只得起身說道：「我先回去了，那事改天說。」

為了讓柴子瀟不要太興奮，許蘭因拿著連環畫給他們講故事。

中途翠柳來了，許蘭因就讓掌棋給幾個孩子講。

她又問了翠柳許多柴子瀟過去的事。翠柳是柴子瀟過去的大丫頭，穩重細心。柴子瀟被拐的時候，她沒有跟在身邊，也逃過了一劫。

晃眼到了晌午。

許慶岩和許蘭舟、趙無赴宴去了，李洛不好意思過來吃飯，讓黃齊來推辭，許蘭因就讓他端了自家的兩樣菜回去。

怕孩子們說溜嘴，秦氏依然沒敢露面。許蘭因帶著幾個孩子在西廂廳屋吃了飯，又打發他們晌歇。

未時末，許慶岩父子和趙無、閔戶、柴俊在酒樓裡吃完飯回來。他們個個都喝得臉色酡紅，不過眼神清明，沒有誰喝醉。

許蘭因去把閔嘉和許蘭月、許蘭亭叫醒，讓許蘭舟帶幾個孩子去隔壁趙府串門子。

雖然許蘭舟也好奇姊姊催眠，但還是非常懂事地領著兩個小姑娘和弟弟走了。

柴俊、閔戶、許慶岩、趙無站在西廂門外，怕刺激柴子瀟，不敢進門。

許蘭因把睡得迷迷糊糊的柴子瀟牽來廳屋，讓他坐在椅子上，拿出荷包說道：「咱們再來玩個遊戲，好嗎？」

柴子瀟看看荷包，搖頭說道：「我不想玩晃荷包的遊戲，我想跟小叔叔、嘉姊姊、月姑姑玩。」

許蘭因笑道：「剛才你睡覺的時候，我跟他們玩了這個遊戲，他們都覺得好玩。」

柴子瀟嘟了嘟小紅嘴，說：「那好吧，就再玩一次。」

許蘭因晃著荷包，柔聲道：「乖乖，看著荷包，荷包上的魚兒正在水裡游泳呢，牠們跟小蝌蚪一樣，去找娘親——」

柴子瀟嘟嘴道：「不找娘親，找姑姑。」

許蘭因笑起來，聲音更加輕柔。「也是啊，魚兒們也有姑姑，牠們想魚姑姑了……」

隨著許蘭因魔幻又溫柔的聲音，柴子瀟的眼皮越來越沈，最終閉上了眼睛。

許蘭因收起荷包，繼續說道：「魚兒們在碧綠的水中游啊游啊，游過彎彎的小橋，遇到了一個穿著紅色褂子的小小男娃，男娃叫瀟哥兒。瀟哥兒坐在娘親的懷裡，一直看著爹爹手裡的網兜，希望爹爹能撈到一條大大的魚，可爹爹撈了許久都沒撈到，他正著急的時候，爹爹就網了一條大魚，大魚好大，不停地翻騰著。爹爹哈哈大笑，說『趕緊拿回去，殺了給瀟哥兒做魚丸』——」

閉著眼睛的柴子瀟一下子大叫起來。「不嘛、不嘛，不要殺牠，魚魚好可憐！放了，把魚魚放了！」

柴俊幾人已經來到許蘭因的身後。

柴俊的眼圈都紅了，趕緊出聲道：「好，放了、放了！我家瀟哥兒心慈仁義，將來定能大福大貴，遇難成祥。」這正是他們兩個當時的對話。

閉著眼睛的柴子瀟似乎看到那條大魚被放回湖裡，滿意地格格笑起來。

許蘭因又道：「爹爹把大魚放入湖裡，魚兒們又排著隊去找魚姑姑了。爹爹好嗎？」

「爹爹好。」柴子瀟答道。

「娘親好嗎？」

「娘親好。」

「家裡還有誰好？」

「太祖母好、祖母好、姑姑好、何嬤嬤好。」家裡只記得這幾個人。

在柴子瀟的記憶中，他的乳娘何嬤嬤是個好人。

許蘭因此時不好反駁他的乳娘不好，只笑道：「瀟哥兒真聰明，記起了這麼多人。」

她不好意思打響指，就在柴子瀟的眼前輕擊了一下掌，說道：「瀟哥兒，醒來了。」

柴子瀟睜開眼睛，眼神氤氳，還有些迷糊。他環視了周圍一圈，看到柴俊時愣住，不由自主地喊了一聲。「爹爹……」

柴俊終於等到這聲久違的叫喚，激動不已，答道：「欸！兒子認出爹爹了？」說著，他就要向前衝。

許蘭因趕緊伸手攔住了他。

柴子瀟看到柴俊要來抓他，嚇得一下子撲進許蘭因的懷裡，哭道：「姑姑！怕怕、怕怕……」

柴俊垂頭喪氣，攤著雙手說道：「他都認出我是他爹了，怎麼還是怕我？」

許蘭因抱起柴子瀟，對他們幾人說道：「你們請先去上房喝茶歇息，我再跟小星星說說話。」

待屋裡只剩下他們兩個人，許蘭因把懷裡的柴子瀟摟得更緊了一些，笑道：「記起那個人是你爹爹了？」

柴子瀟滿眼懵懂，扭著手指說道：「好像是，又好像不是，我也不知道。」

許蘭因笑道：「還記得剛才小船上的另幾個人嗎？」

柴子瀟點點頭。

許蘭因又說：「剛才的爹爹和娘親是不是很疼愛瀟哥兒？你們一家在一起過著非常幸福的生活，可是有一天，瀟哥兒在街上看猴子的時候，被何嬤嬤和她兒子拐跑了，坐了車又坐了像房子一樣的船，然後老乞丐又把瀟哥兒拐去了乞丐窩，瀟哥兒的苦難便開始了……」

那些往事太銘心刻骨，柴子瀟一想起就渾身發抖。之前那種快樂生活讓他生出無限嚮往，他想著，沒有看猴戲，沒有跟嬤嬤坐船船，好高興、好高興。

許蘭因聽懂了他的心聲。他是想說，在出事之前，他生活得非常快樂。

許蘭因輕輕拍著他的背，又道：「在瀟哥兒被壞人拐跑後，你的爹爹跟娘親好難過。特別是你的太祖母和娘親，天天哭，都生病了。你還記得以前那些事嗎……」

許蘭因又講起了柴子瀟之前在府裡生活的事，講得很詳細，也包括他的乳娘何嬤嬤、丫頭翠柳。

絕大部分柴子瀟都記不起來，但還是有極少部分柴子瀟有印象。

他除了記得那幾個人，還記得經常去的大湖、院子裡的秋千、花園裡的孔雀……

許蘭因只幫助他回憶過去的事，沒有說一句讓他跟柴俊走的話，讓他的心情非常放鬆。

斜陽西垂，庭院裡灑滿落日的餘暉。

許蘭因牽著柴子瀟走出西廂，向上房走去。

上房門未關，聽到他們的腳步聲，柴俊幾人都望向門外。

許蘭因淺笑盈盈，低頭跟柴子瀟說著什麼。柴子瀟好像有些不願意，皺著眉，嘟著嘴。

進了屋後，許蘭因指著柴俊問道：「他是誰？」

柴子瀟囁嚅道：「是爹爹。」

柴俊樂壞了，答應道：「欸，好兒子！」

柴子瀟的嘴翹起來，又抱著許蘭因的腿哽咽道：「我不想要爹爹，不想回那個大院子，只想要姑姑、嘉姊姊、小叔叔，想住在姑姑家和嘉姊姊家！」

許蘭因見柴俊又急切起來，便提議讓柴俊和柴子瀟在茶舍培養感情，孩子們好玩，且她也要去處理一些事情。

晚飯後，柴俊和閔戶告辭，把翠柳留在這裡。柴子瀟還有些排斥她，她只遠遠跟著。送走閔、柴二人後，趙無把幾個孩子和翠柳、劉嬤嬤等閔家下人帶去趙家玩，讓在屋裡悶了兩天的秦氏出來放放風。

許蘭因沒有跟過去，想陪陪秦氏。她很頭痛，這兩個孩子在自家，秦氏就必須裝病不出門。

許家難得的清靜，許蘭因挽著秦氏的胳膊剛走出上房門，許慶岩就過來朝許蘭因使了個眼色，意思是「我來」。

許蘭因只得鬆了手。

許慶岩跟秦氏並排走著，低聲說起秦澈的事。「今日秦大人跟柴大人說了很多表妹清妍的舊事，氣惱柴正關把表妹許配給名聲不好的王翼，就是為了謀嫁妝，致使表妹活不下去。

我看他的品性極好，對妳也是真心疼愛。我們再觀察觀察，等時機成熟，煙妹就跟他相認吧，也有一門親戚走。妳天天悶在家裡，我心疼。」

秦氏激動得眼圈都紅了，秦澈雖然跟她是表兄妹，但小時候相處得就像親兄妹。她喃喃說道：「我和表哥相認……能有那麼一天嗎？」

許慶岩站下說道：「當然有。秦兄敢公然罵王翼跟柴正關，說明他不畏強權，重情重義。」

秦氏回應道：「我表哥就是這樣，他像我的外祖和舅舅。」

許慶岩點頭附和。「我在跟秦大人的交談中，也聊到了雙方的父母，舅舅的確是那樣的人……」

兩人在正院轉了一大圈，又向後院走去。

坐在窗前的許蘭因失笑。不知道許慶岩說了些什麼，讓秦氏這麼願意聽，甘願放下心中的芥蒂陪他散步。許蘭因還是希望許慶岩能透過自己的努力讓秦氏真心接納他，心裡藏著怨，最苦的還是秦氏。

夜裡，許蘭因正睡得香，突然聽到窗紙有響聲，她趕緊起身，看到趙無赫然站在窗外。趙無指指他家，意思是到他家去。

許蘭因正想點頭，就聽見一聲輕咳，看見正房的一扇小窗裡，露出了許慶岩的半邊臉。

星光下，那半張臉特別黑。

趙無嚇得魂飛魄散，趕緊朝他作了個揖後，跳上房頂逃跑了。

許蘭因捂著嘴樂了半天。有個當過間諜的爹，誰敢半夜三更偷偷摸摸來她家勾人？哪怕是武功高手也不行！

次日，趙無沒敢過來吃早飯。閔嘉、小星星、許蘭月還在睡覺，其他人先吃了早飯，許蘭亭就由楊忠送去私塾上學。

許慶岩把許蘭因拉去側屋，沈著臉教訓了她幾句。「妳是懂事的好孩子，名聲可不要被那小子帶壞了。他若再半夜來叫妳，不許跟他出去！」

許蘭因可不願意承認之前趙無半夜找過她，嘴硬道：「他之前不曾半夜來叫過我，昨兒是第一次。爹放心，我不會跟他出去的，就是爹沒咳嗽，我也不會出去。」

許慶岩看看說謊不臉紅的閨女，沒好揭露她，只說道：「妳要記住這個話。」

等到那幾個孩子起床吃了飯，許蘭因就領著他們去茶舍。

許慶岩和許蘭舟也想看看茶舍，跟著一起去了。

此時是巳時初，茶舍剛開門沒多久，已經有一些人在這裡喝茶兼下棋了。

柴俊也到了，坐在大堂等他們。

眾人去了後院。沒進屋，在院子裡玩。

正值盛夏，頭頂的藤蔓綠意盎然。陽光從藤蔓縫隙中灑下來，像一顆顆跳動的金子，四處瀰漫著清香，愜意極了。

柴俊接受了許蘭因的意見，沒有強行去接近柴子瀟，而是離他一定的距離，跟許慶岩下著軍棋。

柴子瀟這三個孩子下著跳棋，許蘭因在一旁聽伍掌櫃和王三妮的稟報。

晌飯後，許慶岩帶著許蘭舟出去辦事，柴俊就讓丁曉染陪他下西洋棋。

玩了一天，許蘭因帶著孩子們回許家。

柴俊也看出來只要自己不往前湊，兒子對他就不敵視，於是便沒厚著臉皮跟去許家，而是回了閔府。

晚上，趙無又厚著臉皮推著李洛來許家吃飯。

許慶岩雖然不愛搭理他，卻沒有明著罵他，這讓趙無鬆了一口氣。

秦氏依然沒有出來，許慶岩帶著許蘭舟和趙無兄弟一桌喝酒、吃飯，許蘭因帶著幾個孩子一桌吃飯。

飯後，趙無推著李洛回家，又邀請孩子們和花子道：「走，去我家玩！」又朝許蘭因使了個眼色。

不僅孩子們和許蘭因跟著去了，連許蘭舟都去了。

許家瞬間安靜下來，許慶岩又笑咪咪地去臥房叫秦氏出來散步，他今天又打聽到了秦澈的一些事。

今天晚飯吃得早，太陽還沒完全落山，晚霞滿天，給小院鋪上一層金光。

幾個孩子在院子裡笑鬧著，花子和麻子跟在他們後面狂刷存在感，李洛和許蘭舟去了東廂討論策略，許蘭因便同趙無去了西廂。

兩人沒關門，也沒點燈。

坐去桌前，許蘭因問道：「昨天你想跟我說什麼？」她一直惦記著這事。

「是柴大人的家事……」趙無說了柴子瀟被害的經過。因為事關家醜，柴俊只跟閔戶講了，閔戶又悄悄告訴了趙無。

原來柴俊的正妻馬氏在生柴子瀟的時候難產，孩子生下來了，馬氏卻虧了身子，御醫診斷以後再難懷孕。

許蘭因趕緊搶過話說道：「一定是柴俊有個小妾，小妾懷孕了，就想把這個嫡子弄死，庶長子就可以上位！」這個橋段真沒有新意，好多穿越文都這麼寫過。

趙無笑道：「姊聰明，真是這麼回事。只不過，還有妳想像不到的。」說到這裡，就討打地不說了，看著許蘭因笑。

許蘭因著急聽下文，伸手拎了拎他的耳朵，嗔道：「你急人呢，快講！」看看外面，又趕緊收回了手。

趙無摸著耳朵笑道：「姊好久沒揪我耳朵了，就是想讓姊揪一揪。」又繼續講道：「那個妾不是小妾，而是貴妾。若小星星死了，那個貴妾生的兒子身分就最高。若柴大奶奶氣死了，那個貴妾就有希望抬成正妻。妳猜猜那個貴妾姓什麼？」

許蘭因搖搖頭。「我怎麼知道？我又不認識她。」

「姓沈。我記得孀子的嫡母就姓沈，我總覺得她們或許有關聯。那些宗室子弟和世家子弟的女人不會少，但一般都會給正妻和親家顏面，很少抬貴妾，除非萬不得已。很可能柴大奶奶不能再生育的事被人知道了，就設計出了柴俊和那個小沈氏相遇，甚至出了什麼事情，所以柴俊不得不抬她為貴妾。」

許蘭因了然道：「對啊，貴妾、害命、謀奪、設計男女相遇，還有貪婪和喪盡天良，這些正是柴正關和沈老太婆最擅長的。而且，他們跟柴俊有親戚關係，柴大奶奶不能生育的事他們很可能知道，又傳給了沈老太婆的娘家。」

趙無點頭，又遺憾道：「在京城的時候，我一直在忙我大哥的事，只是夜裡去柴正關的府裡看了看，沒有多餘時間去調查其他事。這事就讓許叔回京後去辦，若那個小沈氏真跟老沈氏有關，咱們的猜測就八九不離十了。」

許蘭因又道：「聽說柴俊的父親是御林軍副統領，皇宮都是他保護的，不會只查了個皮毛吧？」

「還是查出了不少，那個小沈氏的乳娘、生母、一個兄長都參與了此事，還牽扯出了十幾個下人。小沈氏連著肚子裡的孩子都沒留，她的生母自殺，兄長被打殘流放北地，沈家家主連降兩級，參與的下人統統被打死。柴家人不知道柴正關夫婦那麼壞，許多事也不會往他們身上想。」

只有兩個下人到現在還沒抓到，就是柴子瀟的乳娘何大家的和她兒子。何大家的年輕守寡，兒子欠了許多賭債。之所以那麼順利把柴子瀟抱走，就是因為何大家的正在不遠處的馬車裡，馬車第一時間出了城。

小沈氏已經跟他們說好，何家母子把孩子扔進河裡淹死，這事就到此為止。或許何家母子想要更多的錢，沒有直接淹死孩子不說，還把他拐去了荊昌府藏匿。不料在荊昌碼頭卻被孩子逃了，那對母子也不見了蹤影。

若小沈氏真的跟老沈氏有親戚關係，那麼老沈氏肯定有通報消息及在背後出謀劃策了，只是做的手腳乾淨，沒被人攀咬出來。或許何家那對母子跟她有關係也不一定……

許蘭因的臉色冷下來，說道：「回家我就跟我爹說。哼，多行不義必自斃，那兩個惡人太壞了！」

「許叔跟我說了，晚些時候會來我家。這事我跟他說吧，他興許就不會怪我夜裡的莽撞。」又垂頭喪氣道：「妳爹在家，我都不敢半夜去找妳了。」

許蘭因笑起來。「本來半夜就不應該去找姑娘家！」

天已經完全黑透，下人在廊下點起了燈籠。趙無和許蘭因不好再在屋內逗留，走去廊下看孩子玩鬧。

戌時初，許蘭因領孩子們回家。剛出趙家門，就看見許慶岩出許家門來了趙家。

許慶岩是在亥時初回家的。許蘭因還沒歇息，在廳屋裡畫連環畫，這是她準備送柴子瀟的。聽見許慶岩回來，她走了出去，兩人來到上房西屋密談。

秦氏已經歇息，屋裡靜悄悄的。

許慶岩低聲道：「我聽趙無說了柴家那件事，也懷疑跟老沈氏有關。老沈氏害妳娘，把北陽長公主府都設計了進去，當然也有膽子謀害南陽長公主的重孫，以後或許還會害柴大奶奶。這麼看來，老沈氏在南陽長公主府安插了眼線，我懷疑沈家在北陽長公主府也有眼線。妳千萬不要跟柴俊父子去他們家，找藉口推了。我去京城後，再打探一下。若小沈氏真的同老沈氏有關係，我會想辦法跟柴副統領暗示一番。那是個聰明人，自然知道該怎麼辦。」

許蘭因點頭。兩人又商量了一陣，才各自歇息。

此時，趙家的趙無卻是興奮得失眠了。這是他長這麼大第三次失眠，第一次失眠是他三歲的時候母親去世那晚；第二次失眠是他七歲時爹爹去世那晚。其他時候，哪怕再大的打擊，都沒影響過他的睡眠。

他一直在想同許慶岩的談話。

許叔說，若讓他知道自己再敢半夜帶著他閨女爬牆頭，就永遠別想當他女婿！

趙無高興得心花怒放，忙問許叔，這意思是同意他和許蘭因的事了？

許慶岩卻否認了，說他可沒這麼說，還說許蘭因主意大，他和嬸子再中意誰，許蘭因不同意，他們也無法。又語重心長地跟他說，男子漢，要頂天地立，能把家頂起來，姑娘家才會有安全感。

趙無知道了，許叔和嬸子都把他看成女婿人選，只不過姊一直把他當弟弟看，怕他頂不起門戶。以後在姊面前，一定要好好表現，做個頂天立地的男子漢！他一直想到後院的公雞鳴啼了，才迷迷糊糊睡著。

六月初四早上，許慶岩帶著許蘭舟和兩個親兵、一個長隨去了京城。

秦氏滿心不捨，拉著許蘭舟哭得很傷心。

秦氏不僅是捨不得許蘭舟，更多的是對未來的恐懼和擔憂。兒子已經大到可以去京城奔前程了，可自己的身分一旦暴露，就會對兒子的前程造成毀滅性的打擊，甚至會連累到許慶岩，那這個家就完了。

許蘭月捨不得爹爹，抱著爹爹的腰哭了半天。

許慶岩哄了許蘭月幾句，看向秦氏，心裡酸澀不已。之前每次自己要離開家了，妻子都是拉著他流淚，殷殷叮囑著，可是現在……

他對秦氏說道：「煙妹不要難過，我會照顧好蘭舟。我也會多多當值，多攢些假，說不定幾個月後就能再回來看你們。」

一家人把父子兩人送到胡同口，直至看不到背影才回家。

第二天起，許蘭因就天天領著幾個孩子去茶舍，在那裡玩一天，晚上再帶他們回許家。柴俊也天天去，既在柴子瀟面前刷足了存在感，又不近不遠地保持著距離。

他們每天如此，柴子瀟對柴俊和翠柳也沒有那麼敵視了。初八那日，父子兩個還一起下了幾盤跳棋，讓柴俊興奮了許久。

轉眼到了六月初十，明天閔戶父女和柴俊要回京城了。按計劃，柴俊也要帶著柴子瀟一起回去。

這天，許蘭因和孩子們沒去茶舍。下晌歇起來，許蘭因抱著柴子瀟談話。

柴子瀟之前極其排斥柴俊，是因為他覺得柴俊是拍花子，怕離開這裡他會受到傷害。現在想起了之前的一些事情，知道柴俊是自己的爹爹，又有那麼多親人想自己，哪怕再不情願，還是含著眼淚同意了。

不過，他附帶了一些條件：若他不喜歡那裡就要馬上回來；嘉姊姊要跟他住一起；月姑姑要跟他一起去。

有許蘭月陪柴子瀟回去，許蘭因更放心了。那孩子雖然小，但伶俐通透，又會看人眼色，有她的幫助，柴子瀟更易接受家人和那個家。而且，那孩子若住在南陽長公主府，許慶岩便有足夠的理由去那裡探望她，興許會有意外的收穫。

許蘭因又囑咐了許蘭月和閔嘉一些事情，讓她們跟柴子瀟多說什麼、怎麼說。

和幾個孩子溝通好後，許蘭因把許蘭月的東西準備好，又帶了許多要送柴子瀟的東西，然後同柴子瀟、閔嘉、許蘭亭、許蘭月、趙無去了閔府，一起去的還有花子和麻子。

一直服侍柴子瀟的錢嬸子會跟著他一起去京城，以後就是長公主府的奴才，許蘭因已經把她的奴契交給了柴俊。服侍許蘭月的小丫頭杜鵑也會一起去。

今天許蘭因會陪幾個孩子住在閔嘉的院子，趙無住外院。

晚飯也擺在這個小院。飯前，閔戶、柴俊、趙無都來了。

飯後，眾人又去池塘邊散步。

天邊只剩下最後一絲餘暉，暮色沈沈，給大地塗上一層暖色。晚風徐徐，吹散了白天的炎熱。

孩子們高興地跟著一狗一鴿跑在前面，連憂傷的柴子瀟也暫時忘記了煩惱。

中間是柴俊和閔戶、趙無說著話，許蘭因跟在最後面。

片刻後，閔戶的腳步慢下來，等到許蘭因走上來，才悄聲說道：「我這次回去，就是要請我父親和祖母作主，為詩詩討公道。不僅作惡的那幾個人在，我大舅母也會回京，小文氏抵賴不了的。」

許蘭因已經聽閔嘉說了這件事。「先夫人在天之靈能夠安息了。」又望望前面笑容燦爛的閔嘉，笑道：「嘉兒知道要給她母親正名，這幾天特別高興，性情也開朗了不少。」

閔戶側頭看了許蘭因一眼，心中柔情頓生。等到把詩詩的事處理完了，他就稟明父親和祖母，向許護衛提親。

他已經看出來，趙無對這位姊姊可不單是姊弟之情。他雖然把趙無看成兄弟，但這麼好的姑娘，在沒有成為兄弟的未婚妻之前，他必須捷足先登。

趙無跟柴俊說得熱鬧，才發現閔戶不見了，一回頭，見他正跟許蘭因說話說得高興。閔戶平時頗為端方嚴肅，此時卻笑得眼睛都彎了。

趙無心中警鈴大作，站下等他們。

柴俊拉了拉他，曖昧地笑道：「兄弟，看你挺機靈的人，怎麼這麼沒有眼力呢？走走，咱們先走！」

趙無的眼神暗了暗，強笑道：「我突然想起一件必須要辦的公事，要趕在閔大人走之前稟報。」

柴俊搖搖頭，又說得更明白了一些。「閔大人跟許姑娘單獨說話，定是有什麼事不想讓人聽到。」見趙無還死心眼地繼續等，又提點道：「傻兄弟，某些時候，公事哪有私事來得重要？」

趙無似沒聽到他的話，還在繼續等。

柴俊暗道，真是個傻小子。

見閔戶和許蘭因走了過來，趙無立即道：「閔大人，我才想起有件重要的事得跟你稟報……」

眾人玩到星光漫天，才往回走去。

次日卯時初，天剛矇矇亮，許蘭因等人就起床了，也把幾個孩子叫清醒。

柴子瀟一醒就開始抱著許蘭因哭。

許蘭因抱著他，閔嘉和許蘭月拉著她的褙子，許蘭亭像個小大人似的跟在他們後面，一起去了前院，又坐上同一輛馬車。天尚早，眾人連早飯都沒吃。

眾多車馬去了府外碼頭。王三妮一家三口已經在這裡等著了，他們會跟柴俊同去京城。

許蘭因等人走到船前停下。她先親了親柴子瀟，就把他交給柴俊。

柴俊抱著孩子上船，柴子瀟大哭不已，許蘭因也流淚了。

大船慢慢離開碼頭，越行越遠，直到看不見，悵然若失的許蘭因才同趙無和許蘭亭回城。

趙無讓何東帶著許蘭亭騎馬，他則鑽進了許蘭因坐的車裡。

見許蘭因還在抹眼淚，他拉拉她的袖子說道：「衙門裡也有不少進京的差事，若妳實在想小星星了，我就找個差事，陪妳進京看看他，還可以看到許叔。」

許蘭因無聲地點點頭。

趙無沈吟片刻，又道：「閔大人出生世家，德才兼備，位高權重，得許多小娘子傾慕。但閔家四代同堂，人口眾多，每位老爺都妻妾成群，秉承的是多子多福，妻不能生就妾生。所以，閔大人並不適合姊，姊嫁進閔家不會幸福的。」

許蘭因抬起頭，愣愣地看著他。

趙無繼續說道：「姊美麗賢慧，知書達禮，聰慧無人能及。但姊的缺點也頗突出，就是看著溫和，實際上比較倔強、強悍，而且善妒。所以姊也不適合閔大人，他娶了妳，他會承受長輩的壓力而痛苦，也給予不了姊嚮往的幸福。」

這是他的真心話。閔戶和許蘭因都很好，但兩人做夫妻不合適。

許蘭因哭笑不得，伸手拎著他的耳朵轉了一圈，說道：「我什麼時候說了要嫁給閔大人？」

趙無喜道：「妳沒有這個意思？」

許蘭因瞪他一眼。「當然沒有。」

「那我就放心了！」趙無喜笑顏開地叫停馬車，他要騎馬趕著上衙。

許蘭因先送許蘭亭去私塾，才坐著車回家。

一下子少了那麼多個磨人小妖精，許蘭因輕鬆的同時，又覺得心裡空蕩蕩的。

秦氏也非常捨不得柴子瀟，她這次來到省城，就沒跟那個孩子親近過。

次日是六月十二，也是許蘭因滿十七歲的生辰。

早飯後，秦氏就擬了單子，讓下人去買食材，打算好好給閨女做個生辰宴。省城沒有多少熟人，只請趙無兄弟和許大石一家。

下晌，閔府的郝管家意外地來送禮了，說是大爺走之前的吩咐。禮物很貴重，是一對官窯出的半人高粉瓷大花瓶。送了禮他就走了，說還有急事要辦。

晚上，趙無兄弟先來了，他們送的賀禮是一套青花瓷茶具。

許大石一家四口一來，小許滿就得意地宣佈道：「我娘又懷小弟弟了！」

許大石憨憨地笑起來，李氏滿臉通紅。

秦氏和許蘭因一迭連聲地恭賀。

許大石笑道：「以後孩子他娘就不上工了。」

又說那個二進的新宅子已經做了簡單的修整，買了一些家具、一頭騾子和一輛車，還買了一個婆子、一個小子，他們一家前天就搬進去了。等許老頭等人來了，再請二房去吃喬遷飯。

許蘭因恭賀完，又笑道：「大嫂是少奶奶了，以後只管在家裡享福！」說得幾人大樂。

許大石夫婦送了一支蓮花金簪，這算他們送的重禮了。

秦氏笑道：「你們用錢的地方多，何苦送這麼重的禮。」沒有外人，這頓飯吃得其樂融融，眾人玩到亥時初才走。

夜裡，許蘭因睡得正香，又被幾聲窗紙的動靜驚醒，猜到是趙無，起身把衣裳穿好。來到窗邊，果真是趙無躲在柱子後，她開門讓他進屋。

許蘭因悄聲笑道：「我爹沒跟你說不許爬牆嗎？」

趙無笑道：「說了，許叔不許我帶姊爬牆，卻沒說不許我一個人爬牆。」說著，就從懷裡掏出一個小錦盒。「這是我單送姊的生辰禮物。」

許蘭因好笑，這傢伙還會抓人話語的漏洞。她接過錦盒，裡面臥著一支累絲赤金嵌寶孔雀釵，非常精緻漂亮。她嗔道：「幹麼買這麼貴的釵！」

趙無見許蘭因喜歡，更加開心，笑道：「只要姊喜歡，再貴我都願意買。」

兩人沒說幾句話，就聽到外面雷鳴閃電，馬上要下大雨了。

許蘭因再三催促，趙無才起身出門，跳上房頂回了自己家。

大雨一下兩日，第三天的午後終於停了。

這日下晌，許老頭夫婦和許慶明夫婦坐牛車來到省城，再找來新家，已是日薄西山，許大石一家剛要吃晚飯。

四個人前前後後參觀了一圈院子，外院內院、花花草草，還有騾子和騾車，再看到恭恭敬敬的下人賀氏和伍石頭立在一旁，喊他們老太爺、老太太、老爺、太太，都笑瞇了眼。又聽許滿彙報李氏懷了弟弟，更是開懷。

許大石讓伍石頭去街口買些滷味回來下酒，許老頭讓他去把二房一家叫過來一起吃飯。

許大石笑道：「二嬸和趙爺家離得遠，讓石頭去說一聲，請他們明天早些來家吃飯吧。」

伍石頭到城北許家報信已是晚上戌時，請許蘭因一家明天去城東許家吃玩。

許蘭因說秦氏身體不好，趙無要照顧兄長，明天下晌她去，許蘭亭下學後直接去。許老頭一直不待見秦氏，許蘭因也不願意秦氏去受擠兌。

次日上午，許蘭因攜禮先去了胡家。

胡萬的兒子叫胡柏，柏和百同音，紀念家裡開的百貨商場。

小胡柏長得又白又胖，十分討喜，許蘭因抱著親了半天，又把早已準備好的一套赤金餐具送給他。

胡依則是摟著許蘭因撒了半天嬌，埋怨許蘭因才來看她，哥哥又不許她去許家，說許家有貴客。

許蘭因笑道：「貴客已經走了，依妹妹無事就去我家玩。過幾天去我的茶舍，我給妳引見兩個手帕交。」她說的是閔楠和秦紅雨，她也想她們了。

聽胡太太說，洪震已經來了寧州府軍營，只不過營區在城郊。胡氏和兩個孩子下個月就會過來，已經在附近買了個宅子。

許蘭因也盼望他們來，來了，熟人就更多了。

在胡家吃了晌飯，玩到未時末，許蘭因才去街上買了一架雙扇屏風、兩套細瓷碗碟作為賀禮，去了城東許家。

許老頭正坐在廊下的竹藤搖椅上，嘴裡哼著曲兒；許老太和顧氏逗弄著許願和許滿；許慶明在屏門後壘著雞圈。

老夫婦非常喜歡那架屏風，老太太讓收起來過年過節用，老爺子不同意。

「都說好馬要配金鞍，這麼大的宅子連個屏風都沒有，人家要笑話咱們寒酸！」

老爺子執意要馬上用，也就擺上了。

老太太又把許蘭因拉去一邊，笑道：「前天妳過生辰，這是奶送妳的。」

她送的是一件緞子褙子，緞子是許慶岩送的皇上的賞賜，讓顧氏幫著做出來。

衣裳顏色有些老氣，但許蘭因還是領她們的情，笑著道了謝。

許老頭又道：「因丫頭已經滿了十七，不能再耽擱了。現在我二兒是大官，定能找個好女婿，日後也好成為妳哥哥跟弟弟們的一個助力。」

許蘭因沒理他。這老頭，好話也說得不中聽。

許老太也著急許蘭因的婚事，開口說道：「我一直覺得趙無不錯——」話還沒說完，便被許老頭打斷了。「趙家小子怎麼行？跟咱們門不當戶不對的！因丫頭要找官家公子，說出去好聽，將來也是許家子孫的助力。妳個老婆子見識短，只能看到眼前的幾個人……」

老爺子難得跟許老太如此大聲，不僅嗓門大，眼睛也鼓圓了。

老太太氣得要罵回去，被許蘭因拉去參觀這個新宅子了。她不想聽老爺子的廢話，自己找不找人、要找什麼樣的人，他還管不了。

老太太說道：「因丫頭信我，老婆子活了這麼大歲數，會看人。趙家小子不只長得好，嘴兒甜，有出息，他還能容忍妳的所有缺點！」

許蘭因笑道：「好，我再想想。」

老太太急了。「傻丫頭，好男人看到了就要趕緊抓牢，不然會被別人搶了……」

第二十九章

此時，京城南陽長公主府的角門處，剛從吳王府當值出來的許慶岩向門房遞上了自己的帖子。

門房已經得了令，直接把許慶岩帶去外書房見柴老駙馬。

來到外書房，柴老駙馬正同閔戶下著圍棋。

許慶岩給他們見了禮。「下官見過駙馬爺、閔大人。」

柴駙馬讓許慶岩坐下，同閔戶把圍棋下完了，才抬起頭笑道：「虎父無犬女，許護衛能幹，生的閨女也能幹。謝謝她了，不僅把瀟哥兒救下，還養得這樣好。」

許慶岩笑著謙虛了幾句。

閔戶望望窗外，起身笑道：「我父親要下衙了，我也該回府了。」

沒有帶閔嘉回家，不只是要讓她陪柴子瀟，也想讓她一回那個家，聽到的就是人們對她母親的誇讚。

長公主府後院的一個三進院裡，繁花似錦，鳥語花香。這裡是柴大奶奶的院子錦軒。

遊廊裡，柴子瀟、閔嘉、許蘭月終於等到一隻孔雀再次開屏，又是笑、又是誇。

南陽長公主和兒媳柴夫人、孫媳柴大奶奶也坐在這裡，看著幾個孩子玩得好，又是高興、又是心酸。

這根獨苗苗失而復得，總讓南陽長公主有不真實的感覺，要時時看著他，才覺得這不是在作夢。

南陽長公主又對臉色蒼白、下巴尖尖的孫媳婦說：「瀟哥兒回來了，妳的心就放寬些。雖然他受了那麼多苦，但總算遇到了好人，保住了性命。當娘的要活得久，才能更好地護住兒子。」

柴大奶奶連連點頭，說道：「謝祖母提醒，孫媳知道了。」

當她看到兒子身上的疤痕時，心疼得差點暈過去，覺得直接毒死沈氏，真是太便宜那個惡婦了。她必須活久些，活到兒子娶妻生子才能放心。沈氏死了，還有其他女人。若自己早死，夫婿會有更多的女人，那自己的兒子還不知要遭什麼罪呢！

她站起身走去兒子的身邊，笑著用帕子給兒子擦擦鼻尖上的幾顆小汗珠。看到閔嘉和許蘭月羨慕的小眼神，又笑著給她們也擦了擦。

柴子瀟得意極了，說道：「看吧、看吧，我娘親是不是非常好？」

閔嘉點頭道：「嗯，跟我爹爹一樣好！」

許蘭月則說：「跟我大姊一樣好！」

柴大奶奶知道她們兩個的親娘都沒了，更加憐惜她們，又每個人都抱了一下。

回到閔府後，閔戶直接去了閔老太君的院子。

等到閔尚書回府，閔戶直接請來等在門外的文大夫人和文六爺，又把證人帶來，把小文氏陷害安氏的事說了。

閔尚書和閔戶都是審案高手，又有證人，一個時辰就把小文氏意外得知文老夫人給她喝了斷子藥，以及她把恨轉嫁到閔戶身上、陷害安氏和刺激閔嘉的事都審清楚了。

小文氏先還各種抵賴，見抵賴不了，就跪在地上哭求閔尚書，訴說自己的功勞和委屈，說她如何敬愛夫君、如何孝敬長輩、如何愛護小閔戶及庶子和庶女，在得知永遠不能做母親後，她悲哀又絕望，心中那麼多的恨無處排除才會報復在安氏身上，但安氏自殺是意外，她也不想安氏死。

閔戶氣道：「妳給安氏安了那個罪名，就是把她往死路上推！我承認我外祖母那樣做不對，但妳卻不應報復在無辜的安氏身上！她嫁進我們家時才十六歲，賢慧知禮、孝順長輩，可妳卻苛待她，還那樣陷害她，逼得她去死！這還不夠，妳還要害嘉兒，甚至是我以後的妻子和兒女！妳這樣的惡婦，不配做我閔家婦！」必須休棄小文氏，這是閔戶的堅持。

閔老太君也說道：「這個惡婦心狠手辣、作惡多端，絕不能留在閔家。」

閔尚書只得寫了休書，罪名是謀害繼兒媳婦和孫女，直接讓文大夫人和文六老爺帶回文家老宅。休書交給文六老爺，並說好小文氏的嫁妝整理好後會送回文家。

文大夫人和文六老爺夫婦已經商量好，會讓小文氏「暴斃」。當然，若她自己自殺了更好。

小文氏知道，她若回了文家，必死無疑！她看閔戶的眼裡充滿了恨意，惡狠狠地說道：「那個老虔婆壞，你這個小崽子更壞！我真後悔，早該想法子弄死你！」

閔戶面無表情，看著僕婦把她架走了。

閔戶沒有回自己的書房，而是去了安氏曾經住過的院子。院子裡雜草叢生，窗紙破了，柱子和窗欞上的漆也斑駁脫落了。她死了這麼久，居然沒有人來打掃過院子。

他長期不在家，小文氏有本事把他這個嫡長子都架空了。

他抬腳走上臺階，門上赫然一把大鎖，他又倒回去站在院子中間。

跟著的丫頭不敢吱聲，只得點上艾草幫著驅蚊。

閔戶抬頭望著天上的明月，視線模糊起來。月光氤氳，月色裡依稀出現一個垂淚的美人，是安詩詩。

他喃喃說道：「詩詩，對不起，為夫無能，委屈妳那麼多年，今天才為妳正名。妳是好女人、好妻子、好母親……」

他在院子裡站了整整一宿，天亮才回書房歇下。

這日，從前的閔大夫人小文氏被閔府休棄的事傳遍了京城的街頭巷尾。卻原來，閔大奶奶死因另有蹊蹺，閔家大姊兒變傻也有原由。為了閔戶和文家的體面，沒有說文老夫人給庶女下藥的事，只說小文氏由於自己生不出孩子，把氣發洩在繼兒媳和孫女身上。

下晌，閔戶去了南陽長公主府。

此時，柴子瀟、閔嘉、許蘭月正在南陽長公主的院子裡玩。長公主也聽說了閔家的事，讓人把閔戶直接帶來這裡。

閔戶是外男，柴大奶奶和小姑柴菁菁、柴家二房的長孫女柴圓圓避開，屋裡只剩下長公主和柴夫人、柴家二房的太夫人老沈氏，以及三個孩子。

閔嘉知道爹爹昨天回家為娘親正名，她擔心了一夜，怕爹爹鬥不過厲害的祖母。聽說爹來了，她趕緊去門口等著。

柴子瀟和許蘭月見了，也過去陪她一起等。

老沈氏滿是慈悲地看了許蘭月一眼，低聲對長公主說道：「許家小丫頭是個可憐孩子，那臉上的疤……嘖嘖，瞧著都嚇人。前天我那重孫子看了一眼，夜裡嚇哭好幾次呢！」

長公主跟駙馬兩個庶弟家的關係一直不算很親近，出了小沈氏謀害柴子瀟的事後，對這個二房弟妹更加不待見。只不過這個老沈氏像張狗皮膏藥，經常厚著臉皮來向長公主問安，長公主偶爾會見見，但見了也是坐不了多久就會打發走。

長公主瞥了老沈氏一眼，說道：「本宮倒覺得那個小姑娘很好，小小年紀忒會照顧人，瀟哥兒跟她也親近。臉醜不可怕，怕的是心醜。哼，那個賤人，一杯毒酒都便宜她了！」

老沈氏紅了老臉，訕笑道：「出了這事，我也氣得要命，發誓不再回娘家。唉，我是庶女，娘家的事也插不上話……」

她心裡氣得要命，若那個醜丫頭的姊姊不多事地救下柴子瀟，那這滿府富貴自家也能分一份，甚至全部屬於自家子孫也不一定！

這裡富貴無邊，只可惜子嗣不豐，除了柴老駙馬，另兩代男人的女人都不少，可依然是三代單傳。她當初希望小沈氏進這個門，沒巴望著她能懷孕，只要把那個小崽子整死，柴俊的其他女人生不出兒子，到時她再想辦法過繼自己的重孫子來當嗣子，可小沈氏進門一個月就懷了孕！唉，也怪老頭子整出那件事，想拿捏沈老太太多要錢財。偏柴家那兩個下人蠢笨至極，居然讓小崽子逃跑了，他們也不見了。這下可好，羊肉沒吃著，還惹了一身騷！

邊想著，她看柴子瀟和許蘭月後腦勺的眼神又暗了暗，然後在老沈氏千迴百轉之際，閔戶來了。

閔嘉迎上前，弱弱地問道：「爹爹，我娘的事辦得怎麼樣了？他們承認我娘是好女人了嗎？」

閔戶笑道：「妳太祖母、祖父、叔祖父、叔祖母，還有閔家所有人，都知道妳母親是好女人、好母親，她是被人陷害的。」

閔嘉的眼淚湧了上來，上前撲進閔戶的懷裡，哭道：「我就說嘛，我娘是最好最好的娘！」

閔戶撫摸著她的頭說道：「好孩子，壞人已經被趕走了，太祖母很想妳，讓妳回家呢！」

柴子瀟也替嘉姊姊高興，笑道：「閔大伯家跟我家一樣，都有壞人。把壞人打跑了，我們才不會被拐走！」

老沈氏袖子裡的拳頭握了握，笑道：「都說龍生龍、鳳生鳳，看看瀟哥兒，流落民間這麼久，還是那麼聰明！他呀，跟長公主一樣，有大智慧，根就在那裡呢！」

這話長公主愛聽，笑咪咪地點點頭。

閔戶過去給長公主見了禮，笑道：「家醜外揚，實不得已。」

南陽長公主嘆道：「彼此彼此。我們府的醜事，你不也看得真真的？有些惡婦的心比豺狼還狠，誰家攤上誰家倒楣。」

閔戶跟長公主說笑一陣後，就想帶閔嘉回府。

柴子瀟聽了，趕緊把閔嘉的手拉住，一隻手又把許蘭月拉住。他已經失去了姑姑、小叔，不願意再跟嘉姊姊和月姑姑分開。

閔戶想著自己還能在京城待幾天，也想讓他們幾個孩子多相處，便對長公主笑道：「這樣成不成，今天請瀟哥兒和蘭月去我府上玩，明天再送他們回來？」

長公主還沒答應呢，三個孩子都高興起來，柴子瀟還吩咐錢嬤嬤和翠柳趕緊準備作客的東西。

長公主很捨不得，但看到重孫子高興，又這麼聰明，只得笑道：「好、好，瀟哥兒記得明天早些回來啊，太祖祖想你。」

許蘭月又小聲求閔戶道：「閔大哥，我一直陪著小星星，都沒時間去周祖父家。在去你家之前，能不能先去周祖父家？把我送他的點心帶去。」

閔戶笑著應允。

長公主也笑道：「月丫頭都給老太師準備了禮物，那咱們瀟哥兒也得準備一份。」

柴子瀟又出聲說：「還有嘉姊姊，她也要一份！」

長公主一迭連聲地應好。

待他們走後，長公主就對老沈氏說道：「妳們也回家去吧，我乏了。還有啊，本宮這些天都沒歇息好，妳們就不要來問安了。」

老沈氏允諾，紅著老臉帶著孫女走了。她心裡也長長鬆了一口氣，還好那件事做得隱密，長公主沒有懷疑到她頭上。等把那兩個下人找到，解決了，就可以高枕無憂了。

傍晚，閔府的人都坐在老太君那裡，等著閔嘉回府。

當他們看著伶伶俐俐的閔嘉走進屋裡，給長輩磕頭見禮，還會說話，雖然語速稍慢，已是不得了了。

老太君的眼圈都紅了，摟著閔嘉看了許久。又把給她見禮的另兩個孩子叫過來，給了他們見面禮，然後就一手摟著閔嘉，一手摟著柴子瀟，許蘭月則坐在柴子瀟的旁邊，一老三小說笑起來。

老太君讓他們今天晚上住她這裡。

三個孩子歇息後，老太君跟閔戶說起了悄悄話。

「幫嘉兒解開心結的，就是那位治好你失眠症的許姑娘？」

閔戶點點頭。「正是她。她不僅解開了嘉兒的心結，還讓嘉兒想起她親眼看見安氏是被碧荷推進祝江的懷裡，我才起了疑心，派人徹查……」他又說了許蘭因的各種好。他本想走之前再說他同許蘭因的事，但老太太今天問了這事，正好多誇誇許蘭因。

老太君知道孫子的心思，讚道：「那真是個聰明的妮子，有大智慧。」見孫子臉上一喜，又道：「不過，要當我們家的宗婦，光靠聰明還不行。」

閔戶急道：「祖母，她不止聰慧，還良善、溫婉、有孝心、有才氣，長得也好！而且，她父親就是去西夏國拿回情報的老妖，她也算出身官家了。門戶雖然略低，但我是續娶，也夠了。」

見閔戶急得鼻頭都冒了汗，老太君笑道：「猴兒，你長這麼大了，還難得有這麼著急的時候。」

閔戶紅了臉，訕笑道：「讓祖母見笑了。」

老太君把閔戶的手握緊，說道：「出了個小文氏，我更想咱們家能找個好媳婦。只不過，唉，我先給你透個底吧，你爹說他歲數大了，又被小文氏傷了心，是不打算再續弦了。

他要趕緊把你媳婦定下，今年定，明年娶。你的媳婦是咱們家的宗婦，不能跟你去外任，必須留在這個府裡管家，我也能趁活著時多帶帶她。那位許姑娘出生在鄉下，自由慣了，她願意悶在咱們這個大宅子裡嗎？或者說，她適合管著咱們這一大家子的家務事，跟那些貴婦打交道嗎？」

不用問，許蘭因肯定不願意羈絆在這個事務紛繁的大宅子裡，況且他也捨不得把她束縛在這裡。

閔戶千算萬算，卻沒算到在趕走小文氏之後，父親會不再續弦。「祖母，那就讓我四嬸暫時主持中饋，成嗎？等到過些年，許姑娘年紀大了，心性也沈靜下來，就適合管理這個大宅子了。」他沒敢說過些年就能分家，家裡也沒有這麼多房人了。

老太君搖搖頭說道：「那怎麼成？這個家大半是你們長房的，你願意拱手讓人，你老子也不願意。咱們閔家已經繁盛了上百年，除了小文氏這顆耗子屎，一直都很清明和睦。你是長房長孫，肩上的擔子有多重，別說你不知道。若是忘了，就想想家訓。」老太太說到後面，神情也嚴肅下來。

閔戶的臉色瞬間蒼白，汗順著臉頰流下來，他當然知道。

他思索了片刻後，又道：「祖母，容我再想想，看能不能有兼顧雙方的法子……不，再多給我一些時間吧，我回去問問許姑娘，若她願意為了我進咱們家，我就想辦法調回京任職。有我幫著，她能夠管好這個家的。」他覺得照許蘭因的個性，十有八九不會答應，但他還是想再問問，給自己一點機會。

老太君沒想到孫子為了一個女人竟如此失魂落魄，甚至要把前程也搭進去，極是生氣。兒子閔樓是從一品尚書，還是內閣大學士。若閔戶回京，皇上不可能再讓他擔任正三品以上的要職，除非閔樓致仕。所以，老太君和閔樓一直希望，閔戶在外面好好幹，最好能升到布政使，過些年閔樓年紀大了他再回京。一退一進，皇上肯定會重用閔戶，入閣都有可能，閔家也能實現兩代之間的平穩過渡。

老太君鬆開握閔戶的手，沈下臉說道：「別跟我說你不知道你爹的想法！家族利益比命還重，何況是兒女私情？」她看到孫子微豐的雙頰、眼裡的焦急，再想到重新變伶俐的閔嘉，想著那位許姑娘或許真有過人之處，才會讓孫子如此心悅，便又說道：「若你實在心悅那個姑娘，我同意你娶她回來，也會說服你爹。不過，她必須留在這個家，我要在活著的時候教會她如何做好這個家的宗婦。家裡已經出了一個小文氏，不能再出第二個。為了閔家的未來，你也必須在外任職，沒有任何商量的餘地。」

看看平時慈善，可一關係到家族利益就不容轉圜的老太太，閔戶覺得一陣無力感襲來，他的眼前又出現許蘭因明媚的笑容和那片美到極致的虞美人……

她不會進這個家的。即使進了，也會枯萎的。

閔戶深深嘆了一口氣後，緩緩說道：「許姑娘不適合做我們家的宗婦，我聽祖母和父親的安排。」說完，就起身走了。

看到長孫微駝的背影，老太君有些心酸。這個孫子從小就聰明、懂事、孝順、隱忍，一直按照長輩規劃的道路走著，走得非常順暢。

這是他第一次有了自己的規劃，卻是與家族利益有悖的婚姻大事，她不得不拒……

寧州府城北許家，許蘭因躺在床上想著許慶岩讓季柱送回來的信。

正如趙無的猜測，那個小沈氏是老沈氏的娘家姪孫女，還是嫡支嫡女。怪不得能給柴俊當貴妾，還敢奢望柴子瀟死後自己的兒子承爵，甚至柴大奶奶死後她能扶正。

小沈氏和柴俊相識於元宵節的燈會。在湖邊看燈的柴俊被人擠下堤岸，他下意識拉住了旁邊的青年後生，結果他不僅沒站穩，還把那人拉著一起滾下湖去。冬天湖上結了冰，兩人抱在一起滑了好遠，而被拉下去的人，正是女扮男裝的小沈氏……

之後的事許慶岩沒細寫，許蘭因也能想像出那個橋段。

何嬤嬤母子沒有完全聽從小沈氏的話，馬上把柴子瀟扔進河裡淹死，或許跟柴正關和老沈氏有關。畢竟小沈氏代表的是沈家利益，而老沈氏還代表著柴家二房的利益。

光憑許蘭因救了柴子瀟，還不足以讓南陽長公主和柴駙馬幫秦氏收拾柴正關，但若他們知道柴正關和老沈氏參與了那件事，會毫不留情地清理柴家門戶。

現在到處都貼著何家母子的畫像，可依然沒有抓到人。

這日早晨，朝陽似火。許家早飯剛擺上桌，趙無就推著李洛來了。現在李洛跟許家人已經非常熟悉了，幾人一桌吃飯。

趙無笑道：「這幾天我不在家，要麻煩嬸子和姊照顧我哥了。」他要外出一段時間辦差事。

李洛紅了臉，趙無不在，他不好意思再來這裡吃飯。可趙無不願意，怕他一個人在家太孤單。

秦氏笑道：「李公子莫客氣，我從來都是拿無兒當兒子看，你是他兄長，也就是我的……姪子。」李洛只比她小十歲左右，她不好意思說他像她的兒子，只能說姪子。

許蘭因又問李洛。「李大哥，我讓人給你做的那幾樣復健器具好用嗎？」李洛長期坐輪椅，不只雙腳萎縮，上身的發育和動作也不諧調。

李洛臉上堆滿笑意，說道：「謝謝許姑娘，那幾樣器物極好。昨天我練習了許久，覺得渾身都舒暢。」

每次李洛表揚許蘭因，趙無都像是自己被表揚一樣高興。「哥，我早說過我姊聰明，看到了吧！」

飯後，趙無去了前院，讓季柱回京城的時候把麻子帶上繼續認路。以後，麻子送信的地方就是現在的趙家和京城的許家。

許蘭因帶著一些餅乾去了趙家，給趙無整理出要帶走的幾件衣裳。

趙無坐在一邊，看著忙碌的許蘭因。陽光從小窗射進，正好照在她的臉上，連臉上的毫毛都看得清清楚楚。

他腦海裡蹦出幾個字——全方位無死角美人。這是許蘭因對絕色美人的另一種說法，他聽到後就記住了。

他的喉嚨發緊，輕聲道：「姊，又有好些天看不到妳了。」

看到他不捨的眼神，許蘭因玩笑道：「那你就不去唄！」

趙無搖搖頭，怎麼可能不去。這次不僅有公事，還有私事。他要去的地方，在定州府附近，去調查一件軍隊和地方勢力勾結倒賣軍糧的事，他父親曾經在那裡的軍營待過幾年……

「姊，若是閔大人回來後向妳提親，妳莫答應，你們不合適。我覺得，他這次回京，肯定會跟長輩商量他的婚事。閔家除了閔大人外，男人都是妻妾成群。閔大人現在雖然沒有小妾，但保不住將來沒有。我爹只有我娘一個女人，以後我也會跟我爹一樣的。」

他非常沒品地說了閔戶的壞話。也是沒轍了，閔戶在走的前一天晚上，拉著他說了很多許蘭因的情況。他看得出來，閔戶是故意讓自己知道他對許蘭因有意思。

他怕，怕他沒有守在許蘭因的身邊，她會被閔戶撬走。閔戶位高權重，博學多才，家裡又有錢有勢，他哪樣都比不上。但是，有一樣自己肯定比閔戶強，就是他永遠會對姊一心一意。

許蘭因嗔道：「你想些什麼呢？雖然閔大人非常好，可我從來沒想過嫁他。而且，那些人家都講究門當戶對，也不會願意娶我這個村姑當閔家婦的。」

趙無心道：妳有多好妳自己不知道，可我知道，閔戶也知道！他的臉紅了，鼓足勇氣說道：「姊，若妳要嫁人，就嫁給我吧！其他男人都比不上我對妳好，只有我會對妳一心一意，天長地久！」

熊孩子正式向她表白了，話語樸實，還是令她感動。

許蘭因看看眼前的大男孩，高大挺拔，已經比她高出大半個頭。喉結也長了出來，唇邊有些發青。陽光、俊朗，依然帶著些許青澀。

他才十六歲，還有幾個月才滿十七歲。他分得清傾慕和依戀的區別嗎？知道天長地久做起來有多麼難嗎？

許蘭因怔怔地看了他一陣後，低下頭說道：「你還小，對我的情感可能不是傾慕對方的那種愛戀。等你遇到自己心悅的姑娘，就知道了。」

趙無急道：「姊總是說我小，我只比妳小五個月，哪裡小了？聽我大哥說，我在京城的幾個髮小都娶了媳婦生了娃了！而且，我對姊就是傾慕和愛戀，不是依戀，這一點我還分得清！」

許蘭因見他急得臉通紅，鼻尖上都滲出了小汗珠。她本能地想掏帕子幫他擦汗，又忍下了。「看你急的，汗都出來了。」

趙無有些失望，說道：「姊，妳太冷靜了。」

許蘭因依然選擇了冷靜，說：「你還小，我的歲數也不大。咱們再等等吧，若你遇到心悅的姑娘，我恭喜你；若你以後肯定你是真的心悅我，我就嫁給你。」

趙無追問道：「妳不會嫁給別人？」

許蘭因肯定地回答。「不會。」

趙無又高興起來。

許蘭因想起了前世的一句話：給你一點陽光就燦爛。他和她相處，一貫如此。

看到趙無消失在胡同口，許蘭因悵然若失。或許是自己活了兩世，許多事看得太透太清，以至於沒有了激情，才會這麼冷靜吧？

午時初，許蘭因帶著掌棋、護棋、招棋三個丫頭去了茶舍。今天她約了秦紅雨、閔楠、胡依在茶舍裡相聚。

她去的時候，胡依已經到了，兩人直接去了後院。

丫頭泡好花瓣茶，兩人坐在院子裡的藤椅上品茶聊天。

沒多久，閔楠就來了。

小姑娘竄高了一截，長得也更水靈了。她摟著許蘭因的胳膊笑道：「許姊姊回來這麼久，怎麼才約我出來？」

許蘭因笑說：「妳當我跟妳一樣無事忙啊？我事兒多著呢！」又把胡依介紹給她。

閔楠笑咪咪地打了招呼。

許蘭因上下打量了她幾眼，又笑道：「看妳滿臉喜色，面帶桃花，一定是紅鸞星動，有喜事了？」

閔楠的臉更紅了，忸怩了幾下，還是悄聲說道：「不瞞許姊姊，我訂親了。」

許蘭因笑說：「恭喜、恭喜！是哪家的公子，有如此福氣？」

閔楠笑了笑。「是吳大人的大公子吳傳方，還是老平王妃牽的線。」

許蘭因知道了，那位吳大人前不久才從京中調來，任布政使司的從四品左參政，還是老平王妃娘家的親戚。

從家世上來看，閔楠是高攀了。這正是閔燦夫婦一直希望和謀劃的。

正說著，秦紅雨也來了。

小姑娘更漂亮了，皮膚細膩如脂，小小的瓜子臉，極是清秀可人。

幾個小姑娘說笑一陣後，就開始下跳棋。

在這裡吃完晌飯，玩到太陽西斜，四人才起身離去，並說好，以後每隔一旬在這裡相聚一次。

回到家，看到秦氏正在做茉莉香脂，許蘭因走過去笑問：「娘，妳有那麼多錢，想沒想過置些產業？開個脂粉鋪子也行啊！」

秦氏笑道：「我正想跟妳商量呢！我想開家脂粉作坊和鋪子，若是附近有不錯的田地，再買些。」

許蘭因笑著點頭。「好啊！讓丁叔出去尋摸尋摸，買些地，再找一個院子和幾個會做膏子的師傅……」

六月二十五下晌，清風突然把許蘭月和閔嘉送來了，還送了一車禮物，大半是柴家送許蘭因和趙無的，包括妝花緞、擺件、食物，也有許慶岩和閔戶送的東西。

另外，清風還給了許蘭因二百兩銀子，說是閔大人給的半年的工錢和獎金。

兩個小孩說了柴子瀟的情況，他跟娘親非常親近，也習慣了那個家。

「許姨，我爹爹已經給我娘親正名了，所有人都知道我娘是個好女人。可是，爹爹的失眠症又犯了，眼圈黑黑的，人也瘦了。他讓我來許姨家多住些日子，說明年我要回京城那個大宅子住，就不會有跟許姨在一起時那麼快樂了。」閔嘉淚光瀅瀅，既心疼爹爹，也不願意離開爹爹和許姨回京住。

許蘭因安慰了她幾句後，讓丁固領著清風去前院喝茶，又讓丫頭領著孩子去梳洗。她則坐去窗前，整理著思緒。

趙無說，閔戶這次回京會跟長輩商量婚事，很可能長輩不同意她做閔家婦，而閔戶屈服了，會在明年娶新婦。有了媳婦，又不跟他在任上，閔嘉就要回去由繼母教導。除了有些捨不得閔嘉，許蘭因覺得這樣挺好的，不需要由她拒絕，免得雙方尷尬。

趙無說得對，閔戶是個好男人，有非常多的優點，但不適合自己。

還是那個道理，她能夠自由自在地生活，就不想找個枷鎖把自己套牢。做不成夫妻對雙方都好，就友誼長存吧！他讓清風把她的「工錢」給她，肯定也是想跟她保持之前的關係。

她正想著心事，院子裡傳來幾個孩子興奮的說話聲，許蘭亭下學回來了。

閔嘉這段時間要長期在這裡住，不好一直讓她跟許蘭月擠一起，但許蘭因也不願意天天帶個孩子睡，就暫時讓小妮子住去上房西屋。

多了兩個孩子，家裡又熱鬧了起來。

許蘭因每天會抽一個時辰教她們讀書認字，寫字不好意思教，她的字也醜。巧手的劉嬤嬤還會教她們打絡子，她們再看看秦氏如何製膏子，偶爾跟鄰居家的小姑娘玩玩，時間過得快樂又充實。

這天，丁固看好封縣的八百畝良田，還帶個莊子，離寧州府也算近，坐騾車不出兩個時辰就到了。

許蘭因去看了一圈，挺滿意的，秦氏就買下了，上在她的名下。又買了一房下人，專門管理那個莊子和那八百畝田地。

丁固又看好一個鋪子，兩層樓帶一個院子，位置也不錯，離紅渠街不遠。

六月末，許蘭亭休沐，秦氏帶著許蘭因和幾個孩子去看鋪子。

小院和鋪子不大，但很新，周邊鋪子林立，非常熱鬧。

秦氏和許蘭因都很滿意，讓丁固明日交錢並去衙裡辦契。

院子中間有一棵枝繁葉茂的老榕樹，像把巨傘遮住了刺眼的陽光。樹下有一張石桌、幾個石凳，母女兩人坐在樹下納涼聊天。

她們不知道，在她們鋪子右邊酒樓三樓最左邊的房間裡，有一個人正吃驚地看著她們。

秦儒見父親一直站在窗前眺望，遂走過去笑問：「爹看什麼呢？」

順著秦澈的目光看過去，左邊鋪子的後院有棵老榕樹，雖然枝繁葉茂，但從他們這個位置看去，枝葉間正好有一個大缺口，能看清楚樹下坐著的兩位麗人。

她們坐在石桌前聊天喝茶。那個年輕的身材修長，燦若春華，笑得開心，秦儒認識她，是許蘭因；那個年紀稍大的，雖然三十出頭，卻也能看出秀美端莊、風韻猶存。

自己的父親從來都是端方正派的，怎麼會偷偷在這裡瞧美人？

秦儒趕緊說道：「爹，那位姑娘你也認識，是許蘭因。她們二人長得很像，應該是母女。那位夫人，也就是許將軍的夫人。」他故意把「夫人」二字咬得很重。

秦澈沒聽出兒子的意思，輕聲說道：「我覺得她們兩個長得很面熟。」

秦儒笑道：「是呢，連朱表弟都說許姑娘長得像紅雨……」又吃驚地看了眼父親，問道：「難不成她們是咱們家的什麼親戚？」

秦澈沒接兒子的話，又說道：「哪怕隔了這麼多年，我還是能看出來，許夫人極像我的表妹清妍。」聲音更輕了。「他們都說清妍淹死了，卻並沒有找到她的屍首。所以更確切地說，清妍是失蹤了，不是死。」

秦儒驚道：「爹是說，我表姑——」

一陣笑聲把他的話打斷了。

「哈哈……秦大人，本官來晚了！」

秦澈臉上堆滿笑，回頭迎上前，抱拳道：「吳大人，是本官來早了。」

人來齊了，便開始傳杯換盞。

期間，秦澈還會抽空去窗邊看看，又看見幾個孩子站在那兒，其中一個孩子六、七歲，長得太像清妍小時候了，也跟自己有兩分像。

秦澈見過許慶岩的大兒子，知道他還有個小兒子，還知道他的夫人姓秦……他食不知味，總想把事情落實清楚。

下晌又陪客人去心韻茶舍喝了茶，直到傍晚才各自散去。

到了家，秦澈同夫人吳氏和閨女秦紅雨說起了許蘭因的娘長得很像柴清妍的事。「還有她的小兒子，長得跟清妍小時候一模一樣！」

吳氏也吃驚不已，說道：「這世上還有這麼像的人？」又跟秦儒兄妹說道：「你們清妍表姑去京城之前，我已經跟你們爹訂親了，見過她幾次，她又漂亮、又乖巧，跟我們相處得非常好。可憐見的，沒想到竟遇到那麼狠毒的嫡母及自私的親爹……不過，我還是覺得許夫人不會是清妍，清妍不會游水，掉下江裡怎麼可能活命？」

秦澈說道：「若是表妹知道柴正關和沈氏想要她的命，先逃跑了呢？柴正關沒法交代，只得讓人假扮她跳江自殺。如此，既能得到我姑母的嫁妝，又能把責任完全推給了王翼，北陽長公主府後來連聘禮都不敢收回。」

秦紅雨點點頭說：「真有可能呢！之前我就看出來，許姊姊對我非常好，比對閔楠還好，或許她已經知道我們之間的關係也不一定！」

秦儒說道：「不管怎樣，咱們先去確認一下許夫人到底是不是表姑母吧？若是，那真是萬幸了。」

吳氏也贊成。「這樣吧，我同紅雨、儒兒先去許家看看，若許夫人真的是清妍表妹，就讓人來請老爺；若不是，就當我們結個善緣。畢竟長得那麼像，又都姓秦，兩家閨女的關係也好，以後兩家可以多來往。」

秦澈點頭同意，可又不願意在家裡坐著乾等著急，便說道：「我跟你們一起去吧，坐在車裡等。若許夫人真是清妍，我就去她家；若不是，我就回家。」

他們不知道許家住在哪裡，坐車直接去了閔戶家。秦儒下車去問郝管家，說他妹妹找許姑娘有急事要打聽，郝管家便把地方告訴了他。

秦家幾人饑腸轆轆，也顧不得吃飯，立即趕往許家。

馬車到了城北許家所在的胡同口，已經戌時初。

秦澈掀開車簾，天已經完全黑了。濛濛細雨中，小胡同長長的。

秦儒先下了馬車，撐開傘，把秦夫人和秦紅雨扶了下來。

許蘭因幾人剛吃完晚飯，坐在廳屋裡說話。

「太太！大姑娘！」院子裡響起丁固急促的大嗓門和腳步聲。「門外來了一位公子、一位夫人和一位小姐，說是知府秦大人的夫人和兒子、閨女！」

秦氏和許蘭因對視一眼，難不成他們看出了端倪，找上門了？他們主動上門，一定不怕秦氏是麻煩，願意認她了。

母女兩人都急步往外走去，掌棋趕緊拿了把傘交給許蘭因。

許蘭亭還想跟著，被招棋攔住了，怕他淋雨。

近鄉情怯，秦氏走到垂花門口就不敢再走了，期期地看著大門。

許蘭因來到大門前，把門打開。

門外站著三個人，打著傘的秦儒，拿著羊角燈的秦紅雨，還有一位三十幾歲的中年婦人。許蘭因也見過她兩次，正是秦夫人吳氏。

秦儒笑道：「我母親好像跟妳母親是舊識，特來看望她。」

許蘭因把門大打開，笑道：「請進。」

秦紅雨扶著吳氏先走進來，秦儒緊隨其後。

吳氏怔怔地望著垂花門前的秦氏，儘管光線極暗，還分別了那麼多年，但她仍是一眼認出了這個中年婦人就是分別了二十幾年的柴清妍！她急走幾步上前，哽咽道：「清妍，真的是清妍！」

秦氏也認出了吳氏，上前拉著她哭道：「嫂子，真的是妳啊！我以為這輩子再也見不到你們了……」

兩個人壓抑著哭聲，抱在一起。

許蘭因的鼻子也是酸酸的，勸道：「娘、舅娘，進屋裡說吧。」

秦儒喜道：「妳們先進去，我去叫我爹！」說完就跑了出去。

秦氏驚喜不已。「表哥也來了？」

秦紅雨笑說：「我爹也來了，就在胡同口的馬車裡。」

秦氏還想在這裡等，許蘭因低聲勸道：「娘，這裡不是說話的地方，小心隔牆有耳。」

幾人聽了，方相攙著進了內院正房。

待許蘭因打發走了下人和孩子，吳氏才拉著秦氏的手哭道：「表妹，妳怎麼流落到了這裡？當初聽說妳死了，我們都快難過死了……還好蒼天有眼，妳還活著！」

正說著，秦澈和秦儒急步走了進來。

看到秦澈，秦氏捂著嘴，哭得更厲害了。「表哥……作夢都不敢想，這輩子我還能見到你……」

秦澈也流淚了，說道：「清妍……傻妹子，既逃出了柴家，為什麼不想法子去江南找我們？」

秦氏哭著說：「我怕連累了你們……」

幾個晚輩勸他們坐下慢慢說，許蘭因又給秦家幾人倒茶。

秦夫人說道：「二十幾年前，我們秦家在京城也有個鋪子，但在姑母和妳跟著柴正關回京後就被擠兌得關了門。公爹還是留了幾個人在京城幫妳們，可柴家把妳們看死了，見面的機會很少。後來姑母病死，那幾個人跟妳就徹底失去了聯繫。

「當初祖母懷疑姑母的死是沈氏那個惡婦所為，又擔心表妹，日日哭泣，沒多久也去了。姑母是妾，我們沒有證據，也沒辦法。後來表妹投江，我們也是一年後才聽說的。公爹覺得表妹不可能無緣無故跳江，氣不過，跑去京城理論，卻連柴家門都沒能進去。

「回來後，他就讓我家老爺把手上的一切生意都放下，用心讀書考功名。老爺也恨柴家把姑母和表妹害得慘，立誓好好讀書，把名字改為秦澈。改名字，一個是不想被柴正關注意，一個是想徹底查清姑母和表妹的死因。他專心讀書多年，還真在三十二歲那年考上了進士，入仕當官。他用心當差，汲汲營營，想快些升上去，又特別願意參與查案。唉，他的想法是好的，可窮其一生，咱們秦家也不一定能鬥得過柴正關。柴正關雖然只是個五品的官，但後面有平南侯和南陽長公主，還不知道有多少親套親的關係……」

秦氏哭得傷心。沒想到，表哥改名字，發憤圖強考進士當官，竟然是為了自己。特別是疼惜她的外祖母，竟是被氣死了。秦氏哭道：「我那時年紀小，身邊的老人都被打發走了，沈氏把持著我的一切，就連想讓人給你們送個信，都沒有法子。雖然我娘死前謀劃著讓我攀上了大伯父和南陽長公主，他們也的確幫了我一些忙，可那個人和沈氏把北陽長公主府拉進來，大伯父和南陽長公主就不願意插手了……我不想嫁給王翼，走投無路之下上吊，鑽進套子前才反應過來，他們就是要把我逼死在柴家，我的嫁妝才能全部留下來。我不想如他們的意，提出去娘娘庵給我娘上香，半夜逃了出來……可路上不僅財物被偷，壞人還要把我賣進火坑，千鈞一髮之際正好遇到了孩子的爹……」即使過了這麼多年，秦氏一說到這件事依然淚流不止。

聽到秦氏一步步被柴正關夫婦算計進去，走投無路下只能逃跑，秦家人又是流淚、又是大罵柴正關夫婦不得好死。

秦澈說，他私下弄了一些柴正關的不法證據，但目前沒敢放出來。畢竟他單打獨鬥，抵不過柴家，怕是還沒把柴正關拉下來，他就先被整下去了。

現在聽說秦氏逃婚的前因後果，也認為王翼正好在那個時段出事，柴正關和沈氏設計的可能性極大。若把這件事查明，北陽長公主和王翼也不會放過他們。

許蘭因又道：「柴正關和老沈氏還有一條罪行……」便把柴子瀟被拐，柴正關和老沈氏很可能也參與進去的事給說了。

秦夫人不敢置信地搖頭道：「那兩人的膽子真大，為了錢財，不僅算計死親閨女，還敢算計兩個高高在上的長公主……」

秦澈冷哼。「溝壑難填！做了一件、兩件壞事沒被人發覺，膽子就越來越大，貪念和胃口也越變越大了！」

最後幾人商議決定，他們的關係暫時不對外言明。特別是秦氏，千萬不能讓北陽長公主府和柴家知道她還活著。兩家走動，只說許蘭因和秦紅雨交好，秦氏和吳氏也聊得來。

訴說完各自的情況後，許蘭因給秦澈和吳氏磕頭見禮，叫了「舅舅、舅娘」。

秦澈二人笑眯了眼地答應著，把許蘭因扶起來。

吳氏從腕上抹下一對翡翠手鐲給她當見面禮。

秦澈笑道：「舅舅身上的東西不適合給小娘子，明天再給因兒補上。」

秦儒和秦紅雨也來給秦氏磕頭見禮，叫了「姑母」。

秦氏笑著一迭聲地答應，把他們扶起來，又去臥房拿了見面禮出來。

三位長輩繼續訴說著各自的思念和分別後的生活，當秦氏聽說疼愛自己的外祖父和舅娘也相繼去世，又哭了起來。

許蘭因聽說他們還沒吃晚飯，立刻說要去廚房給舅舅、舅娘做飯，秦紅雨摟著她的胳膊一起去了。

秦紅雨非常討喜，一點都不端官家小姐的架子，還幫著做些洗蔥、剝蒜的活計。天熱沒有新鮮肉，盧氏手腳麻利地殺了一隻雞。

許蘭因又炒了幾個菜，還給秦澈父子拿了一壺酒。

幾人說到時近子時，秦澈一家才起身回家，並說好，明天白天吳氏和秦紅雨還來許家玩，晚上秦澈父子過來吃飯。

秦氏和秦澈長得像，暫時不能讓她光明正大去秦家。秦家下人多、客人多，怕招人起疑。

秦氏太激動了，秦家幾人都走了，她的身子還有些微微發抖，怕她夜裡睡不好，許蘭因又讓盧氏去煮了碗安神湯。

次日清晨，雨依然飄著。雖然不大，但下了一夜，地上濕漉漉的，積了許多小水窪。一夜好眠的秦氏精神大好，眼睛彎彎的一直在笑。

精神狀態真的很重要，秦氏今天看起來年輕許多。

早飯後把許蘭亭送走，許蘭因擬了個菜單，讓盧氏和楊大嬸去集市買菜。又讓掌棋去給李洛送了些吃食，暗示今天要來幾位女客。

許蘭月起床後，又藉口秦氏身體不好，讓杜鵑帶著她去閔府住幾天。既不讓許蘭月在家，也能不讓閔嘉來這裡串門，兩個小姑娘還有個伴。

午時初，秦夫人和秦紅雨來了，還帶來了兒媳婦萬氏，孫子祥哥兒。祥哥兒大名秦昌祥，三歲，極漂亮白胖的小男娃。

萬氏和祥哥兒給秦氏磕了頭。不敢讓祥哥兒叫秦氏「姑祖母」，而是叫「姨祖母」，意思是秦氏和吳氏是姊妹。

秦氏高興地抱起祥哥兒親了幾口，又送了他們見面禮。

吃了晌飯後，秦氏和吳氏繼續窩在屋裡說悄悄話，祥哥兒睡覺，許蘭因和秦紅雨、萬氏去西廂說笑。

萬氏是個溫柔嫻靜的小媳婦，多半是傾聽，偶爾說兩句，又十分照顧兩個小姑子，讓人心生好感。

許蘭因才知道，秦紅雨前幾個月已經退了親。

不知那家聽了誰的謠傳，說秦紅雨命硬剋夫，還說她小時訂過一門親，把小未婚夫剋死了，因此那家就不願意了，找藉口退了親事。

「那時候我著實氣了幾天，閔妹妹太小，許姊姊又不在，想找姊妹們說說心裡話都找不到人。」

許蘭因說道：「連這種謠言都會信，可見那家人短視、不好相與。還好妹妹沒有嫁過去，若真嫁過去可要吃苦頭了，這是好事呢！」

萬氏笑道：「公爹和我相公都是這樣說，就是婆婆有些著急。」

秦紅雨嘟嘴道：「是哪，我娘天天唸叨我都十五歲了，再找不到人家，就嫁不出去了！」

許蘭因笑著說：「跟我比妳還小得多呢！這事急不來，要睜大了眼睛找，人品第一……」

傍晚，許蘭亭回來了，眾人都去了上房。

許蘭亭給吳氏磕了頭，叫「姨母」。

在外人面前，許蘭因也叫吳氏「姨母」，叫秦澈「姨丈」。

沒多久，秦儒和秦澈也先後來了許家。

秦家幾人玩到戌時末才回家。

第二日清晨，天終於放晴。雨後的天空碧藍澄澈，天邊還有一彎淡淡的虹。

許家幾人的心情跟天空一樣美好，個個都是喜笑顏開。

早飯剛擺上桌，李洛就來了。

今天的他非常特別，是走進來的。雖然還拄著枴，卻有著不一樣的意義。他也高興，難得地笑得十分燦爛。

許蘭亭跑去迎接，興奮地大聲喊道：「李大哥，你走著來我家了！」

眾人都被逗樂了。

李洛笑道：「十幾年了，李大哥這是第一次走出自家門呢！」又朝許蘭因抱拳說道：「大恩不言謝，許姑娘的這份情，李某一時半刻都不敢忘。」

許蘭因笑了笑。「趙無是我弟弟，你就是我大哥，一家人不說兩家話。」

幾人吃完飯，許蘭亭上學。

許蘭因就把秦氏和秦澈相認的事說了。秦氏的身世、李洛的身世，兩家人都相互知道。

李洛也為秦氏感到高興。「恭賀嬸子了，希望早些把柴正關拉下來，嬸子能重立於人前。」

秦氏笑道：「承你的吉言。也希望溫家那幾個惡人早遭報應，李公子早日恢復身分。」

之後的五天，吳氏母女天天來許家玩一天或是半天，秦澈父子沒敢天天來。再往後，吳氏母女也不敢天天來了。

七月十二，許蘭因去了茶舍。昨天她就讓人給閔楠和胡依下了帖子，在茶舍相聚。沒給秦紅雨下，親口告訴她了。

同時，也讓人去閔府把許蘭月和閔嘉接來，之後她們再一起回許家。

閔楠一來就批評許蘭因。「說好一旬一聚，上一旬怎不聚？」

許蘭因解釋母親生病了，一直在家侍疾。

幾人在茶舍裡玩到下晌申時初，才各回各家。

今天，多了兩個孩子的許家又重新熱鬧起來，人笑狗吠持續到天黑以後。

夜裡，許蘭因正睡得香，突然聽見窗紗有了細微響動。她向窗邊望去，窗外月光如銀，透過窗紗看到一點黑色的剪影。哪怕是一點，她也能看出是趙無。而且，她還聞到了一股皂角的清香，其中還夾雜著一絲她熟悉的味道。他這麼晚才回家？

許蘭因喜得穿上衣裳，來到窗前，趙無正站在窗外衝著她笑。他的頭髮濕漉漉地披下，穿著寬大的石青色居家服。

許蘭因去廳屋輕輕把門打開。許蘭月睡在南屋，怕把她吵醒，拉趙無去了北屋她的臥房。她低聲問道：「你這麼晚才回來？」

趙無也低聲回答。「晌午我們就押著八個犯人回寧州府了，一直在衙門同閔大人審案，剛才才回家。」

許蘭因問：「案子破了？」

趙無笑道：「這件案子是破了，但閔大人在審犯人時，懷疑有個犯人或許知道得更多，不過那人很狡猾，繞來繞去都說不到點上。閔大人說，明天讓妳女扮男裝，由我陪著去一趟刑獄，看有沒有法子撬開那人的嘴。」

許蘭因點頭答應。

趙無又說：「這次我還有個意外的收穫。本來我想公私兼顧，查一查我爹之前的事，結果還真找到了我爹之前的一個下屬，他也牽扯進這件事裡，但牽扯得不算太深，我幫他圓過去了。為了感激我，也為了脫身，他跟我說了一些事，其中一件事有關王翼。若查實，王翼可攤上大事了……」

這真是意外的收穫。趙無不願意進軍營，看似放棄了大好前程，但的確方便做他心裡想做的事。

許蘭因一下子來了興致，笑道：「若是能抓到王翼的把柄，許多事就迎刃而解了。謝謝你，你是我的福星。」

朦朧的月光中，許蘭因的眸子熠熠生輝，像兩勾彎彎的月牙。

趙無的心猛地狂跳了幾下，伸出大手抓住許蘭因放在桌上的小手，說道：「姊也是我的福星……」

寬厚溫暖的大手把她的小手裹住，許蘭因才恍惚發現，這雙手不再是少年單薄的手，而是男人堅韌有力的手。

她的心狂跳幾下，臉也有些發燙，把手往回縮了縮，結果大手的勁更大了，她沒縮回來。

趙無又笑道：「聽我哥說，秦大人和嬸子已經相認了。」

許蘭因點點頭。「嗯，改天他們來家裡吃飯時，你和大哥都過來。」她又試圖把手往回縮，仍是沒縮回來，就放棄努力了，任由他握著。

兩人握著雙手說了近一個時辰的話，趙無才起身告辭。走之前送給許蘭因一個小香囊，說辦案太緊，沒時間買東西，這是路過集市口慌忙買下的，讓她別嫌棄。

許蘭因站在窗前，看著那個修長的身影往上一躍消失不見，瓦片輕微地響了兩聲，便沒有了動靜，只留下一庭院的月光。

若不是手中的小香囊，還有手背上的餘溫，感覺剛才像是作了一場夢。

許蘭因滿意地躺上床，一夜好夢。

第三十章

第二日清晨，趙無兄弟來許家吃早飯。

看到趙無回來，秦氏和許蘭亭都笑眯了眼，秦氏又讓人去街口買趙無喜歡吃的炸糕。

飯後，許蘭因藉口今天要去茶舍查帳，要早些走，免得閔嘉和許蘭月醒了後纏上她，讓她幹不了正事。她急急用布包裹著一套衣裳，帶著掌棋直接去了趙家。

許蘭因和掌棋進了東廂南屋，把趙無關在門外。

許蘭因早上在家就束了胸，換上男裝後，穿上內裡增高的千層底鞋，重新梳了頭，又在臉上搽了一層膏子，皮膚就變成了麥色，再把眉毛描濃一些，又在唇邊貼了一撮鬍子。

在鏡子前照了照，嗯，這回像個男人了。

這是她之前為了審案偷偷做的一套行頭。

掌棋驚詫地看著她，嘴張得老大，問道：「姑娘，妳這是要幹什麼？」

許蘭因敲了一下她的頭。「好奇心不要那麼強，嘴也閉緊些。到了岔路口，妳下車直接去茶舍，我要跟趙無去辦一件大事。」

裝扮好的許蘭因走出來後，趙無先是一愣，然後就呵呵笑起來。「姊，妳可真會整！」

許蘭因翻了一下白眼，粗著聲音說道：「趙兄弟，我是丁大哥。」

趙無趕緊抱拳笑道：「喔，丁大哥，失敬、失敬！」

三人出了垂花門，何東趕的馬車已經等在外院。

何東看到如此的許蘭因，也是閃了閃神。

幾人上車，到岔路口把掌棋放下，便去了按察司刑獄。

已經提前清了場，裡面只有閔戶和秦澈、閔戶的幕僚季師爺。這個案子不關秦澈的事，但閔戶相信他，依舊把他請了來。

屋裡的光線頗暗，幾個窗戶都掛上簾子，只有一扇小窗沒掛，但窗紙很厚，射進來的日光有限。

秦澈和季師爺看到如此的許蘭因，都笑了。

看見許蘭因，閔戶的心又痛楚起來。他深吸了幾口氣，才抬起眼皮笑道：「又要麻煩許姑娘了。」

許蘭因給他們抱拳躬了躬身，笑道：「閔大人客氣了。」

不一會兒，趙無押著一個四十多歲的男人走了進來。

男人穿著囚衣，頗清瘦，留著山羊鬍子。臉上雖然很髒，但沒有血腥味，應該是沒動過大刑。

犯人蔣平跪下對閔戶說道：「閔大人，我該招的都招了，我罪無可赦，當誅，我認罪，為何還要單審？」

趙無把蔣平拎起來，按在椅子上坐下，掰開他的嘴餵了小半碗安神湯。

蔣平見只有自己坐著，其他人都圍著他站立，更惶恐了。

許蘭因似是無意地把著蔣平坐著的椅背，聆聽他的心聲。

『管你們怎麼問，不該說的我絕對不會說的！我這個破敗的身子，不被斬也活不了幾年了，若是把王翼、蒲元傑、黃松那些貴人洩漏出去，我家人可都完了……』

許蘭因聽到王翼的名字時心裡一動，沒注意後兩個人。她想著，得想辦法讓蔣平說出更多有關王翼的事……

閔戶幾人都沒有說話，默默看著蔣平。

等到蔣平有些睡眼惺忪了，許蘭因才緩緩開口。「你叫蔣平，今年四十六歲，在軍中任正五品的錢糧官……」

她說著他的生平，聲音很小，平緩無波，像在唱「催眠曲」。

蔣平也當「催眠曲」聽，沒說話。

等到蔣平的目光更渙散了，許蘭因才拿出一個荷包在他眼前晃起來。

半刻鐘後，他的眼睛閉上，許蘭因又輕聲問道：「你叫什麼名字？」

蔣平回答。「下官蔣平。」

這是已經被催眠了。

許蘭因便問了有關這個案子的一些情況，蔣平都一一回答。

許蘭因看向閔戶，閔戶點點頭，意思是他說得沒錯，之前也是這麼說的。

閔戶又跟許蘭因低語幾句，許蘭因再問蔣平，蔣平也一一答了。

許蘭因想了想，又問了夜裡趙無對她說的事關王翼的話，還有他剛才心裡所想的事，蔣平也回答了他所知道的。他不僅說出王翼這個名字，還說出蒲元傑、黃松、溫言以及另幾個人的名字。

這幾個人的名字讓在場的人都大驚失色。趙無沒想到溫言也參與進去，而閔戶和秦澈沒想到竟牽扯進這麼多高官或是高官家的子弟。

閔戶和秦澈的表情更加凝重了。

三刻鐘後，蔣平徹底睡死過去，閔戶覺得該問的也都問完了。他一揮手，趙無便出去叫進來一名獄卒，把蔣平拎了出去。

閔戶看向許蘭因，許蘭因還沒說話，趙無就先抱拳開口了。

「啟稟大人，我姊問的那些事關王翼和蒲將軍的話，是我告訴她的。我查案的時候無意中聽了幾句他們的事，想著都告訴我姊，她也方便找到突破口。」

秦澈則朝閔戶深深一躬。

閔戶趕緊還禮，說道：「秦大人客氣了，有話直說。」

秦澈道：「下官知道這件事牽扯太廣，有些人隻手遮天，不宜馬上清查。況且，沒有人舉報，閔大人貿然插手查辦，會得罪不該得罪的人，對閔家不利。但是，下官要求徹查王翼。不只是為公，也有下官的私心在裡面。」

閔戶也知道秦澈的表妹柴清妍跟王翼有一段「孽緣」，後來柴清妍自殺了，所以秦澈不僅恨柴正關，也恨王翼。

閔戶沈吟片刻後說道：「這件事牽扯進的權貴太多，把這個案子報上去，我們的壓力會非常大，若得不到皇上的全力支持，會有太多阻力讓我們查不下去。秦大人要想抓住王翼的把柄，可以私下查，能幫的我也會幫……」又看向趙無，意思是「溫言的罪行你要查就查，我也會幫」。

秦澈又向閔戶深深一躬，趙無也躬了躬身。

完成任務的許蘭因由趙無陪著，坐馬車去了心韻茶舍。

趙無帶著許蘭因向後院走去。

許蘭因回了自己的廂房，由掌棋服侍卸了妝，再換回自己的衣裳。

趙無進來後，把掌棋打發出去，上下打量了許蘭因幾眼，問道：「姊，有些事妳是怎麼知道的？」

許蘭因笑道：「若我說我聽得到人心，你信嗎？」

趙無點點頭，只蹦出兩個字。「我信。」

許蘭因有些心虛，用手指戳了他的腦袋一下。

「你姊姊我又不是神仙，怎麼聽得到人心？我是聰明！之前聽了你的話，再經過詢問，然後分析彙整，猜到一個大概，就半真半假地試探他，再把他的話一點一點套出來。沒想到，今天我猜準了。」

趙無甩了她一個「妳當我傻呀」的眼神，說道：「我當然知道姊不是神仙，是聰明啊！正因為妳聰明，才讀得懂人心，知道怎樣看人的表情、怎樣試探、怎樣讓人說心裡話。」

許蘭因又被感動了。這孩子，不管什麼事，總是無條件的相信她和支持她。她笑道：「今天我親自下廚做幾道你愛吃的菜！喔，今天晚上我舅舅肯定要來我家，你和大哥都來我家吃飯吧！」

兩人在茶舍吃了晌飯後，帶著掌棋回家。

傍晚時分，秦儒、秦澈先後來了，趙無和李洛也來了。

李洛的真正身分秦澈和秦儒也知道，李洛朝秦澈行了晚輩禮。

秦澈暗驚，傳說中的仙骨丸真是神藥，腳斷了十二年的人居然能走路了！雖然他還用著枴，但雙腿已能夠運用自如，頂多再半年，就能像正常人一樣了。

飯後，秦澈父子和趙兄弟去趙家密談。

待秦家人走後，趙無來了許家，悄悄跟許蘭因說：「我們商量了下，覺得孀子的事最好告知閔大人。我和大哥都相信閔大人的為人，有了閔大人的幫助，許多事會更好查清。明天晚上姊多弄些菜，請閔大人和秦叔、秦兄來喝酒。」

許蘭因也高興，這些天有太多好消息，似乎撥雲見日的時刻越來越近了。

趙無笑得燦爛，腮邊兩個酒窩更大。他還沒開始調查溫言，溫言的把柄就送了上來。

次日傍晚，李洛最先來，接著是秦澈父子，最後是閔戶和趙無。

他們先在東廂廳屋進行了密談，秦氏的身分讓閔戶嚇了一跳，更沒想到柴正關和老沈氏心黑手辣，膽子奇大。

不說他跟秦澈、許蘭因、趙無的關係匪淺，只說柴正關害了那麼多人，其中還包括有皇家血脈，也不能放過他們。

一場秋雨一場寒，隨著秋季的到來，天氣漸漸涼爽下來。

八月初六下晌，許慶岩回來了，還帶回來禮部下發的誥封許老太和秦氏為四品宜人的公文。

前兩天麻子就帶了信回來，許蘭因和秦氏已經知道了這件事。

許慶岩風塵僕僕，第一件事就是先去淨房沐浴。出來後，由著許蘭月跟他親近了一陣，就把小妮子打發出去。

他紅著臉跟秦氏和許蘭因說道：「我明天要趕緊回小棗村，把誥封我娘和煙妹的公文放進祠堂。然後再請人看看黃道吉日，把誥封周氏的聖旨請進祠堂。」

「放」和「請」，意義大不同。

許慶岩也是沒轍了，皇權和聖旨大過天，他打死也不敢讓聖旨和公文同一天進祠堂，或將聖旨放在公文的後面，只得藉口「黃道吉日」再請聖旨，先把誥封許老太和秦氏的公文放進祠堂。

秦氏沒表態，起身說道：「岩哥坐，我去廚房看看。」

許慶岩很過意不去，他想彌補對秦氏的虧欠，可總是事與願違，要傷她的心。他耷拉著八字眉看向許蘭因，說道：「閨女，我對不起妳娘，又讓她傷心了……」

許蘭因心裡也是無奈，誰讓皇上在中間插了一腳，許慶岩這麼做，已經是最大限度地避免了秦氏的難堪。

次日卯時初，許慶岩和秦氏、許蘭因就起來了，又把睡眼惺忪的許蘭亭和許蘭月叫起來。他們兄妹都會去鄉下，一個代表秦氏，一個代表周氏。

送走他們三人，許蘭因就跟秦氏商量起在京城開點心鋪子的事。這個鋪子是許家二房的產業，就用許慶岩給秦氏的銀子。

秦氏有遺傳基因，做生意也很有一套，之前是沒有心思想這些，現在開始想了，能提出不少好的建議。她的脂粉鋪子也在籌設中，裝修和產品都是她拿的主意。許蘭因幫忙起了個名字，叫「淑女坊」。

許慶岩回來時，捎帶了一封王三妮的信，信上說茶舍已經快裝修好，出來的效果比圖紙上還令人驚豔。

許蘭因便給王三妮寫了封回信，條列了一些經營茶舍的策略，到時再讓許慶岩帶二千兩銀子過去。

京城茶舍走的是精品高級路線，無論茶葉還是棋，都要用上等的。招聘的員工也要品貌上佳，工錢自然也會高些。而且，還會讓丁曉染過去帶棋生。丁曉染如今在寧州府棋界已經有了一定的名聲，被人稱為「丁生」。

許慶岩父子三人是在八月十八那天回來的。

八月初十把誥封許老太和秦氏四品宜人的公文放進祠堂，十二日把周氏的牌位和誥封忠勇夫人的聖旨請進祠堂。

這天晚上，秦澈父子、閔戶、趙無兄弟都來許家吃飯。這次男人們是在上房廳屋擺飯，邊吃邊密談。

不想打擾他們，秦氏和許蘭因則帶著孩子們在西廂吃飯。

飯後，許蘭因又被趙無叫去上房一起商議大事。

許慶岩也查到了幾件事，最重要的一件事，是王翼早年一個長隨的母親，跟老沈氏的一個心腹婆子是姊妹，她們在老家時分別被賣，後來在街上無意中碰到相認了，這個秘密很少有人知道。

而王翼和柴清妍偶遇，以及王翼搶紅牌打死人的時間段，那個長隨正好在王翼身邊當差。

這麼看來，這兩件事應該也是柴正關和老沈氏的手筆了。

幾人說到亥時，才各自散去。

許慶岩在家歇了幾天，八月二十一上午又回京城了。

天越來越涼，白日也越來越短。

九月十九傍晚，李洛如往常一樣，來許家等著弟弟回來吃晚飯。

剛剛酉時，天就有些暗了。

許蘭亭把李洛拉進屋請教課業，李洛耐心地講解著。

華燈初上，沒等來趙無，何東來了。

何東對李洛說道：「大爺，二爺回家了，他請你回去吃晚飯。」又對許蘭因說：「許姑娘，閔大人去了我們家。二爺說，他們會在家喝酒，讓我來端些下酒菜過去。」

許蘭因想著，應該是他們有什麼公事要談，就讓丫頭把家裡的菜送去了一半多，又讓丁嬸再做幾道下酒菜送去。

次日早晨，許蘭亭休沐沒起來，秦氏和許蘭因等著趙無兄弟來吃早飯。

他們兄弟沒來，黃齊過來了。他說，閔大人昨天在趙家喝酒喝到半夜，夜裡住在趙家，他們就不過來吃早飯了，讓他來端些早飯過去。

許蘭因讓人送早飯過去，又讓人再去街口買些炸糕、油條送去。

她覺得，閔戶可能是遇到什麼難事了。

直到午時初，趙無才來許家。

許蘭因問：「閔大人走了？」

趙無點點頭。「嗯，他剛剛走了。」又嘆道：「閔大人訂親了，定於明年三月成親。他的情緒不太好……」緩緩將昨晚的對話道來。

趙無既為少了一個惦記許蘭因的男人而輕鬆，又十分同情閔戶。閔戶昨天喝醉了，說了許多醉話，其中包括許蘭因和趙無。他讓趙無把握好機會，莫讓別人捷足先登了。還說許蘭因是天底下最好的姑娘，這樣的好姑娘不能束縛在大宅門，也不能錯嫁給不懂她的男人，她只有嫁給趙無才不會受委屈，趙無也要永遠待她好，否則自己也不答應……

許蘭因沒想到他對自己的評價如此之高，還這麼為她著想，但她不好多說什麼，只能道：「希望閔大人能遇到好姑娘，跟他琴瑟和鳴，好好待他，善待嘉兒。」

趙無愣愣地看著許蘭因，說道：「姊，連閔大人都看得出來妳嫁給我才不會受委屈。我知道，他指的應該是我對妳的長輩好，本人又懂妳，會一直把妳放在心上。雖然我現在沒有大富大貴，但未來可期。姊，別人都看出咱們最適合，妳、妳就嫁給我吧？我發誓會讓妳過上好日子！」說完，趙無的臉紅得能滴出血來，眼睛卻是一眨也不眨地看著許蘭因。

許蘭因的眼神也沒有躲閃，直直看著趙無。

她知道，閔戶和趙無說得對，趙無的確是最適合她的男人，也是這一世對她最好的男人。他的話更是讓她感動，心裡酥酥癢癢的。她考慮了這麼久，也願意嫁給他，但前提是，那份「好」是「愛」。

許蘭因遲疑道：「你還小……」

她有多言不由衷，趙無也看出來了。他暗自歡喜，又說道：「我不小了，還有一個多月就要滿十七了。我知道姊在猶豫什麼，我也想了這麼久，我是心悅，而不是弟弟對姊姊的感情。我真的想娶姊回家，同姊相守一生，作夢都想。姊若是同意，我就去向嬸子求娶，明年我們成親——」

話還沒說完，就聽到丁固的聲音——

「大姑娘，南平縣的章姑娘和章少爺來了！」

章曼娘粗粗的聲音響起。「許姊姊，我找妳有秘事！」

章鐵旦搶白道：「秘事還這麼大嗓門！」

接著又聽到「啪」的一聲，不用看也知道，是章曼娘打章鐵旦腦袋的聲音。

許蘭因和趙無對望一眼，許蘭因起身往外走。

趙無氣得閉了閉眼睛，早不來晚不來，偏偏這時候來！

章曼娘和章鐵旦被丁固帶進了垂花門，他們手裡拿著東西，後面還跟著一個趕車的老僕人，渾身掛著東西，都是些山貨。

章曼娘沒有太大的變化，倒是章鐵旦長高了一大截，長成了壯實的黑少年。

章曼娘看到迎出來的趙無，笑道：「趙大哥！我爹就是讓我來找你，但我不知道怎麼找你，只得先來找許姊姊，我有重要的事跟你說！」

章鐵旦立刻「噓」了一聲，急道：「小聲些，爹說那事要保密！」

章曼娘趕緊把嘴捂上。

秦氏帶著幾個孩子也迎了出來，說笑幾句後，知道他們要談要事，秦氏便讓丁叔把章家下人帶去外院招待好，又讓盧氏和楊大嬸多做些好菜，就領著幾個孩子去了上房。

許蘭因請章家姊弟在西廂廳屋坐下，親自倒上茶。

許曼娘從懷裡取出兩張紙交給趙無，是何家母子的畫像。

趙無拿著畫像，驚問道：「你們知道他們的蹤跡？」

章曼娘得意地笑了笑。

「這兩個人住在山裡的一個小村子，離我們小鎮幾里路而已。這個男人經常會帶一些山貨來鎮上賣，他雖然毀了容，但我爹還是看出他像畫像上的這個人。我爹就跟我兩個堂兄一起去了山裡，遠遠看了他娘一眼，那個婦人的臉也塗黑了，又弄了個黑痦子，但還是認定這母子兩個就是畫像上的人。」

章鐵旦又說道：「我爹說，緝拿這兩個人的告示上寫著朝廷要犯，肯定是罪大惡極，我爹讓我們趕緊來找趙大哥，讓你帶人去抓他們。」

趙無哈哈笑了幾聲，起身說道：「踏破鐵鞋無覓處，得來全不費功夫！好，章大叔的這份大人情我記下了。你們在省城多玩幾天，讓我姊陪你們。」又對許蘭因說道：「我現在就去找閔大人，不出意外，我馬上會帶人前去緝拿他們。」

趙無高興，改口喊章黑子為「章大叔」。若真的抓到何家母子，章黑子可是幫上大忙。雖然知道他的忙不是白幫，但趙無和許蘭因都領了這個情。

許蘭因說道：「快去吧，注意安全。」

閔嘉和許蘭月對章曼娘這樣的姑娘很好奇，在一旁靜靜地看著她，聽她大著嗓門說笑。特別是許蘭月，對這位姊姊的印象非常好，因為不管是誰，看到她的第一眼都會露出或吃驚、或嫌棄的表情，只有章姊姊沒有。

李洛知道許家來了客人，沒有過來吃晌飯，許蘭因讓招棋給他送了飯菜過去。

招棋回來說：「李爺說，趙爺遣人回家告訴他，趙爺已經帶著捕快出城緝拿罪犯了，要幾天後才回來。」

晌飯後，許蘭因和章曼娘回西廂說悄悄話。

章曼娘已經訂親了，後生姓林，跟章家同住在鎮上，他是獨子，家裡開了個鋪子。有一天兩個混混在鋪子裡找事，正好被章曼娘看到，章曼娘「英雄救美」，把那兩個混混打跑了。

「林哥長相俊俏、白淨，唯一的缺點是個子矮了些，比我矮一點點，但在我看來，那根本不是缺點。我爹說，我跟他是取長補短正相配。我長得醜，但我家人丁興旺，我哥又是捕快；林哥雖然長得好，但家裡人丁單薄，經常被欺負。我們定於年底成親。」

許蘭因被逗笑了，恭賀她找到如意郎君。

第二天，閔嘉回了自己家，許蘭因帶著章家姊弟去茶舍玩。前一天她就給秦紅雨、閔楠、胡依下了帖子，今天在茶舍相聚。

午時初，秦紅雨、閔楠、胡依都來了。

今天休沐，茶舍裡的人非常多，連一個空位都沒有，幾人在後院玩耍。

閔楠和胡依在南平縣時都跟章曼娘有過交集，胡依沒想太多，閔楠卻十分瞧不上章曼娘，嘴上說著誰誰誰喜歡小白臉和亂穿衣裳，不提章曼娘的名字，章曼娘也沒聽出來，完全把章曼娘當成了樂子。

一旁的章鐵旦非常不高興，氣得臉通紅，卻敢怒不敢言。

許蘭因不動聲色地幫章曼娘化解了幾句。

閔楠看出許蘭因是真心交好章曼娘，便不好再逗弄她。

秦紅雨剛開始也不太喜歡章曼娘的「粗俗」，但見許蘭因非常維護她，便還是耐著性子跟她說說話。接觸一陣子後，看出章曼娘的真性情，為人直爽又好打抱不平，也就真心喜歡這位直白的姑娘了。

幾人玩到申時末才回家。

第三天，許蘭因帶章曼娘姊弟去逛了寧州府最繁華的黃石大街。

第四天，又帶他們去了洪震家玩。

因為那個案子，洪震和章黑子經常聯絡，坐牢的時候還曾經關在一起，兩人倒是成了好朋友。這次姊弟二人來，還給洪家帶了些山貨。

胡氏高興地留他們在家吃飯，又派人去把胡依請來。

洪震所在的軍隊雖然位於城外，但離得不算太遠，每天下衙他都會回家。

眾人吃了晚飯後，洪震又給章黑子帶了一罈好酒回去。

幾天後，姊弟二人坐牛車回鄉，許家送了許多回禮。許蘭因又送了章曼娘兩疋京城買的錦緞和周家送的八朵宮花當添妝，許蘭亭也送了章鐵旦一些學習用品。

章曼娘聽說宮花是內務府製造、娘娘和公主戴的，笑得一臉燦爛。

送走章家姊弟兩天後，趙無就把何家母子帶回來了。他押著犯人直接去了按察司，讓何東回來給許蘭因報了信。

次日上午，趙無才從衙門回家。

他洗漱完就來了許家，許蘭因和秦氏正在家裡焦急地盼望他。

趙無說，閔戶夜審何家母子，他們已經招供畫押。

拐走柴子瀟，的確是他們所為，還是老沈氏安排的。

何嬤嬤，也就是宋氏，一家人都是柴家的奴才。柴子瀟半歲時，她便被調去給柴子瀟當了乳娘。

宋氏當乳娘不久後，男人和二兒子相繼病死，十五歲的大兒子何取便無人管束，結果被人引著吃喝嫖賭，欠下巨債無法償還。

正當宋氏和何取一籌莫展的時候，柴俊的貴妾小沈氏找上了宋氏，利弊權衡下，宋氏咬牙答應了。

後來宋氏休假回家時，老沈氏的人又悄悄找上門。那人連威脅帶許以重利，再加上何取看上更大的利，所以宋氏最終站到了老沈氏一邊。他們母子順利帶走了柴子瀟，不料在荊昌碼頭一不注意，讓孩子走失了。

他們不敢再在荊昌待下去，只得喬裝改扮逃到了南平縣的山裡，沒想到還是被當過捕頭的章黑子識破了。

秦氏咬牙罵道：「老天有眼，惡有惡報，那兩人的好日子要到頭了！」又來到窗邊，含淚對著上天說道：「娘，妳聽到了嗎？找到了證人，害咱們的人就要倒楣了……那個惡人，他不配為人，不配為父！」

趙無嘆了口氣。「那兩母子雖然招供了，卻沒說到柴正關。閔大人再三確認過，那母子二人的確不知道柴正關是否參與了此事。若老沈氏嘴咬得緊，不供出柴正關，光憑這個案子，柴正關還是得不到應有的懲罰。」

秦氏頓時氣道：「那個人一貫如此！當初我在柴家，所有壞事看似都是沈氏所做，他還會在我面前扮好人！我也是在上吊前一刻才想通，若沒有他的默許和支持，沈氏也沒有那麼容易得逞！」

許蘭因冷哼道：「天網恢恢，疏而不漏。能抓住狡猾的老沈氏，也就能抓住更狡猾的柴正關。」

趙無又說，何家母子是在京城犯的案，必須把他們押去京城交給京兆府發落。閔戶派他帶兩個人押送，讓他歇息兩天就啟程。

許蘭因想了想，說道：「我跟你一起去京城。這個案子審完後，看官府和南陽長公主、柴駙馬如何發落那老沈氏。到時我見機行事，若可行，我就跟他們說說我娘的事，請他們幫忙。」

趙無也想讓許蘭因一起去，看她主動提出，連連點頭。

路上有趙無，京城有許慶岩，秦氏已經不擔心許蘭因的安危問題。她最怕的還是北陽長公主和王翼，只要王翼不鬆口，即使柴正關和老沈氏做的所有壞事都大白於天下，在律法上她依然是王翼的女人……

許蘭因看出秦氏的顧慮，安慰道：「娘放心，我不會貿然行事。」

這時，趙無皺眉吸了一口氣，許蘭因才看出他似乎一直駝著背。

她忙問道：「你怎麼了？受傷了嗎？」

趙無笑道：「沒什麼。就是不太熟悉山路，又是晚上，在追何取的時候摔了一跤，被石頭硌了一下。」

許蘭因急罵。「什麼叫沒什麼？受傷了還敢沐浴！」又一迭連聲地叫丁固，讓他趕緊去醫館請善外科的大夫來看診。

見她急得臉通紅，心疼地看著自己，趙無樂得嘴咧老大，安慰她。「姊，真的沒什麼，在山裡的時候已經敷了止血草……」

許蘭因聞言更急了，鼻尖都冒了汗。「都用上止血草了，可見沒少流血！」

若不是秦氏在這裡，許蘭因已經把趙無的衣裳掀開了。

秦氏也著急，唸道：「看看你這孩子，有傷怎麼不先去醫館？」

等到大夫來了，秦氏便把許蘭因拉去了側屋。

半刻多鐘後，大夫處理完傷口，許蘭因和秦氏才去了廳屋。

聽大夫說趙無真的沒事，許蘭因才放下心來。

趙無已經請了閔戶晚上來這裡吃晚飯，秦氏又讓丁固去請秦澈一家下晌來，共同商議懲治柴正關和老沈氏的事。

晌飯後，趙無和李洛回家。

許蘭因還是不放心趙無的傷勢，悄悄出門去了趙家。

趙無正在家裡等她，他篤定許蘭因會過來看他。

許蘭因想看趙無的傷口，他用手揪著衣領，不讓許蘭因看。

許蘭因還是固執地拉開他的衣襟，解開綳帶，看到傷口敷著黑藥糊糊，大約一寸長，不算深。

許蘭因徹底鬆了口氣，這才反應過來，這傷口不會流多少血，根本不需要敷止血草！

許蘭因氣得拎著趙無的耳朵扭了兩圈，罵道：「壞東西，你居然敢騙我！」

趙無偏著腦袋「哎喲」一聲，呵呵笑道：「我就是想看看我受了傷，姊心疼的樣子。」又得意道：「我現在知道了，姊是真的心疼我，剛剛都差點哭了。」

許蘭因又要去擰他的耳朵，趙無偏頭躲過去。

他坐直身子問道：「姊，又過了幾天，我說的話妳想通了嗎？」

許蘭因收回手，看著眼前的大男孩……不，他已經長成一個頂天立地的男子漢了。兩世才遇到一個如此好、如此貼心的男人，她不應該再猶豫……

見許蘭因還在考慮，趙無又鄭重地說道：「姊，我會對妳好。未來給妳的不一定是大富大貴，但會竭盡所能地保護妳，讓妳快樂，讓妳過妳想過的生活。相信我，我能做到。」說完，就緊張地看著許蘭因，生怕她會再次拒絕。

許蘭因迎著他的目光，輕聲說道：「我信你。」

趙無的眼裡迸發出驚喜，問道：「姊，所以妳是答應我了？」

許蘭因笑著點點頭，輕「嗯」了一聲。

趙無喜極，樂得兩個大酒窩異常明顯，起身嚷道：「我去跟嬸子提親！」想想又說：「把我大哥叫上，我們一起去見嬸子！」

許蘭因覺得此時她應該先回家，便起身告辭。

趙無把她送出門後，就去跟李洛商量如何去許家提親。

許蘭因回到家後，坐去窗下的美人榻上，望著窗外明媚刺眼的陽光，輕輕笑了起來。嫁給趙無，不一定會大富大貴，但一定能輕鬆自在，過自己想過的生活，她信他。哪怕他現在還小，能力也有限，但她會同他一起為小家撐起一片天。這片天地裡，必定會鮮花盛開，綠草萋萋，永遠溫暖，因為趙無就是她的春天……

不知過了多久，隨著花子的一陣叫聲，李洛和趙無來了。

兩兄弟都穿得非常體面，面帶喜色。一個穿白色中衣外罩紅色繡團花長甲衣，戴著束髮金冠；一個著紅色提花錦緞長袍，腰繫玉帶，戴著束髮珠冠。

而且，李洛沒有拄枴，是由趙無扶著走進來。

剛剛午歇起來的許蘭亭先是一驚，後又迎上去笑道：「李大哥、趙大哥，你們穿得如此隆重，是有什麼我不知道的喜事嗎？」

李洛拱手笑道：「大喜、大喜！我們要見許嬸子。」

秦氏聽到聲音，起身來到廳屋，李洛和趙無已經走到門前。

看見兩兄弟的穿著，秦氏已經猜到他們的目的。她笑得雙眼彎彎，說道：「快請進！」

兩兄弟走進屋，李洛向秦氏深深一躬，笑道：「嬸子教女有方，許姑娘美麗、聰慧、賢淑、知禮。晚輩的弟弟心嚮往之，心悅已久，特來求娶。」

趙無又深深一躬，拱手說道：「晚輩溫卓安，求嬸子成全。」為了鄭重起見，他說了真名。

還好許蘭亭走在後面，「溫卓安」三個字說得又小聲，他沒聽清。

他們來求親，秦氏猜測趙無應該已先跟閨女通了氣的，但她還是沒敢馬上答應，而是笑道：「兩位賢姪請坐。」

兄弟兩個坐下，丫頭上了茶，由小男子漢許蘭亭陪他們說話，秦氏就去了西廂。

秦氏見許蘭因正坐在美人榻上，眉目含笑，遂問：「趙無是個好孩子，他來求娶妳，娘答應了？」

許蘭因紅了臉，點點頭。

於是秦氏又回了上房，誇了趙無幾句，答應把女兒許配給他。

趙無喜不自禁，起身又是一躬，說道：「兩日後我們要去京城，回來後晚輩就請官媒正式上門提親。」又從懷裡拿出一支金釵，雙手呈上。「這是我娘留給我的，作為表禮贈予姊姊。」

秦氏鄭重地接過金釵，是支燕上釵。她又進臥房拿出一塊極品玉珮遞給趙無做表禮，趙無也鄭重接過。

許蘭亭喜道：「趙大哥要當我姊夫了？哈哈，姊夫！」

秦氏忙說道：「要正式訂過親才能如此叫！」

幾人又說了幾句好話，李洛和趙無才喜孜孜地告辭回家。

回到家後，李洛有些發愁，對趙無說道：「等你們從京城回來提了親，咱們就要置聘禮。我手頭只有幾百兩銀子，你那裡有多少？」

「我手頭只有二百多兩，稍後我跟我姊要一些過來。」

李洛有些臉紅，瞪他一眼。「你置聘禮還要向人家姑娘要銀子?!丟人不？」

趙無笑著解釋。「她那裡有一些我的錢，我和她的錢分不清。」

秦氏也在跟許蘭因說著置嫁妝的事。「妳之前給了娘一萬兩銀子，娘花了大半。正好妳舅舅又給了一萬兩，娘就用那些給妳置嫁妝。唉，娘的身體一直不好，家裡許多產業都是妳掙的，妳出嫁不能委屈妳。」

許蘭因忙道：「娘，我有錢，在寧州府和京城也有些產業，不需要妳多花銀子置嫁妝，那些錢就留著妳和弟弟們花。妳幫我準備一些被褥、家具就夠了。」這是許蘭因之前就想好了的。

秦氏搖搖頭，起身回屋算銀子，她可不想委屈了閨女。

秦氏走後，許蘭因拿出那支燕上釵看起來。

她之前曾經見過一次這支釵，趙無說是他娘在去世前交給他的，趙無就一直當寶貝一樣地放在掛在脖子上的荷包裡，從來不離身。今天，他竟把這支有紀念意義的金釵送給了她。

燕上釵有半個巴掌大，眼睛嵌了兩顆小祖母綠，身上和尾巴上還鑲了紅寶石和小珍珠，極是華麗精緻。

許蘭因翻來覆去地欣賞著，看到金釵的末端刻了一個極小的「穎」字。這個字，應該是人的名字。

聽趙無說，他母親的閨名叫趙悠。

那麼，這個「穎」應該是他母親的長輩或親戚吧？

許蘭因欣賞了許久，又對鏡在頭上比劃了一陣，才把金釵放進那個暗格裡。

想著趙無身上沒有多餘的錢，又拿出五千兩銀子的銀票，要讓趙無置聘禮。

十月初一上午，許蘭因帶著掌棋、護棋坐上何東趕的騾車，出了許家大門。

到了胡同口，騾車停下，許蘭因對跟來的秦氏說：「娘回去吧，放心，我知道怎麼做。」

騾車出了北城門，秦儒坐的馬車已經等在那裡了。秦澈讓他跟去京城，在懲治柴正關和老沈氏後，討要回秦氏的嫁妝。

趙無和兩個衙役押著一輛騾車出了城門，騾車裡坐著戴了枷的何家母子。

何家母子沒有資格坐騾車，另兩個衙役也沒有坐騎，他們都只能徒步走去京城。但趙無趕時間，所以他自己花錢雇了一輛騾車和馬。

晌午到了一處茶肆，不僅有茶，還賣粥和餅。

趙無停下馬說道：「姊，就在這裡打個尖吧？」

許蘭因同意。

兩個丫頭先下了車，再把許蘭因扶下來。

許蘭因看向另一輛騾車。先下來一個男犯人，由於他戴著枷，下騾車時摔了一跤，衙役不僅不扶，還咒罵著踢了他兩腳。

這個人就是何取了。他即使臉上有一道猙獰的傷疤，也能看出稚氣未消。

何取下來後，車門前伸出一個戴枷的女人的頭。女人頭髮散亂垂下，卻也遮擋不住清秀的模樣。她看著非常年輕，像只有二十幾歲的少婦。

一個衙役殷勤地扶她下車，她站定後，衙役又快速地捏了捏她突起的胸部。

趙無已經把馬轠繩交給何東，他也看到了衙役的動作，上前踢了衙役幾腳，罵道：「找死啊！」

衙役不以為意地笑著躬了躬身。

這時宋氏說道：「爺，我內急，想入廁。」

趙無點點頭，一個衙役過來給她取下枷板。

這裡沒有茅房，都是去灌林裡解決。兩個衙役的臉上滑過一絲笑容，垂下的手比了石頭剪子布。出「布」的衙役哭喪著臉，出「剪子」的衙役樂呵呵地陪著宋氏去了灌木林後面。

瞧他高興的樣子，肯定會有占便宜的好事了。

許蘭因雖然討厭宋氏，但還是非常氣憤。

古代女人沒地位，女犯人就更低下了。

趙無領著許蘭因和秦儒去了角落裡的一張桌子，小聲說道：「有些陋習，不是我們能掰正的，當沒看到吧。」

許蘭因坐下喝著茶，看看眼前面白如玉、氣質絕佳的趙無，再看看遠處那個出「布」的猥瑣衙役，覺得趙無就是朵荷花，出淤泥而不染！

十月初五下晌，一行人馬終於進了京城。趙無和衙役押著犯人去了京兆府，許蘭因和秦儒去了京城許家。

方叔來開的門。

廝子先給許慶岩送了信，他們知道許蘭因和秦儒會來，房間已經準備好了。

許蘭因讓方叔領秦儒和他的小廝去客房歇息，自己則帶著丫頭去了她的小院。

許蘭因剛洗漱完，就聽見許蘭舟興奮的聲音傳來——

「姊、姊！妳來了！」

許蘭因迎出門，就見許蘭舟長高長壯了，正笑得一臉燦爛。

「娘和弟弟，還有爺和奶他們都好嗎？」許蘭舟問道。

「好，就是想你。」許蘭因笑道。

將他拉進屋，把秦氏和老太太給他做的衣裳、鞋子拿出來，又聽他講了些他在學裡唸書、練武的事。因為許慶岩的關係，許蘭舟在周家族學讀書。

天色漸暗後，不僅許慶岩回來了，趙無也來了。

幾人在外院急急吃了飯後，除了許蘭舟，另幾人一起去了南陽長公主府。

受害人和被害人都出自柴家，最好先跟他們通個氣。不光是考慮南陽長公主和柴駙馬的感受，有些事還需要他們主持公道。

南陽長公主府的正堂裡，長公主府的所有主子剛剛吃過飯，坐在側屋裡說笑。

他們家人口簡單，四代八個人。

長公主和老駙馬坐在羅漢床上，柴子瀟坐在長公主的懷裡撒著嬌，左邊坐著柴統領、柴俊，右邊坐著柴夫人、柴大奶奶馬氏、柴菁菁。

下人來報，吳王府的許護衛有要事求見長公主和駙馬爺。

「吳王府的護衛有要事見本宮？」南陽長公主跟吳王劉兆印關係很好，以為吳王有什麼重要的事讓護衛來稟報。

長公主和柴駙馬讓兒子柴榮、孫子柴俊留下，其他人各回各院。

不多時，許慶岩等人被下人領來了長公主的院子。

當他們看到趙無、許蘭因，甚至連秦儒都跟來了，便猜到他們的到來不是跟柴子瀟的被拐有關，就是跟死去多年的柴清妍有關。

長公主是第一次見許蘭因，等她磕了頭後，就把她叫來面前，拉著她的手笑道：「真是個俊俏丫頭，把菁菁都比下去了！好孩子，謝謝妳和小趙，有了你們的幫助，瀟哥兒才能逃出火坑回家。改天在我府裡多住幾日，跟瀟哥兒多香親，他經常唸叨妳呢！」說完，把腕上的一對紅翡鐲子抹下來送給許蘭因當見面禮。

南陽長公主近六十歲，長得白淨富態、慈眉善目，讓人心生親近。

許蘭因謝過後，又朝柴統領和柴俊屈膝見了禮。

柴駙馬對磕了頭的秦儒說道：「清妍是個好孩子，小小年紀卻投江死了。唉，可惜了。」

長公主也嘆道：「時間過得真快，妍丫頭已經死了近二十年了。都怪那不省心的沈氏，若不定下那門遭心的親事，妍丫頭也不會尋死。」

秦儒的眼圈都紅了，說道：「謝長公主和駙馬爺還惦記著我姑母。」

眾人落坐，見趙無欲言又止，柴俊便把所有下人都遣退了。

趙無這才講了何家母子已緝拿歸案押去了京兆府，以及他們在河北按察司的供詞。

聽說柴正關的夫人老沈氏居然是幕後主使，許多事都是她設計出來的，長公主和柴家幾人又是吃驚、又是氣憤。

長公主氣得身子都在發抖，罵道：「貪財的賤婦！她居然敢動本宮的重孫子？好大的膽子！」

柴統領搖頭說道：「之前有些事一直想不通，現在總算是想通了。那壞婆子做的是個連環套，使計把小沈氏弄進咱們府，等到小沈氏謀害瀟哥兒的時候，又暗中派人把瀟哥兒偷走。若是瀟哥兒沒逃跑，她會拿捏著孩子先敲沈家和小沈氏一筆錢財，再想辦法引著我們知曉是小沈氏做的壞事。等到我們收拾了小沈氏，瀟哥兒也被弄死了，俊兒的女人再生不出兒子來，她就能想辦法把她的重孫子弄進來當嗣子！」

柴駙馬氣得把几上的茶碗摔在地上，罵道：「那個惡婦！她怎麼敢！」

柴俊羞憤欲死，拳頭捏得緊緊的，牙咬得咯吱咯吱響。他就是個傻子，鑽進人家設的圈套，差點把兒子害死！

長公主也反應過來，說道：「怪不得瀟哥兒失蹤後，那賤婦無事就讓人抱著她的重孫子來本宮跟前晃，說是給本宮解悶兒，卻原來是打著那個誅心的算盤！呸，黑心爛腸的壞婆子，她必須得死！」

柴統領說道：「瀟哥兒已經平安回家，那個老婦又年邁，由官府判決的話，不會判她斬刑，最有可能判杖刑和流放。就她那個年紀，挨了打，又路途遙遠，只怕還沒到流放地就會先死了。」

長公主冷哼道：「那豈不是太便宜她了？官府抓人之前，先動用家法，讓柴正關弄死她，還要讓官府判義絕，把她趕出柴家，將她的骨頭丟去亂墳崗餵野狗！她想謀大富貴，本宮就讓她死無葬身之地！」

柴駙馬則說：「這樣的惡婦不配為柴家婦，休棄都是便宜她了，是該讓京兆府判義絕。」

柴統領說道：「事情應該沒這麼簡單，僅憑她一個老婆子，做了這麼多壞事，又謀劃這麼久，我二叔不應該不知情。或許，他和我那幾位堂弟、堂姪也參與其中，只是他們躲在幕後……」

柴駙馬擺手說道：「我二弟不會那麼糊塗。他為人端方，從不把錢財放在心上。我還經常聽他斥責沈氏愛財，怕她把孩子們帶壞呢！」

秦儒起身，一下子跪了下去，流淚道：「長公主、駙馬爺，那些都是柴正關的表象。實際上，柴正關斂財不擇手段，私下做了好些圖財害命的事。他不僅害外人，還害親人，我表姑母冤哪……」

柴俊忙過去把秦儒扶起來。

柴駙馬皺眉道：「秦公子不能信口雌黃。定下王翼那門親事，正關也是受了沈氏的蠱惑。」

秦儒給長公主和柴駙馬深深一揖後，悲憤地說道：「那是柴正關裝的！對外他做好人，把壞事都推到老沈氏身上。當時，我外祖派了兩個下人在京城，一直同我姑祖母和姑母有聯繫……」便把柴清妍如何被逼著上吊，卻在上吊之前把經過想通的事都說了。

還沒等秦儒繼續往下說，柴俊就覺得自己猜到真相了。「難不成，我二堂姑是被人推進江裡的，卻說她是跳江自殺？」

長公主、柴統領都一副「肯定是這樣」的表情，只有柴駙馬仍將信將疑。

柴統領又道：「我記得清妍妹子幾乎不出門，她怎麼會那麼巧地被王翼看到？八成也是被設計了！那兩個老貨，一直都這麼壞，還喜歡用手段，可惜我們才知道。」

許慶岩又插嘴道：「下官無意中得到一個消息，王翼早年一個心腹長隨的母親，同老沈氏一個心腹婆子被賣前是親姊妹。她們把這層關係瞞得非常緊，定是心虛。而且，王翼爭紅牌的那個時間段，那個長隨正在貼身服侍王翼，很有可能王翼是被那個長隨挑唆做的壞事。」

柴俊又道：「王翼爭紅牌的事鬧出去後，二祖父假惺惺地去退婚，結果婚沒退成，又讓北陽長公主府多加了一萬兩銀子的聘禮。他害死二表姑母，又把禍甩給王翼，北陽長公主府連三萬兩聘禮都沒敢收回去。哼哼，打的好算盤，先得了表姑母的嫁妝，又吞了北陽長公主府的聘禮。為了錢財，壞事做絕！」

提起那些往事，柴駙馬也極是難受。「早知道清妍這樣排斥那門親事，當初就該幫幫她的……」

柴統領冷然說道：「母親、父親，他們就是兩條毒蛇，不統統剷除掉，我們如何能高枕無憂？」

他們說這些話的時候，身為晚輩的許蘭因非常自覺地起身為他們斟茶倒水。她非常順利地聽到了柴駙馬和長公主的心聲，他們對柴清妍是真的憐惜，又覺得有負秦慧娘所託。

眾人七嘴八舌，層層剝繭，把柴正關和老沈氏有可能幹的壞事又數落了幾件出來。

柴駙馬才知道柴正關居然幹了、或是支援老沈氏做下這麼多壞事，也不得不相信柴子瀟被拐他肯定有參與。

柴駙馬氣憤難當，咬牙罵道：「可惡！該死！」他思索了片刻後，又說道：「柴正關到底是我們平南侯府的人，若他做的事情都抖落出來，柴家的名聲就毀了。而且，沈氏還是我們柴家婦的時候，絕對不能讓她被抓進大牢。這樣吧，我們今天晚上就去二房一趟，讓柴正關在官府去抓沈氏之前先把她處理了，對外就說沈氏得知何家母子被抓捕歸案，畏罪自殺。她死了，一切禍都由她揹著，再讓官府判她義絕。我還會逼迫柴正關辭官致仕，帶著他的幾個嫡子嫡孫回陝西老家。」

秦儒氣道：「柴正關比老沈氏還壞，他的命是不是太好了？」

柴駙馬嘆道：「柴正關做了太多錯事，對不起你姑母，可為了避免我們柴家的聲譽一落千丈，我不得不把那些事壓下來，把責任都推到沈氏身上。柴正關吞了妍丫頭多少嫁妝，我會讓他全部吐出來還給秦家。沒有了官職，沒有了錢財，我再跟老家的族長說說，他們以後的日子不會好過的。」

南陽長公主點點頭，這麼做既報了仇，又能把影響降到最小。「等官府判了那個賤婦義絕，柴正關的正妻之位就空出來了。早些年我依稀聽說，秦慧娘之所以願意給柴正關當貴妾，就是想在沈氏死了之後扶正。本宮沒看顧好她的閨女，就幫她了了這個願吧，讓柴正關把秦慧娘的靈位扶正，如此妍丫頭也就成了嫡女，本宮也算是為她們母女做了點事。」

柴駙馬剛想說「好」，許蘭因就先一步開口阻止了。

「不可！」

長公主等人都吃驚地看向她。

許蘭因起身走到長公主和柴駙馬面前，她不習慣動不動就下跪，而是屈了屈膝，說道：

「我娘從前的名字，就叫柴清妍。」

她的話，把屋裡所有人都震住了。

許慶岩幾人是驚訝於她突然表明身分，而長公主幾人則是吃驚於她的話。

——未完，待續，請看文創風952《大四喜》4（完）

2021年4月出版

農門第一剩女

文創風 947～948

誰說村姑注定平凡？她穿越到古代農村後的際遇就很、不、凡！
誰說生而家貧就會一輩子窮？她就證明了「我命由我不由天」！
誰說剋夫女嫁不出去？她就主動出擊找了自己中意的相公，
還是個了不得的大人物呢……

姑娘廢柴變天才，瀟灑抱得情郎歸！／藍夢寧

從現代外科醫師穿成了古代村姑喬喜兒，年紀變小還變美，應該算好事吧？
可她卻笑不出來，因為特立獨行的原主惹了不少爛攤子讓她正發愁！
原來這喬喜兒人品真夠糟的，毒舌利嘴成天得罪人，除此之外還有剋夫命，
深怕自己沒人要成了村中第一大齡剩女，竟使出絕招下藥「強娶美男」?!
如今在自家草屋裡面對著十分厭惡她的入門婿秦旭，她也不禁無語了……
雖說此男俊挺偉岸、秀色可餐，不同於一般鄉野村夫，但感情之事怎能強求？
幸好對姻緣她不執著，不合則分罷了，只不過不是現在！
眼下得想法子脫貧為先，畢竟喬家一貧如洗，尚需這「女婿」打獵貼補家用，
兩人仇視不如合作，她正亟思利用所長做生意多多進帳，一家才有翻身指望；
而他報恩養傷兩不誤，待喬家日子好過自可走人不送，豈不皆大歡喜？
達成共識攢錢為先，喬喜兒跟秦旭開始人前扮演夫妻、人後相敬如冰的日子，
雖說與他各懷心思，但背後有個男人就是穩當，擺攤也不怕人尋釁滋事。
只不過這女婿演得令人太滿意也有壞處——擋不住娘親催生催得凶！
她只得暫時以他「那個」不行帶過不提，黑鍋讓男人背總比自己背來得好吧？

未了情緣穿越再續　古今交錯情生意動／灩灩清泉

2020年6月出版

豪門小農女

前生英勇殉職，怎麼再醒來卻變成弱不禁風的農村小丫頭？
連門檻都跨得喘吁吁，手無縛雞之力，怎麼在異世活下去？
而且她不僅自己穿來，連警犬小夥伴與前世戀人也一起來了——

文創風 854 **1**

夏離沒想到自己為了緝毒而英勇殉職，在別人眼裡是個真英雄，
卻穿到這個不知何處的小農村，只能當個連門檻都跨不過的弱丫頭！
弱就算了，這戶人家雖是孤女寡母，偏又有點銀錢，惹得村裡人人覬覦，
不是想娶她母親當續弦，就是想塞個童養婿給她，連自家親戚都想分一杯羹；
看似柔弱的母親心志雖然堅定，但能支撐多久？不行，自己前世是警察，
雖然沒什麼能在異世賺錢的才華，但總能走穿越女的老路子——做料理！
如願賺到了第一張銀票，她正打算好好來應付家裡的極品親戚，
誰知竟然遇上前世的小夥伴——警犬元帥！原來狗也可以穿越，驚！

文創風 855 **2**

以為早已失去的愛竟能尋回，對夏離來說比重活一次更教人激動！
只是，眼前的葉風不知是穿越還是投胎轉世？雖是長相一樣，卻又異常陌生，
見他似乎認不得自己，只把她當成一個農村丫頭，夏離的心又酸又澀；
但如今有機會再續前緣，管他是皇親國戚還是大將軍，
自己即使再平凡，也要想個法子讓他上心，成為能配得上他的女子！
不過越是壯大自己，她越是覺得自家疑雲重重，
母親夏氏從不提早逝的父親，對她的教養卻是按照大戶人家的規格，
她出身農村，即使未來經商賺錢也做不了貴女，為何母親如此盡心？

文創風 856 **3**

雖然早知意外救回的小男孩出身不同，夏離卻沒想到真相竟是如此——
他不但是名門公子，更是她同父異母的親弟弟！
誰會隨手救人就救到自己弟弟，她這手氣……等等，若他倆是姊弟，
那她夏離的父親根本不是什麼京城的秀才，而是鶴城總兵邱繼禮啊！
這下她的身世更曲折了，原來夏氏是生母最信任的丫鬟，
受主子之託，帶著襁褓中的她逃離邱家，隱姓埋名地養育她長大；
那個邱家究竟發生了什麼事，竟逼得主母連女兒都護不住，
而她那個渣爹一得知真相，竟急匆匆地找上門，到底是何居心？

文創風 857 **4** 完

原來自己不只是當朝將軍之女，因著早逝的母親，還跟皇室有關係呢！
但就算是半個皇家親戚又如何，母親被太后齊氏所害，父親遠遁邊城，
外祖家楊氏一族流放的、死去的，加上被圈禁十多年的大皇子表哥，
她實在看不出自己的身世尊貴在哪裡，根本活得小心翼翼、如履薄冰；
不能曝光她的真實身分，可若是她膽怯了不敢回京，
又要怎麼為冤死的生母復仇、討回公道、洗刷楊氏的冤屈？!
只是她身分特殊，當朝的皇子又個個蠢蠢欲動，自己像個朝廷的未爆彈；
眼看朝堂風波將起，她真能藉機為楊家翻案，更為自己正名嗎……

大四喜 3

國家圖書館出版品預行編目資料

大四喜 / 瀧瀧清泉著. --
初版. -- 臺北市 ： 狗屋出版社有限公司, 2021.04-05
冊 ； 公分. --（文創風；949-952）
ISBN 978-986-509-208-5（第3冊：平裝）. --

857.7 110003814

著作者 瀧瀧清泉
編輯 黃淑珍
校對 吳帛奕
發行所 狗屋出版社有限公司
地址 台北市104中山區龍江路71巷15號1樓
電話 02-2776-5889～0
發行字號 局版台業字845號
法律顧問 蕭雄淋律師
總經銷 知遠文化事業有限公司
電話 02-2664-8800
初版 2021年5月
國際書碼 ISBN-13 978-986-509-208-5

本著作物由起點中文網（www.qidian.com）授權出版

定價260元
狗屋劃撥帳號：19001626
網址：love.doghouse.com.tw E-mail：love@doghouse.com.tw